烙　印

大下宇陀児

JN090283

証書偽造が発覚、窮地に立たされた由比祐吉は破滅を逃れるため、恩義ある子爵の殺害を決意する。冷徹巧妙な殺人計画の進行を倒叙形式で描く「烙印」、横暴な父に苛められる母には秘密があった――子供の目を通して家庭の悲劇を描いた名篇「凧」、建設中のビルの鉄骨から転落した夫の死の真相が十九年後に明らかになる「不思議な母」、誘拐事件を扱った最後の推理短篇「螢」まで、戦後作を含む全八篇を収録。人物の性格や心理描写に優れた犯罪小説で探偵小説界に大きな足跡を残した巨匠、大下宇陀児の短篇傑作選。

烙　印

大下宇陀児

創元推理文庫

THE BRAND OF CRIME

and Other Crime Stories

by

Udaru Ohshita

1928, 1929, 1935, 1936, 1947, 1948, 1956, 1958, 1960

目次

烙印

烙印

由比祐吉の魂

一

　部屋の中は、黄と茶のラックでピカピカ光るように塗ったベニヤ板の衣裳戸棚、枕もとの壁へ三つ並べてぶら下げた仏蘭西《フランス》人形、畳へ絨氈《じゅうたん》を敷いて、そこへじかに据えてある三方開きの鏡台やらで、大変華美に賑《にぎ》やかしく見え、ムッーと蠱惑《こわく》的な匂いに充ちていたけれど、暁方《あけがた》から降り出した冷たい雨が、硝子《ガラス》戸の外をツラツラ糸になって垂れ下がって来ている。十時過ぎに眼を覚ますと、ベッドの毛布には汚染《しみ》があるし、間仕切りのカーテンは薄くベラベラしたレイヨンだったし、皆んな安手で猥雑な白粉《おしろい》臭さに充《みた》されているのだった。

　女は、細く蒼白い頤《おとがい》を毛布の中へ埋《うず》めて、スウスウ鼾《いびき》をかいている。割に整った顔立、ルージュが剝げ落ちて反《かえ》って綺麗になった薄い唇、黒く房々《ふさふさ》したモミアゲの毛、昨夜《ゆうべ》酔っ払った揚句が、この女とは、まだろくに名前さえ知らず、何とも自堕落な一夜を過してしまったのだった。

　彼はベッドを抜けると窓の前へ佇《たたず》んで、雨に煙る下町の景色を長いうち眺めていたが、このだだっぴろい東京の風物からは、殆《ほと》んど何の感銘も獲《え》られなかった。遠くに霞んでいる湯屋の煙突、板囲いをして基礎工事を始めたビルディングの敷地、濡れて光る向うの街をガチガチ慄《ふる》えながら走って行く灰色のバス、そんなものへ漫然と眼を向けながら、実に多種多様の想念が、クルクル頭の中を通り過ぎて行くのであった。

亘理緋裟子《わたりひさこ》のことは、諦めて諦められぬでもない。名門の家の令嬢として、一点非の打ちどころがないほど美しく、また、語学スポーツ社交遊芸あらゆる種類の教養を受けて、玉の如く光り輝いている彼女の周囲には、彼女を獲ようとする沢山の競争者達が、ワイワイ犇《ひし》めき合っているようである。自分は、そうした競争者達のうちで、子爵からの信任は最も厚かったし、その関係で彼女にも、あともう一歩というところまで接近し得たつもりだった。この、甚だ優越したコンヂションを、ムザとここで放擲《ほうてき》せねばならぬのが残念だけれど、兎《と》に角《かく》それくらいの犠牲は我慢していいだろう。問題は、もっともっと現実的で動きのとれぬものである。今日という今日あたりは、もうどうあっても子爵からかねて恐れていた詰問を受けるに違いない。詰問はどの程度まで自分の急所に触れて来るだろうか。子爵はどの程度まで事実を知っているだろうか。いずれにもせよその結果は、大していいことになりっこない――。

彼の脳裏には、背任横領詐欺私文書偽造などという罪名で、検事局へ引っ張られて行く彼自身の姿が、マザマザと思い浮べられた。

名を騙《かた》られ証書を偽造されて、怒りに顫《ふる》えている亘理子爵の顔が大きく現れて来た。

事業界の少壮惑星由比祐吉《ゆいゆうきち》の没落を嘲笑って眺める世間の顔が、いくつも重なり合って眼の前を横切った。

手段はもう尽きたようである。どこにも自分を助けて呉《く》れるものはないだろう。とすれば、潔く総てを投出して裸一貫になるか、それとももう一ぺん、何とか彌縫《びほう》策を講じて見るか、愚図ついてはいられない場合だ。こんな下らない女のところになぞ、昨夜どうして泊り込んでしまったのだ！

振向いて見ると、女はやっと眼を覚まして、枕もとのバットの箱を引寄せながら、ア、ア、アーン、恥知らずな欠伸《あくび》を連発している。

「まア、早いわねえ、あんた」

「…………」

「雨降り？」

「…………」

「あらあら、煙草がないわよ。あんた、持っていない？」

女には、もう興味が有《も》てなくなっていた。返事をするのも面倒臭くて、ポケットのチェリーをパサリと投げてやりながら、彼はワイシャツを着、ネクタイを結び始めた。

「あんた、昨夜とはまるで人の変ったように不気嫌ね。どうしたってのの？」

「どうもしやしない。帰るんだ」

「取引はもう済んだってわけね。あたしんとこ、また来て呉れても構わないわよ。いつ来る？」

「そうさ、どこにも泊る所がなくなった時にでもナ」

「御挨拶ね。いいセリフだけど、満更《まんざ》ら気に入らないこともないようだわよ。——名刺上げとくから来たくなった時来て頂戴」

女は小鼻を下品にすぼめ、ニッと歯を出して笑ったが、なぜかその笑いは、ゾッとするように厭《いや》な笑いだった。

どこかから、ラジオの経済市況が聞えて来ている。それは忌々しい数字の羅列だった。彼はふと、眼の前にいるこの下等な女を、自分が今絞め殺したとしたら、どういうことになるだろうかと考えた。女は吃驚《びっくり》して、しかし冗談だと思っているだろう。腕を伸ばし、ジワジワ力を入れて首を絞めると、はじめて悲鳴を上げるかも知れない。いや或は、悲鳴も上げずに、最後まで冗談だと思っていて、足をバタバタやるだけかな？　人殺しなんて案外わけのないことに違いない。自分がこの女のところへ来たことは、誰も知っている者がない筈だ。して見れば、この女を殺そうというのが目的でなら、今でも即座にやっつけてしまえるのだが――。

「何をまた、愚にもつかんことを考えているんだ！」

祐吉はバカバカしくなって、フンと鼻を鳴らしながら、帽子とレインコートとを鷲摑《づか》みにした。女も、無意味にニタリと笑ってベッドを滑り落ち、鏡台から出した名刺を無理に男の胸へ押し込もうとしたが、その時男の上衣《うわぎ》の襟《えり》からはゴルフ倶楽部の会員章が、ポトリと音を立てて床へ落ちた。

「あら、なアに、これ？」

「何でもない。徽章《きしょう》だよ」

「綺麗ね。貰っとくわあたし。――名刺は持ってらっしゃい。あんた、きっと来たくなる時があるからさ」

来るもんか、バカな女め……と考えながら祐吉は、濡れたアパートの階段を下へ降りると、

「しかし、どっち道子爵には会わなくちゃならない。形勢を見極めて置くだけでも有利だからな」

やっと決心がきまった。

二

亘理子爵は華冑界《かちゅうかい》でも評判なくらい謹直清廉の士で、某々徳行会の名誉会長、某々育英団の最高顧問、某々文化協会の理事というような役目を五つも六つも有っている人物だった。それほどまだ老人ではなく、十年ほど前に夫人を失い、子供は緋裟子が一人だけである。子爵の自慢は、この令嬢にどんな種類の教育でも授けてあるということと、自分は生涯のうちに、只の一ぺんでも心に疚《やま》しい行いをしたことがないというのにあった。

目黒にある子爵の邸《やしき》へは、子爵の旧所領であるS県下の青年達が絶えず出入りし、それは子爵が教育や徳化事業に熱心で、郷里出身の学生達を、よく世話してやったからである。由比祐吉も同じくS県出身、子爵邸へは最も足繁《しげ》く出入りしていた一人であった。

まだ降っている雨の中を、祐吉はタクシーで目黒へ行き、その車を子爵邸の塀外で乗り捨てた時、ふと眼の前の棕櫚《しゅろ》の幹の間から、石とタイルとを混ぜ合いにして作った子爵家の建物を

ふり仰いだ。そして、子爵はじきと向うの南西に向いた二階を書斎兼寝室にしているのだから、子爵にコッソリと会うのならば、あそこの壁面の、変てこに襞《ひだ》の多い凹凸を攀《よ》じ登って行ってもよいのだということを、突然何の関り合いもなしに思い付いたが、これは、どうしてそんな非礼な面会の手段を考えて見たのか、我ながらハッキリ理解しようとは欲しなかった。常の如く表門を抜けて行くと、邸の玄関からは定紋のついた子爵家の自動車が走り出して来、その車の窓からは、金色のショールを肩に巻いた緋裟子が、軽く祐吉の方へ会釈をして通り過ぎた。

どこへ出掛けるのであろう。車には緋裟子のほかに黒い服の見知らぬ男が乗っていて、その男の容貌や身体附《つき》は不思議に印象深く頭に残ったが、緋裟子の会釈が祐吉にとって、強ち《あながち》好意のないものでもない。微かながらこちらへ笑いかけていたようだったので、祐吉は胸のうちを少し明るくした。

「子爵は、まだ何にもあの娘には話していないんだな。大丈夫らしい。ひょっとすると、子爵自身事実をまだ突止めていないのかも知れないぞ」

そして玄関のベルを鳴らした。

応接室へ通って、いつも見慣れている銅板画、炻器《せっき》の飾皿、窓框《まどわく》の彫刻などを無意味に眺めていると、

「やア、来たね」

子爵はダンヒルのパイプを手の凹《くぼ》みへ載せて、悠々中庭からのドアを開けて入って来たが、その顔には予想したほど険悪な色は見えず、その代り、

「ウム、今日あたりはもう、どうでも君が来る筈だと思っとった。君も案外大胆なことをして退《の》けたのだね」

頭から、単刀直入に浴びせられた。

万一の期待は外れている。心配した通り、子爵はもう知っている。この場合を、どういう態度で迎えるのがいいか。飽くまでも空呆《そらとぼ》けて白《しら》を切るか、それとも有体《ありてい》に詫びをいって許しを乞うか。

「しかし、よく来て呉れたね。逃げ隠れせずに、正面から堂々と儂《わし》の前へ来て呉れたことだけは、流石にまだ君だと思う。君の頭脳や手腕については、時々敬服させられていたのだが」子爵は、相変らず辛辣な口調でいった。「儂は、君の手で拵《こし》らえたに違いない書面、儂の偽筆も見ておる。非常に巧妙なものだった。儂以外の者は、誰でも儂のやったことと思ったじゃろうが、儂としては君が猶《なお》二三日も儂のところへ顔を見せんかったら、已《や》むを得ん、何とか手段をとらんけりゃならんと考えとった。細《こま》かしいことは、改めて儂がいわんでも解っとるね」

「解っております。それについて今日は、一通り私の立場を申上げたいと思いまして」

「立場？　君にも立場というようなものがあるか。よい、弁明は儂は聴きとうない」

「はい――」

「儂は、このままだと、相当大きな損害を蒙《こうむ》るのだ。損害も自分でしたことなら諦めるが、飼犬に手を咬まれるのは心外だからな。――ただ、君から進んで儂に弁明しに来たのに免じて、君がまだ、それほどの悪い人間になっとるとは考えずに置こう。また、なるべくはそう考えとうもない。儂は、今君が肚《はら》の中で思っとると同様に、出来るだけは円満な解決を望んでおるのだ。君も、前途を、この一回の失敗で葬るのは堪らないだろうし、君の不正背信、法律的にもまた犯罪となる行為を、儂はまだ誰にも話さず、儂だけの胸に仕舞って置いてあるのだ。君に誠意があって、ただ一時の融通に儂を利用しただけだったら、まだ何とか方法は講じられるかも知れない。儂にとっても名誉な事件ではないし、世間で何も知らぬうち、片附けてしまうのが一番よいからな」

事態は、対子爵の関係を除いて、まだそれほど切羽詰まったものでないことを、大胆に祐吉は理解した。子爵は矢張り善人である。世間へまだ何事も知らしてない。それがせめてもの子爵の好意だったのだろう。——ただしかし、その好意があったからといって、事実上の問題はどうなるものか。事件を円満に片附けるための力は、今や全く失われている。それには第一に金だ。第二も金だ。金が、どこを動かしたって出て来はしない!

「念のためいって置くが、儂のところへ先方からの話が来た時に、手形も証書も、ハッキリ君のしたことだとはいわずに置いた。言質を与えぬ範囲で、事を出来るだけ曖昧にして置いた。君はまだ相当信用があると思っていていいだろうし、その信用を利用したら、何とか出来んこともないだろう。どうだ。どのくらいの猶予を与えたら、今度の失敗の尻を拭《ぬぐ》ってしまえる?」

子爵が具体的な話を進めかけた時、女中が紅茶の盆を持って来たので、祐吉はホッと一時息がつけた。女中の手前を繕《つくろ》って、

「そうでした。さっき玄関でお嬢さんにお目にかかりました。どちらへかお出掛けですか」と

ってつけたように訊いた。

「緋裟か、あれは田舎の客人を案内して、絵の展覧会か何かへ行きおった。帰りに百貨店で買物をして来るとかいうていたが」

「そうですか」

玄関ですれ違いざまの微笑が卒然として眼の前へ浮ぶと、祐吉は令嬢に会って、令嬢の好意を利用することが出来たらと、虫のいいことを考え出していた。どんな甘言を用いてでも、またどんな手段に依《よ》ってでも、あの娘さえ味方だったらという気がする。帰りの百貨店は、多分行きつけのM百貨店であろう。

子爵は、

「どうだ。五日や一週間なら、まだ待つことが出来ると思うが――」

ふいに前の続きへ話を戻した。

「有難うございます。それだけ余裕を下されば、私も何とか出来る見込みです。その間しかし、今まで通り御内聞に願えましょうか」

「ウム、それは無論。儂も強《し》いて事を荒立てたくはない」

「御親切は忘れません。実は今日は、その見込みが立ちましたので、御報告と御詫びと、猶予をお願いに参ったものですから」

出鱈目《でたらめ》を並べ、大きく子爵の頷くのを見、祐吉は、また全く別の考えのためブルッと身を顫わした。

そうか。この分なら、俺のあの考えも満更ら実行不可能ではない。俺の不正は子爵だけが知っている。子爵は猶数日間このまま待とうといっている。して見れば、その沈黙の期間内に子爵が死んでしまうようなことがあったとしたら、あとは一体どうなるのだ。

三

祐吉が、それから暫《しばら》くしてM百貨店へ行った時、雨は止み、白い雲がキラキラ光っていた。街にも百貨店の中にも、会社員マダム女学生腕章をつけた詰襟服の男などが一パイで、この夥しい人の群から、どうして求むる人を探し出すか困難に見えたが、祐吉は店内に這入《はい》らず、横町の自動車がズラリと並んだ場所に佇《たたず》んで、幾本もチェリーを煙《けむ》にした。見覚えのある子爵家の車がちゃんと置いてある。それを見張っていれば、必らず緋裟子に会えるのだった。

百貨店の外で若い女を待伏せているのは、恋愛三昧の若い男女が媾曳《あいびき》の打合せをしている映画の場面のようにも思われるし、しかし自分は、あの令嬢に恋をしているのかと考えると、答えはハッキリ出て来なかった。今までは、どうやら彼女の美しさを思い出すことが出来たようだが、現在は遥かにそんな感じから遠のいている。それは恋愛三昧に似た一つの策略だった。策略で結構。女なぞ、こちらの策略であることを見抜かれさえせねば、すぐ恋愛に夢中になるに違いない。

彼は自分の美貌、聡明さ、機敏といったようなものには自信があった。ただ問題は、彼女の父親が、本当にどの程度まで今度の事件を彼女に告げ知らせてあるかという点だった。彼女が自分の信用すべからざる人間だということを知っていて、自分を軽蔑しているとすれば脈はない。矢張り一番いいのは、子爵が令嬢にすら何事も語らないうち、ふいに死んでしまうということではあるが――。

自動車の衝突、火事、エレベーターの故障、強盗、そういうような死の原因が、いくつも続いて思い出されたが、それらの災難は、こちらで思うような時に思うような順序で起って呉れるものではなかった。子爵の死は、結局はたから人為的に誘導してやらねばならぬものであり、しかし祐吉は、人為的に死を誘導するという文句を、頭の中へ並べただけで我知らず苦笑した。それは『殺す』という文句と同じである。『殺す』のでもいいが、殺したのでは駄目だと感じた。子爵が殺されれば、小うるさい警察官達は夜の目も忘れて犯人捜しにとりかかるだろう。いかに計画した犯行でも、捜すものがある限り、その犯行は暴露する時が来ないとはいえない。絶対安全な方法は見付からないのだ。ではこの場合、殺されたのだとは思わぬように自殺を装わせるのが最適である。自殺を信じ込ませた以上、犯人捜しの危険は無くなるけれど、その時自殺を装わせる手段には何がいいか。イヤイヤ、手段より何より、自殺には動機が必要だ。子爵は自殺したが動機が不明だとなれば、結局自殺が他殺に変り、同じく犯人捜しが始まってしまう。

子爵に自殺するだけの動機があるか。

それはどこを探しても無さそうだった。子爵は富も有り、謹厳で幸福だった。して見れば自殺を装わせるということも、動機の発見がない限り、到底不可能なことなのだ。それに思考の順序に一つの矛盾さえある……彼女が事件を知っているかどうか、まだそれを確かめて見ないことである。いかに巧妙に子爵を自殺せしめたところで、緋裟子が、自分に関する総てを知っていたら問題にならない。

百貨店は、間断なく人の流れを呑み込みまた吐き出して寄来《よこ》したが、そのうちに祐吉は、例の黒服の男と一緒に緋裟子の姿が、ようやくこっちへ歩いて来るのを認めることが出来た。

「まア、由比さん――」

と、自動車のすぐ近くまで来て、やっと祐吉に気がついた緋裟子の前へ、彼は静かに歩み寄って、

「一寸《ちょっと》、意外だったでしょう。お話があったものだから、待伏せをしていたんですよ」

「待伏せ？　あたしを？」

「ええそうですよ。不良少年みたいですね」

はははと、明るく笑って見せたけれど、緋裟子には、待伏せをするほどの用件が、どんな種類の話なのか呑み込めなかったらしい。彼女は少し当惑して、連れの黒服の男を顧《かえり》みながら、実は今銀座へでも出て、茶を飲みたいと思っていたところなのよといった。

「……でも、恰度《ちょうど》いいわ。由比さんなら、きっと気持のいいグリルかなんか知ってらっしゃるわね。――この方、札幌の農科大学を出た方で、今度東京へいらっしゃったところなの。お名前

は倉戸さん。御一緒に行って戴いてもいいんでしょう」

一緒では困るのだったけれど、祐吉は断るわけにも行かなかった。そのまま二人と自動車に乗った。幸運なことには、探《さぐ》りを入れて見るまでもなく、この明けっ放しな緋裟子の態度では、彼女がまだ何も父親から話して貰わずにいることが明瞭だった。少くともそれだけは安心してよかった。

農学士倉戸は、時々ボウボウと、汽笛のような声を出してものをいう、銅色の皮膚をした青年で、一緒に歩くのが気まりの悪いような田舎者に見えた。銀座の裏通りに車を待たせて、ブラブラ祐吉の知っている喫茶店の方へ行きかけると、その時倉戸が、

「しかし、ありゃ、気の毒でしたな」とふいにいい、

「気の毒って、あのお嬢さんのこと?」と緋裟子も答えた。

「ええ、そうですよ。ありゃ、あの娘さん、ほんの出来心に違いないんですからなア。万引ぐらい、大目に見逃してやったっていいんです。そいつをまた、店員でもない奴が見付けおって、手柄顔に大声で騒ぎ立てながらつかまえるんですからなア。娘さんは、顔を真赧《まつか》にしていました。それから泣き出しちまった。——全くありゃ堪らんですよ。あしア、見ていられんでしたよ。まごつくと、娘さん、窓からでも身を投げて、死んでしまいたいような顔をしとりました。あとで気をつけとらんと、娘さん、思い詰めて、どんな心得違いを仕出来《しでか》さぬとも限りませんぞ」

二人は百貨店で万引でも見て来て、さっき祐吉に会った時まで、そのことを話し合っていた

のであろう。倉戸が、万引娘に同情した口吻《くちぶり》でものをいっている途中で、祐吉は、頭の中へ何かキラリと閃《ひらめ》くもののあるのを感じた。

そしてその閃きの中には、まだ見も知らぬ万引娘の、恥で真赧になった顔や、窓から身を投げようとする娘の狂気染みた姿などが、激しく重合《ダブ》り歪んで映っているような気がした。

祐吉は、喫茶店へ行ってから、急に珍しいほど無口になった。時々緋裟子に頓珍漢《とんちんかん》な返事をした。そしてそこを三人揃って出て来た時、唐突《だしぬけ》に緋裟子達と別れを告げた。

「まア、どうして。何か、お話がある筈じゃなかったんですの」

「話はあるんです。しかし、あとで結構ですから。——急に忘れていた用事を思い出したのです」

「そうオ?」

自分の行動が、少し突飛に見えはしまいかという、微かな不安が萌《きざ》したけれど、それを深く考えている余裕はなかった。用事は、忘れていたのでもなく、思い出したのでもない。新しく発見されたのだった。そしてそれは、今朝の女のところへ、もう一度訪ねて行くということだった。

彼は胸のポケットへ手を入れて、そっと女から渡された名刺を引出し、急いでタクシーを拾った。

花言葉と謎

一

　亘理子爵は、友人N氏K氏S氏等と別れて、赤坂山王台《さんのうだい》の暗い坂道を下りながら、そうさ、外国へ遊びに出かけるのも面白いテ。儂も暇を拵らえて、イギリスやアメリカを半年ほど見に行って来ようかナと、呑気千万なことを考えていた。

　子爵は実に多忙な人だった。聊《いささ》か度に過ぎるほど謹直なため、時に敵を招くこともあったが、大体は人格者で評判がよく、その代りよく他人に利用された。朝起き抜けに、代議士何某のところへ紹介状を書かされるし、朝食後に何々団のことで寄附金の勧誘員が来る。それから何々倶楽部の理事が来て、何々会と何々会との合同橋渡しの下相談を受け、更に何々創立祝賀会に出席して、テーブルスピーチの時近作の漢詩を一つ披露しなければならない。あれから四日目のことだったが、その夜も星ケ丘茶寮で英国から帰ったR男爵のため歓迎会が催され、その宴の果てる頃に子爵は、ふと詩が作れそうになった。自動車は帰してしまって、ポクリポクリ、徒歩で赤坂溜池《ためいけ》の方へ出ようとしていたのだった。

　遠い夜空には、クルクル広告燈が廻転してい、街のいろいろな騒音が響き、ガソリンの匂いなど漂って来たが、兎に角山王台の夜は静かだった。子爵は外国と日本とのことを考え詩句を案じ、また今夜の料理は割に美味《うま》かったなどと思った。そしてとある急角度の曲角へ出た途端に、ドシンと何者かに突当った。

その衝突は、あまり激しいものでなかった証拠に、子爵は格別大した反動を受けず、僅かに半歩ほどうしろへ蹣跚《よろめ》いただけだったが、見ると眼の前には、若く美しい女が立っていた。そしてその女は、何か小さな叫び声を洩らして、クタクタッと姿勢を崩し、横手の石垣の根っこへベタリと膝をついてしまった。

闇の中でも水のように光沢のある銀鼠色の外套、波を打って肩へ垂れた髪の毛、真白な靴下と小さいつばのある帽子。女の洋装は、どこかひどく取乱して見えた。

「や、これは失礼。どうかしましたかな」

子爵は、衝突した拍子に、足でも踏んだのかと思って、おずおず声をかけた。

「いいえ」

と女は微《かす》かにいって、懸命な努力で立上ったかと思うと、素早くうしろを振向いて見た。それから突然フラフラと前へ蹣跚《よろ》けて子爵の胸へ全身を投げた。

「お願いでございます。私、追いかけられております……助けて下さい」

「何？　何ですって？」

「外人の家へ連れ込まれて、ひどい目に遭《あ》ったのでございます。——逃げ出して来ました……私の家まで連れて行って下さいまし……お願いでございます！」

女は、怖そうにそこらを見透かし、犇《ひし》と子爵の胸へ縋《すが》りついて、ゲクゲク泣出しているようだった。

子爵は、一寸間を隔《お》いて、女の姿を見下ろしているうちに、万事呑み込めて来た気持だった。

「悪者《わるもの》に遭ったのだね」

「はい」

「大丈夫だ。安心しなさい。儂が保護して進ぜよう。家はどこじゃね」

「母とアパート暮しをしております。麻布《あざぶ》ですけれども連れて行って下さいまし……私、外套を着るのがやっとで逃げて来ました。着物も着ておりません……」

どこかから、ひどく慌《あわただ》しく逃げ出して来て、靴や帽子や外套だけ、やっと身につけて来たというのであろう。女は実際丸裸で、外套を剥いだら何も着ていない。子爵は、女の肩を何気なく抱き支えてやった腕に、白く滑らかにムッチリした肌の温《ぬく》もりを感じて、我知らず顔が火《ほ》照《て》った。

子爵は長い貴族的な生涯に、今夜のように冒険的な経験ははじめてだった。

じきに彼等は山王台を下り、通りかかりのタクシーを呼止めた。車に乗る時子爵は、外套の下から女の脛《はぎ》がチラつくので、また顔を赧《あか》くし視線のやり場に困っていた。

人の細君であろうか娘であろうか。それとも職業婦人であろうか。

女は車が麻布のとある露地の口へ行って停まるまで、恥かし気に身をすぼめたまま、殆んど何も口を利かなかった。車を降りてから半町ほどの間、女はさっき子爵と突当った時の足が痛むらしく、相変らず子爵に抱き扶《たす》けられて歩いた。それから芙蓉《ふよう》荘というペンキ塗りの立札が出ている、小さなアパートの前へ出た。

「有難うございました。大変な御迷惑――」

「いや、別に。――ここがあなたの？」

「はア、二階の部屋を借りております……何だか、まだ眩暈《めまい》がして苦しいんですけれど」

その二階の部屋まで連れて行って呉れというのだった。来たついでで何でもないことである。子爵は女の腕を引立てるようにし、静かに階段を上って行って見ると、女の部屋は吃驚するほど乱雑になっていた。むき出しのベッド、黄色い毛布、青い電燈のカバー、脱ぎ捨てた着物、引きちぎられたエナメルの皮バンド、床に落ちている絹のハンケチ――。

子爵は、まだしかし何も解らなかった。ただ思いのほかの乱雑さで、女がどんな素性の女かと、少し不安になって来た時、女はどこからか鍵を出して、部屋の入口のドアに錠を下ろした。それからふいに外套を脱ぎ捨てたかと思うと、自分で自分の髪の毛をモジャクジャに掻き乱し、椅子を一つ、激しい音と共に床へ倒した。そして、

「あれェい！　誰か来てェ！　あ、あ、あれェい、助けてェ！」

途方もなく大声に喚《わめ》き出したのだった。

もとから素裸だし、まるでそれは気の狂ったものとしか思われない。子爵は吃驚《びっく》りし、

「ああ、これ、どうしたんじゃ、君！」

吃《ども》りながら女を宥《なだ》めようとしたが、女は、床を蹴り、壁へドシンドシンと身体をぶちつけ、煙草の灰皿をハッシと窓硝子へ投付けて、

「助けてェ！　誰か来てェ！」

必死の悲鳴を振り絞った。

子爵はただ困惑して、女の狂態を眺めた。

ちっとも事情が呑み込めなかった。

それほど世故に慣れず正直なのである。女を制することも出来ず、ドアを開けて逃げ出しもしないうちに、アパートの内部はガヤガヤ人が騒ぎ始めて、止宿人達が多勢部屋の前へ駈けつけて来たし、女は子爵にいきなり武者振りついて、ベッドの上へ共倒れになりながら、猶激しく叫び出してしまった。

「ああ大変です！　早く来て下さアい！　助けて頂戴！　この人が、あたしを、あたしを……あ、あ、助けてェ！」

じきに、アパートの管理人が、別の鍵を持って来て、やっとこさ部屋のドアを開けたが、その時群がる止宿人達は、何とも浅間《あさま》しい光景を目撃したのであった。

一人の老人が、若い女の止宿人をベッドの上へ捻《ね》じ伏せて、しかもその女は着物まで無残に剝ぎ取られている。そして、外套や、ハンケチやバンドなどが、一パイ部屋中に散らかっている。

「この人が、親切ごかしにあたしを連れて来て、こんなひどいことをするんです。ああ、この、厭らしい年寄り！」

女は、子爵を憎々しげに睨《にら》んで泣声に訴えた。それからはじめて自分の素裸なのに気付いたらしく、狼狽《あわ》てて床に落ちていた着物を引寄せた。

子爵は憤然として女に摑みかかろうとしたが、居合せた一同のため、折重なってその場へ組敷かれた。ひどく昂奮した怒声や罵声がアパート中に漲《みなぎ》り渡り、やがて警官がその場へやって来た。そしてこの驚くべき痴漢、アパートの女を襲った老紳士は、忽《たちま》ち警察へ連れて行かれ、警察には新聞記者がワイワイ押しかけて来た。

「イヤ、驚いたよ。亘理子爵だなんて、偽名かと思ったが偽名じゃないぜ。確かに本ものの子爵だからなア」

ほど経って、記者の一人は、署員に面会して来て歎息しながらいうと、

「ふーん。そりゃ素晴らしい。本ものの子爵だとするとこうしちゃおられん。見出しは何がいい。色魔紳士の驚くべき正体——女は死を以て貞操を守る——か」

合棒《あいぼう》の記者は嗄《しわが》れ声で叫んだ。

新聞社では、三十分間で、亘理子爵が何々徳行会の会長であること、非常な人格者として知られていたが、どういう魔が射したものか、某美容術師の助手玉園夏枝《たまぞのなつえ》という女の部屋で、最も非常識な行動の間際を発見されたこと——等々を何十万何百万の読者に知らせるため、文選活字小組校閲大組台一切の準備を終った。

そして、四千貫入りの熔鉱炉、熱と煙、紙型《しけい》と鉛版と汗——最後に一分間千三百尺の速度を有つ輪転機が、轟々《ごうごう》として唸《うな》り出した。

二

各新聞社会欄のトップは、皆亘理子爵の事件で占領され切ったように見えた。その記事の中でP新聞は、子爵を腐敗堕落せる貴族の典型だと真向から書き立て、Q新聞はやや穏和に、子爵も夫人を喪ってから十年、いかに道徳堅固に見えても、人間としての悩みには抵抗出来なかったのであろうという憶測を書いた。そうしてこういう憶測は、事件を一層真実らしく見せかけ、子爵の風評を、猶のこと悪いものにしてしまった。

新聞紙上で、玉園夏枝は語った。

「私は、内縁の良人《おっと》が帝国の軍人でした。こんな恥かしい目に遭《あわ》せられて、良人の名前なぞ申すことは出来ません。良人は満洲事変で名誉の戦死を遂げたのです。私は仕方がございませんから美容術師になろうと心懸けて勉強しておったのでございます。前には湯島の方にいましたけれど、二日ほど前に今の芙蓉荘アパートへ移ったのでした。赤坂であの厭らしい老人に会ったのは、私がどうしてかお腹《なか》が痛み出し、どうにも歩くことが苦しかったものですから、道ばたにじっと蹲《しゃが》んでいた時です。あの人は通りがかりに私を見付けて、最初大変親切に私を介抱して呉れ、住んでいる所まで送ってやるからと申しました。アパートまで来ると、私は一人きりで暮しているからといって、お断りを申したのですけれど、あの人は、私がまだ苦しそうだから介抱してやろうと仰有《おっしゃ》って、無理に私の部屋まで上って来ました。お腹が痛むのなら診て上げようというものですから、私は、お医者さんだと思っていました。そしたら、あんなひどいことをして、着物を皆んな脱がせてしまうのです。堪まらなくなって私は、恥も外聞も忘れて叫びました。ほんとに、生れてからこんな口惜しい目に遭ったことはありません」

この言葉と、女が前に子爵に向っていった言葉との異同を誰も確めて見るわけには行かなかった。それに、女の申立を全部が全部信用しないにしても、事実は事実だった。女が丸裸でベッドの上に押し倒されてい、子爵が口も利けず、混乱してその場に突っ立っていた光景は数名の人に見られていた。その事実が容易に子爵の体面を泥の中へぶち込んでしまった。女の申立に対し子爵の弁明も無論あったが、奇体にその弁明を不自然だとするものが多かった。不自然でないにしても、事実その弁明通りだったとしたら、子爵は赤坂で女を発見した時、女の保護を警官に任せるべきだったといわれた。それが常識ある紳士として最も適切な処置だった。身分ある亘理子爵ともあろうものが、素性の知れぬ女をアパートまで送ったという、その時の心理に何か綾《あや》がなければならない。子爵のいうところだと、女は赤坂山王台にいた時既に外套一つの裸体《はだか》だったという。裸体の女を見て子爵は果して何を感じたかと、下品に突っ込んだ言廻し方をするものもあった。

多少の好意を以てしても、どっち道子爵は、最も不名誉な立場に立ってしまった。

目黒の子爵邸には、家の子郎党、顧問弁護士、S県下の出身者達が集って来て鼎《かなえ》の沸くが如き騒ぎになったが、この中で最も忠実に立働いたものは、農学士倉戸重平《じゅうへい》と子爵の信任が最も厚かったという由比祐吉だった。この二人は協力して邸を包囲する新聞記者を撃退し、警察へ出頭して子爵の身柄を貰い受けて来た。子爵は黒白の判然するまで、断じて邸へは引取らぬといって敦圉《いきま》き、しかし押し宥《なだ》められて帰邸すると、はじめて新聞の記事を見て、

「ウーム、怪《け》しからん！」

歯を喰縛《くいしば》り狂人の如くいきり立った。その怒りの激しさは、家人をして身体に障《さわ》りがないかと案じさせるほどのものだった。祐吉は倉戸農学士と相談し、かかりつけの医者を聘《よ》んで、兎に角間違いがあってはならない。夜になったら何とか工夫して子爵を安静に眠らせて呉れるようにと頼んで置き、またひそかに一同善後策を講じた。

「兎に角あしア、新聞をどうにかせんと駄目だと思いますなア、手分けして、新聞記事を伏せて貰う運動は出来ませんか」

農学士が竹筒を吹くような声でいうと、顧問弁護士が苦り切って答えた。

「新聞への運動は、もう手遅れの感ですよ。それより子爵のいわれる通り、黒白をハッキリさせるところまでやった方が……」

「それもそうですが――」と祐吉は、苛々《いらいら》しげに首を振った。

「ま、一応は倉戸君のいう通り、新聞へも運動したらどうです。いくらかでもこっちへ有利なことを書いて貰うことにして、一つ、どうでしょう、女のところへも行って見たら」

「女に会うんですか。会ってどうするんですね」

「金を呉れてやったらと思うんです。癪《しゃく》だが已《や》むを得ません。金を見たら、案外女が折れて出て、あれは何かの行違いだったというような、こちらに有利なことを言出すかも知れません。

これが一番手っ取り早いでしょう。——尤《もっと》も、金で女の言分が変るようなら、女はもともと、強請《ゆすり》か何かの目的で、こんな芝居を打ったということが判るまいものでもなし、そうなると逆に女をやっつけられるし、一挙両得だと思いますがね」

それは非常に名案だった。祐吉は名案を出した代り、そんな女との交渉は到底自分に出来そうもないといい、結局弁護士と倉戸との二人が、その日のうちに女と会った。

けれどもこの名案が思いのほか悪い結果になったのは、彼等と女との会見は、極めて秘密裡に行われたものであったに拘わらず、新聞社の方へ、いち早くその顚末を電話で告げ知らせたものがあったからだった。のみならず女は、相手方から提供された幾何《なにがし》かの金を受取ると、結果に於ては、彼女自身の申立てを幾分でも曖昧にし怪しくし、或は全部を覆えしてしまわねばならぬことを知っていたと見え、金には目もくれなかった。両者の間に全く交渉の余地がなく、女は一言のもとに子爵家側の申出を拒絶した。

誰がそれを知らせて新聞記者を呼び寄せたのか判らない。翌日の朝刊には、早くもその事実が報道され、倉戸と弁護士とが悄然として鞄を抱き、女のもとを立去る姿まで写真になって現れた。

金で妥協を申込んだだけ当然子爵家側に弱い腰があるのだと、誰も解釈した。事態はその前日よりも遥かに悪くなってしまった。

その日、既に二晩続けて一睡もしなかった哀れな子爵は、家人一同から泣くようにして頼まれて、夜の十時、催眠薬の注射を受けた。そして二階の寝室のドアを内側から鎖《とざ》し、約二十分で、眠りに陥ちた様子だった。

皆疲れが一度に出、ホッと顔を見合した。

三

手抜かりは誰もしていたのである。

警察側も新聞記者達も、更に子爵側近の人々は、することなすこと、ヘマばかりだったといってもよかった。

その夜は人々がぐっすり眠った。

翌朝そうした人々のうちで恐らく最も早起きをしたのが、当時神田の学士会館に止宿していた倉戸農学士だったろう。彼は五時半頃起床した。そして先ず会館内の別棟にしてあるバラックで、ゴルフの室内トレイニングをやった。

壁の姿見に向って足構えをし、クラブのスウィングからして習うという初心者ぶりだったが、姿勢がいいとシャフトが傾《かし》ぐし、シャフトが水平になると脚が曲るといった具合で、おまけに生附《うまれつき》のガニ股のため、甚だ不態《ぶざま》な恰好だった。ゴルフは東京へ来てから習い始めたのである。暇があるとクラブを振廻し、ピシーリピシリと球を引っぱたいて見る。彼は汗をかいた。それから食堂で二人前のトースト、二人前のバタと牛乳。やがていつもの黒い服を着て、目黒へ赴いた。

子爵邸に間近くなると、じき向うを、粋な碁盤縞の背広を着て、由比祐吉がステッキを腕にしながら歩いて行く。農学士は大股に追いついて、

「やア、由比君、お早う」

といいながら、その時祐吉の右肩のうしろに、ひどくお行儀の悪いH字型に何か喰付《くっつ》いているのを見付けた。それは何か赤黒い綿屑みたいなもので、濡れて半乾きになって萎《しな》びている——。農学士は爪でそれをピンピン弾き飛ばしてやった。

「何か、汚いものがついてましたよ。こりゃ、よく落ちない。痕《あと》になってしまった」

「そうですか。どうも有難う」と祐吉も笑った。「お互いに毎日大変ですね。今朝の新聞を見ましたか。もう昨日ほどには書立てていませんね」

「そうでしょうか知ら。あしはまた、記事がだんだんひどくなっているような気がして困っとるですよ。あしは気が咎める。飛んだ失敗をしてますからな」

「失敗って、何をですか」

「玉園って女との会見を、どうしてか新聞記者に嗅ぎつけられたんですからなア。——ありゃしかし、どう考えても不思議だ。あんなに秘密にしたものを、どこから嗅ぎつけられたか訳が解らん」

「新聞記者は鋭敏だから仕方がないですよ。何も君の失敗じゃない」

「イヤ、失敗ですわい。あし達のやり方が悪かったため、子爵の立場を余計に悪くしてしまった。あれは、君の提案したことで、実にいい思付《おもいつき》だと思ったんだが……」

ジロリと祐吉は農学士を見て、口許を微かに笑わせた。それから肩を並べて子爵邸の門を潜った。

子爵邸では、祐吉達の顔が見えると、緋裟子が僅かのうちそこへ出て来たが、間もなく頭痛がするからといって奥へ引っ込み、あとは女中や書生家扶《かふ》運転手などが、まだ二階の寝室から降りて来ない子爵の安眠を妨げまいとして、出来るだけ物音を慎しみ、それでも十時頃から、恩顧のもの知人郷党など、遅れ馳《ば》せの見舞客がボツボツ来たので、これは倉戸農学士が一々玄関で応待して帰した。そしてこの間に祐吉は、子爵の知己友人達に配布するため、今度の事件について子爵の立場を明かにする弁明宣言書の文案を練った。

やがて十二時近く、邸内は急に何かガヤガヤして来た。その時農学士は、ノッソリ硝子張りのサンルームの方へ行ったが、そこには女中が二人と緋裟子とがいた。緋裟子は蒼い顔色だった。

「何か変ですね。どうかしましたか」

「え、父がまだ起きないんですの」

「疲れ切って眠っとられるんでしょう。昨夜、注射した筈だったでしょう?」

「でも、何だか……皆んなが起しに行っても、返事をしないものですから、お医者さんにも来て戴きましたの。お医者さんは、薬は薬でも、昨夜の注射では、もう充分眼が覚めていいんだと仰有るし」

「それで、どうしました、今は?」

「ドアが内側から鍵をかけてあるんですの。由比さんが、もう一度見て来ようと仰有って二階へいらっしったんですけれど」

そういわれている祐吉は、恰度そこへ、家扶と医者と一緒に降りて来た。唇をキッと結んで何もいわない。医者が、矢張りいくら呼んで見ても返事がないといった。

恐怖が、はじめてハッキリとやって来た。

口へ出したくない不幸な予想が、重苦しくその場へ立罩《たちこ》めて来た。

沈黙を精一杯の力で押破って、

「誰か見て来て下さい。お部屋へ這入って見なくちゃいけませんわ」

緋裟子がいうと、

「そうだ。そりゃ、その方がいい。――しかし、鍵がかけてあるとすると、あしア、外の窓から廻って見ようか！」

農学士が、いち早く庭へ飛び出してしまった。

外の窓といってもそれは二階である。

農学士は窓を見上げ、梯子《はしご》を探し、それからやっと壁面を眺めて、凹凸激しく刻み込まれた煉瓦の襞《ひだ》を足がかりに、不器用なガニ股をウンウン壁へ踏みはだかった。そうしてこんなことをしている間に、一方緋裟子を先頭にしたほかの者は、二階のドアを、ドシンドシン打破っていた。

ドアは案外頑丈でなく、忽ち羽目板がはずれたので、一同はドヤドヤ室内へ流れ込むと、もうすぐに、彼等が半ば以上予期していたものを見てしまった。相当古びて且《か》つ質素な寝台の上に、亘理子爵は、大して苦悶の表情もなく、毛布を尋常に着、枕だけはずして、仰向けになって死んでいるのだった。

居合せた人々のうち、最初は医者がひどく狼狽の態度だったが、それは前夜行った注射に、何か過失があったのではないかという心配のせいだった。

死体に触って見ると、その皮膚は指先きに吸付いて来るほど冷たく、既に著しい死後硬直が来ていて、子爵の絶命時刻は前夜の催眠剤注射後約五時間を経て、即ち、今朝の三時前後であろうことが後に判った。そしてその死体の枕もとへ取付けてあった木の棚には、一個の鍵束、ダンヒルのパイプ、クレヴンミックスチュアの鑵《かん》と灰皿、半円形の夜光時計があり、更にこの時計を重しとして、一通の封書が誰の眼にもつくよう置いてあった。

表に「緋裟子どの」とひどく癖のある筆蹟で書かれてあって、いうまでもなくそれが遺書であるらしかった。内容は甚だ簡単に、

一、余は余の破廉恥なる行為によって自決するのほか無くなった。余の非行は蔽い隠す術《すべ》が無くなってしまった。生きて醜骸を曝《さら》すに忍びずここに自決する。

一、余の死後に於て、亘理家の債権債務資産一切に関する処置は、顧問弁護士家扶由比祐吉三名の合議によって、然るべく取計らって欲しい。

——そういう二箇条だけであった。

遺書を読んで、緋裟子は、犇《ひし》と父親の寝台へ獅噛《しが》みついてしまった。

はじめに、子爵の死んでいることが判り、遺書などまだ見なかった頃、この部屋の庭に面した窓の外では、倉戸農学士がやっとこさテラスまで攀《よ》じ登り、そこには白ペンキを塗った鉄管の手摺りがぐるりと取廻してあったので、この手摺りの下を潜り抜けて、ゴソゴソとテラスへ這《は》い上ったところだった。

明るく長閑《のどか》に日光を浴びていたテラスには、万年青《おもと》や蘭や石楠花《しゃくなげ》の鉢が幾つも置き並べてあり、農学士は手摺りの下を潜り抜けた時、鉢を一つ倒したので、ガチャンと不謹慎な音を立てた。

そして農学士が、のそのそと頭を出し肩を現わし、最後に全身ヌックとテラスの上へ立上るまで、その有様をひそかな恐ろしい視線でじっと見ていたのが、室内に、寝台上の子爵の死顔を、他のもの同様覗き込むふりをしていた由比祐吉だった。

祐吉は、そのうちに、ふと何か気付いた風で、農学士が外から窓へ立寄る前、素早く部屋を横切って行って、自分でそこの窓を開けてやった。

「やア、矢っ張《やば》し、あしの方が遅くなっちまった――」

農学士は無遠慮な声でいって、人々の肩越し、うしろから寝台を覗きに行ったが、その時彼の背中には、二つの紫色をした花瓣《はなびら》が喰付いていて、これは農学士自身、少しも気付かずにいた風だった。

花瓣は、テラスの植木鉢から来たものである。一つの鉢から出た弱々しいイカリ草の茎が手摺りの下まで伸びていたのを、農学士は無理をして潜り抜けて来た。それで鉢も倒れたし、花が手摺りと農学士の背中とで、押し潰され引きちぎられたのであった。

祐吉は、じっとその背中の花瓣に目をつけていて、一度テラスを振向くと、急にギョッとした眼附になった。すぐ農学士の背後へ行き、背中へ凭《よ》りかかって子爵の死体を覗くようにしながら、そっと二つの花瓣をつまみ取ってしまった。花瓣は、今朝ここへ来る時に、農学士が祐吉の背中から、何か爪で弾き飛ばした事実を思い出させたのであった。イカリ草は、美麗にナヨナヨした四瓣花だった。平たく押し潰したらH字型になるかも知れない。

農学士自身に、それをまた見られてしまったらもうおしまいである。祐吉の指は、花をつまみ取る時ブルブルと震えていた。

何も知らない人々は額《ひたい》を集めて、この場の処置を相談し始めた。

そうして一時間ほど経った時に、当局係官が数名子爵邸へ急行して来た。

四

係官達は、しばらく家人を遠ざけて、死体を調べ遺書を読んで見た時に、

「ふーん、なるほどねえ」

厳めしい恰幅の巡査部長が嘆息を洩らした。同じにそれを覗き込んで、

「どうも、こんなことにでもなりやせんかと思った。子爵も煩悶されたんだろう」

上役らしい、私服の痩せた警官もいった。

「地位や名誉があると、反《かえ》ってあんな事件では分が悪いですな。世間がまた、まるで鬼の首でも取ったように騒ぎ立てたし」

「叩きつけ方が、残酷過ぎたよ。こうなっちゃ、おしまいだ。出来ちまったことは仕方がないけど」

そうして、また嘆息を繰返した。

前の芙蓉荘事件と照し合せて、そこには何もかも揃い過ぎるほど情況が揃っている。係官達は、眼で見た通りの事実を信じさせられたのだった。ただ一つ問題は、子爵がどういう手段で自殺したかという点であったが、後の解剖によると、猛毒アルカロイド、アトロピンの反応が顕著であり、最後は、このアトロピンが、どうした経路で子爵の手へ入ったかそのことだけが疑問となった。しかもそれは、死者を呼び覚まして直接訊ねて見たら、最もよく判るだろうという某警官の諧謔があった以外、結局、判らずじまいに残されてしまった。

「しかし、こういうことになろうも知れぬという、御家族としての予感みたいなものは、前以ておありじゃ無かったのですか」

やがて調書を作製することになり、係官はその途中で、ふと緋裟子に訊ねた。

「はい、まさかこんなこととは。――父は、自分が絶対に新聞に書かれたようなことはしないのだといっておりました。私も、父の言葉を信じて安心していました」

「あなた方を、安心させようとなすったのですね。ドアに鍵をかけられたという、このことも皆さんの気懸りにはならなかったのですか」

「それは、父が、平生でも寝室へ、鍵をかけることがございましたから」

「どうしてでしょう、そんなに用心深く。——御邸内で、盗難にでもかかったことがあったのですか」

「別に父も、盗難を懼《おそ》れてではなかっただろうと思います。その証拠には、庭へ向いた窓のところなど、挿込錠が具合悪くなっていまして、もうかなり前から戸締りしてございません。それを父は、ドアだけ鍵をかけていましたけれど、多分、朝のうち女中などが、父のまだ眠っているうちに、知らないで掃除に参ったりなどすることがあり、父はそれを、うるさく思ったことがあるらしいのでございます」

係官は、フムフムと頷いたまま、そのことはこれ以上もう訊ねなかった。夜のうち、その部屋へ外部から侵入したものの形跡があれば、窓の挿込錠が壊れていたことは、無論また問題になる。

係官はただ、子爵がドアに鍵をかけた点を、家人がなぜもっと深く注意しなかったのか、一寸訊ねて見たのに過ぎなかった。

検屍はやがて終った。

その頃倉戸農学士は、何思ってかノコノコテラスの方へ出て行ったので、

「オヤ、倉戸君。どうしたんですか」

祐吉は、キラリと瞳を光らせていった。

「いやア、なアに、さっきあしア、植木鉢を一つひっくり返してしまったんです」

「植木鉢なんて、構わないでしょう」

「いや、そうですが、あしア、学校にいた頃から、園芸……殊に花は大好きでしてね。こいつア、子爵が可愛がっていた花でしょう。――イカリ草ともいうし、淫羊藿《いんようかく》っちゅって薬用植物のうちにも入る奴です」

農学士は、こちらへ背を向けたまま鉢を起し、ポケットから出した靴べらで、こぼれた土を丹念にしゃくい込み、漸《ようや》く部屋へ戻った。

「あしア、今思い出したんだが、あの花は、花言葉で変てこな意味を有っとるんです。『お前を捕えてやるぞ』ってのがあいつの花言葉でね」

祐吉は、ギョッと農学士の顔を振向いていた。

硝子鉢の捕虜

一

亘理子爵の急死した旨が、世間一般へ知れ渡ったのは、子爵の死後二日程経ってからのことだった。

新聞で見ると子爵の死は、心身過労の結果心臓麻痺を起したというような、極めて曖昧な話になっていたが、これは今度こそ子爵家側の人々が、十二分に注意を行渡らせて、不名誉な死の真相を出来るだけ人の噂から伏せてしまおうとしたからだった。皆手分けをして新聞社の方面へ運動をしたし、新聞社でも、芙蓉荘事件に関する記事が子爵を叩きつけ過ぎたという点で、多少寝覚めが悪かったり、既にあれだけの遺書を残して自決したものを、死後更に鞭を加えるまでもないという気持が有ったりして、兎に角割に好意ある処置をとって呉れたのだった。その報道のうちには、子爵家に養嗣子というものが決定してなく、家督相続人は令嬢の緋裟子一人きりであるために、名門亘理家の爵位もここに断絶するだろうという旨がつけ加えてあった。

新聞の記事がどうであろうと、世間では、子爵の死と芙蓉荘事件とを、すぐ結びつけて考えたことだろう。記事の出た日に、子爵の葬儀は、もっとも質素な形式で営まれた。それから遺書にあった通り、顧問弁護士や家扶や由比祐吉の手によって、亘理家の資産が一応整理され、その整理の時、子爵は由比祐吉の関係していた某製氷会社の事業に対し、十数万円の手形を振出していたことが発見されたが、この手形は、祐吉が間に立って直ちに支払いが行われ、しかし、それでも子爵の遺産は十分残った。表向き、もう問題は何もない。その頃祐吉は、新しい一つの敵意を持って、農学士倉戸重平の身辺を警戒し始めていた。

或日彼は、上野の図書館へ出かけて行ったが、それは草花のことを調べて見ようと思い立ったのであった。その場は事なく済んでしまったようだけれど、あの時倉戸重平にいわれた花言葉が、彼にはひどく気になっている。イカリ草が、本当にあんな花言葉を有っているのだろうか。

学生の頃四五回通ったことがあるだけで、その後殆んど足踏みしなかった図書館は、昔通り陰気で荘重な建物だった。冷たい石の廊下、幾つにも折れ曲った急傾斜の階段、目録室の、もう何年にも空気を入換えたことのないような黴《かび》臭さ——。彼は、手垢で汚れたカードボックスを繰《く》って、花卉《かき》園芸花の伝説などに関する本を三四冊借出して見たが、或書物ではイカリ草の花言葉が、倉戸農学士のいった通り『汝を捕《とら》えん』となっているし、他の書物では『あなたを俘虜《とりこ》にしてよ』となっている。『あなたを俘虜にしてよ』なら、恋愛を意味する女の言葉だから、格別気にすることもないようだし、かといってあの時倉戸農学士が、壁伝いにテラスへ這上って来たことや、その肩へイカリ草の花瓣《はなびら》を喰っ付けて来たことなど考えると、矢張りそれは気にせずにはいられないものだった。自分の服の背中へ痕になって残ったという汚点《しみ》は、もうクリーニングに出したのだから心配はない。けれども、あの鈍重な顔附の田舎者め！　まだ何か、飛んでもないことを気付いていやしないか。

古ぼけた和綴《わと》じの本を筆写し、居眠りをし、また頰杖をついて、小説に読み耽《ふけ》っている閲覧者達の間を抜けて、祐吉はじきに本を返しに行って来たが、新聞閲覧室を通って廊下へ出ると、思わずドキリと立竦《すく》んだ。目録室の入口に、純白の上着、濃茶のスカート、緑色のスカーフを頸に巻いた玉園夏枝がこちらを向いて立っている。夏枝は逃げる余裕を与えず、祐吉の方へ進んで来て、横をすっと摩《す》れ違いざま、小さな紙玉を素早く祐吉の手へ押しつけて行った。

ひろげて見ると、「地階の喫煙室へ」と書いてある。

祐吉は、狼狽して四辺《あたり》を見廻し、急にまた、腹が立って来た。一体これはどうしたということだ！　あの女が、何だってこんなところまで出しゃばって来たのだ。この図書館内にも、自分や玉園夏枝の顔を、見知ったものがいないとは断言出来ぬ。そこへあの女がノコノコと現れて、第一、あの女と自分との間に、秘密の連絡があったことを、誰かに気付かれたとしたら最後ではないか。何か話があるから地下の喫煙室へ来いというのだろうけれど、行ってはならない。女と会っているところを見られてはならない。……が、一体どういう用件であいつやって来たのだ？

祐吉は、躊躇しながら、結局地階へ降りて行った。薄暗く、牢獄のように陰鬱な地下室には、何か頻《しき》りに議論中の学生達がいる。垢染《あかじ》みた縞の着物にヨレヨレの袴《はかま》をつけた男が、六法全書を暗記しながら乾《ひ》からびたジャムパンを噛《かじ》っている。バットの空箱、塵芥《ほこり》に塗《まみ》れた梅干の種。濛々《もうもう》たる煙草の煙の向うに、夏枝の洋装を認めると、顎と眼とで合図を交して、彼等は一番奥の席へ進んだ。

「はじめてだわあたし、図書館なんて。あんたを探すのに、随分骨を折らされちゃった」

堅い木の椅子へ腰を下ろすと、夏枝はすぐそういって、ハンド・バッグのコムパクトを取出しそうにしたので、

「オイ、止せ。そんなこと！」祐吉は、険《けわ》しく眼で叱った。

「止せって、何をよ？」

「そのコムパクトだ。人目に立ったら困るじゃないか。――こんな場所で化粧なんか仕直している奴はありやしないよ」

不機嫌に祐吉のいっているのを見て、夏枝は『ふふん』といった顔附だった。

「……んなら止すわよ。まるでここ、裁判所みたいにオッカナイのね」

不承無承コムパクトを出すのは止めて、その代り、金口のミスブランシュを一本、スイと抜き出して口に咥《くわ》えた。

「それであんた、どういう話であたしを呼出したの？」

「呼出したって、バカをいうなよ。呼出しなんかするものか。――君に会ってるところを人に見られでもしたら百年目だ。一体、何の用が有って君ア来たんだ！」

「…………」

急に、ハッと瞳を据えてこちらを見詰めた女の顔が、祐吉には、何か知ら不安を感じさせるものだった。一寸間を隔《お》いて、

「あんた、本当にあたしを呼出したんじゃないの？」夏枝が息を詰めていった。

「呼出しやしないよ。さっきの紙玉、君の方から寄来《よこ》したんじゃないか」

「ええ、そう。あの紙玉はあたしだけれど……でも、随分変てこねえ……」

何故か、再び夏枝は押し黙っている。気のせいか、顔色が蒼ざめて見えた。祐吉が何か訊こうとした時、

「じゃ、これを見てよ」

出して見せたのが、灰色の横封筒で、表には芙蓉荘の所番地と玉園夏枝の宛名だけ書いてあるものだった。中味は、どこにも有りふれた事務用箋が一枚――。

急用にて御面会致し度し。上野図書館までお出向きを乞う。
由比　祐吉

簡単に、二行だけ書かれたペン字の文面を読んで行くうちに、祐吉は、ふいに眼の前の深淵を感じた。深淵は真暗である。アングリと口を開けて、祐吉の陥《お》ち込むのを待っている。——いや、既に、陥ち込んでしまったのかも知れない。手紙は、絶対に、自分で書いた記憶のないものだった。

「どうしたんだ、これは——」

「どうしたんだって、あんた、書いたんじゃないの？」

「書くもんか」

「一時間ばかし前か知ら……自動車の運転手みたいな男が持って来たのよ。あたし、あなたから寄来したのだとばかり思って、すぐここへ駈けつけたんだもの」

眼と眼を見合ったまま、息もつけない気持だった。ここに、突然、恐るべき第三者の手が働き出している。その第三者は、祐吉が今日図書館へ来たことを知っていたのだ。そうして玉園夏枝のところへ、偽の手紙を持って行ったのだ。単に祐吉の名前を騙《かた》り、夏枝をアパートから誘《おび》き出しただけの、悪戯《いたずら》みたいなものならいいのだけれど、この悪戯には、まだまだもっと陰険辛辣な魂胆が隠されている。少くとも第三者は、祐吉と夏枝との間の連絡を、ある程度まで突止めてしまっている。もう、それは自分と夏枝との会見する姿を、人に見られまいとするぐらいの用心では、到底追いつかないところまで来ているのではないか！

「君アそれで、この手紙を持って来た男が、どこで誰に手紙を頼まれたのか訊いて見なかったのかい」

「訊く暇なんかなかったんだもの。ドアのところでノックする音がしたから、開けて見ると運転手みたいな男が立っていて、手紙をいきなり差出しただけよ」

「その男の、顔立ちやなんかは？」

「別に、特徴も何もありやしないわ」

倉戸重平の厚ぼったい顔を、祐吉はまた思い出していた。見廻すと、さっきのジャムパンを嚙っていた男がいなくなってい、学生達はまだ相変らず議論中だった。手紙を、もう一度読み返すと、その時はじめて気付いたのだが、それは特徴的な癖のある筆蹟だった。曾《かつ》て亘理子爵の死の部屋で発見された、子爵の遺書に見られたと同じような筆癖がある。言換えれば、祐吉自身がそれを偽造したことのある、子爵の筆蹟に似たものだった。子爵が、まさかこの手紙を書ける筈はないのだと考えて、しかし祐吉は、ブルッと新しい恐怖を感じた。もう、一刻でもここに愚図ついてはいけない。どこに、誰が、じっと自分達を監視しているか解らないのだ！

夏枝も同じ気持だったと見えて、やがて彼女は、一足先きに図書館を出ると言出した。そして別れ際に、黙って自分の蟇口《がまぐち》を開けて見せた。

「何だ、また金か――」

祐吉は、吐出すようにいって四五枚の紙幣を渡してやり、わざと大股に喫煙室を出たが、そのあと目録室を覗き、普通特別の閲覧室を見て行って、とある机の隅っこで、さっき食堂で見かけたジャムパンの男が一心不乱法律書を読んでいる姿を見届けると、やっと僅かな安心が湧いた。そうだ、少くとも、陰にいる第三者はこの男ではない——。

二

祐吉は、それから二三日、地獄のような不安と焦慮とのうちに日を過した。

はじめ亘理子爵の自殺は、誰もそれを疑っているものが無いかに見えた。遺書は文面通りに信じられ、手形の件も至極好都合に片がついた。そうしてそれにも拘らず、今や彼の背後からは最も恐るべき敵がじりじりと肉迫しつつある。網をひろげ、その網をいつか自分の身体へ投げ掛けようとしている。一体そいつは誰だろう。何者が、かくも明敏に、玉園と自分との関係を嗅ぎつけたのだろう。敵の正体は、じきに判りそうでいて案外判らない。倉戸農学士に当って、探りの針を入れて見たいと思い、一度彼は神田の学士会館を訪ねて行ったが、農学士は、恰度その前日から、どこかへ旅行に出かけたとのことだった。その旅行が、実は旅行ではなく、由比祐吉の行動を監視するための、ひそかな画策ではないのだろうか。

祐吉は、ガラス鉢に投げ込まれた亀の子のように、みじめな自分の姿を想像した。仰向けに引っくり反されて、不器用な手足を悶掻《もが》かせて、幾度起直ろうとしても起上れず、その不態《ぶざま》な首や腹を、周囲からは隠すところもなく見守られているのだ。只一ついいことは、敵が自分に向って、直接まだ何もしかけて来ないというところではないだろうか。間近にいながら、敵は姿を現わさない、現わさないのが恐ろしくもあるが、僅かに一縷《いちる》の望みを託すことも出来る。敵はまだ十分に戦闘準備が出来ていない。この由比祐吉を疑っているにしても、その疑いの裏書きをするに足る証拠が集まらなくて困っている。では、自分は何をしたらいいか。敵の正体を看破することと、そうだその前に玉園夏枝と自分とが図書館で会見したという事実だけは、兎に角相手に知られている。そのことを、無理に隠そうとするよりは、自分から進んで発表して置くに越したことはない。その方が、疚《やま》しくないようにも見えるだろうし、万一の場合、弁解するにも都合がいい。

祐吉は、一思いに断崖を飛び越えるような気持で、突然目黒の子爵邸を訪ねた。そして緋裟子に会った。

「まア、よくいらっしって下すったのね。由比さん、もう来て下さらないのじゃないかと思ってましたわ」

緋裟子は、思いの外血色のいい顔で祐吉を迎えたが、ノッケにそんなことをいって、謎のような微笑を片頬に刻んだ。

「オヤ、どうしてですか。僕がもう来ないなんて」

「四五日、お見えにならなかったんですもの。父のあと片付けが済んでしまうと、だんだんに来る人が少くなって行くようですわ」

「お邸の中が淋しいでしょうね」

「ええ、有難う。それでも、することがまだ沢山ありますし……私、毎日本を読んでいます……」

横目にチラリと飾戸棚の方を見たようだったので、祐吉も同じようにそこへ視線をやると、戸棚の下部には、四五冊の洋書が載っていた。仏蘭西《フランス》語の本もあるし、独逸《ドイツ》語の本もあるらしい。語学や文学は祐吉の苦手だった。

「皆んな、外国の小説ですけれど、随分面白い話ばかり書いてありますわ。それに私、あそこにある小説の中で、大変な発見をしたんですの」

「いいですねえ小説は。僕も小説を読むくらいの余裕が欲しいですよ。——実は、一寸妙なことが起っていて、気持も少し落付かないものですから……」

気のせいかも知れない。緋娑子はまだ小説の話をし続けたいように見えたし、時々絡《から》みつくような視線で祐吉の眼のうちを覗いていたので、祐吉は何か知ら苛々《いらいら》しいものを頭の中に感じて、しかしそれを振払うように、目的の予防線を張り出した。

「小説といえば、こないだ僕は、一寸した調べものがあって上野の図書館へ行ったんです。そしたら、とても意外な女に会いましてね。——玉園夏枝っていう女です。あの女が、僕の名前を騙った手紙で誘《おび》き出されて、僕に会うため、図書館まで僕を追いかけて来たんですよ」

「貴郎《あなた》に会うためって、どうしてですの、そんなこと?」

「それがです。どうしてだか判っていりゃ問題はないんです。僕は、図書館の中で、名前を呼びかけられたものだから吃驚しました、はじめ僕は、女が何かまだあの時のことで言掛りをつけに来、金でも強請《ゆす》られるのかと思いました。新聞には子爵が急病で亡くなられたように発表したし、そこんところをつつかれると、まだ幾らかはつつかれる余地があるんですから。――女に、だんだん訊いて見ると、今いった通り、僕の名前を騙った偽手紙に呼出されて来たというんですけれど」

「お話が、よく私には呑み込めませんわ。偽手紙って、どういう意味のものですの」

「只、僕の方から、女を図書館へ呼寄せたという形式になっているだけのものです。僕としては、そんな手紙を書いた覚えがないし、第一、玉園夏枝なんかと爪の垢ほどの交渉もないんだから、その点は何も気にしなくていいように思うし、しかし、問題はもっと別のところにあるんです。――子爵の生前、あの女には、こちらから金を呉れてやって、口を封じさせようとしたことがあります。そしてその時は、女と倉戸君達との会見顚末を、いち早く新聞社へ告げ知らせた奴があって、こちらは非常に不利な立場に陥りました。僕は、今度のことも、あの場合の形勢とどこか似通っているような気がしています……誰か、蔭にいる奴があって、いろんな小細工を弄しているんです、僕と玉園とを会わせて、その事実を、どう利用するつもりだったか判らないとしても、兎に角、誰かの手が働いています。そいつの正体を、早く突止めてしまわんといけないのですから……」

いってしまって、なぜそれを突止めねばならぬのか、祐吉は説明するのが困難だった。前回の倉戸と玉園との会見は、今度と全く立場が違う。その時の会見を新聞社へ告げ知らせてやったのは自分だった。突止められれば、直ちに己れの破滅である。それに、今度のことでも、偽手紙を出した奴のことは、自分一人だけで突止めねばならない。さもなければ、矢張り破滅がやって来る。巧みに、まさかの場合の弁明をして置くつもりで、祐吉は反《かえ》って頭の中が混乱した。狡猾に立ち廻って、予防線を張りにやって来ながら、何か自分は、飛んでもないことをしているのではないだろうか。べらべら喋った言葉のうちに、あとで抜き差しのならぬ矛盾、自分を益々不利にするような文句は無かっただろうか。

「まア、しかし子爵は亡くなられたんですし、こんな問題、貴方《あなた》がそう頭を悩ます必要はないんですが――」

と、急に口調を変えて、祐吉は自分で持出した話に、急いで鳧《けり》をつけた。

「でも、変ですわねえ。その玉園って女《ひと》、あなたと会った時に、どんなような態度でしたの」

「さア、態度は別にどうということもなかったですよ。ケバケバしい洋装をしていました。思ったより、綺麗な女じゃなかったですがね。――まア、その話は、止そうじゃありませんか。倉戸君はどうです、相変らずこちらへやって来ますか」

「倉戸さん――。いいえ、あの方も矢張り、この四五日お見えになりませんの。どこか、越後の方とかへ、旅行されるというようなお話でしたけれど」

「また、東京へ帰って来るんですね」

「ええ、そう。あの方、北海道の方に農場を持っていらっしゃるんだけれど、東京で大規模な園芸品の販売をやりたいと仰有ってました。どこかもう温室をお買いになったそうですわ」

途中で話頭の転じ方が、不器用に聞えはしなかったかと案じたが、緋裟子は格別それを気にしたようにも思われない。そうか。この調子なら今日の訪問は、大して失策でもなかったのだ！

やがて彼は子爵邸を辞した。独身ながら祐吉の住居は麴町《こうじまち》にあって、ばあやと女中と書生とを使い、かなり贅沢な生活をしている。その自宅へ帰った時、表書きが男名前になっている一通の手紙を彼は受取った。

――由比祐吉様――

先日は失礼しました。とても変な具合でお別れしてしまいましたわね。図書館なんて、私は大嫌いです。その後こちらは何も変ったことが無いから安心して下さい。私はあの事件で新聞に名前が出たものだから、とても有名になっているようです。軍人の未亡人だというのに同情して、結婚の申込が三つも四つも来ています。申込みと一緒にわざわざ私のアパートへお引越しして来て、毎日のように何かと言寄って来る熱心家もいるくらいです。私、場合によったら、そのうちの一人と結婚してもいいように思っているのですけれど。

早速ながら、お金を三百円ほど、至急お届け下さいませ。夏のドレスが欲しいし、約束して戴いた美粧院開業のため、幾らかずつ用意して置きたいと思うものもありますから。

では、どうぞお願い。

一未亡人より

地獄の探偵

一

いつ帰ったのか判らない。

兎に角いつの間にか倉戸農学士が、再び東京へ出て来たのを知って、それを祐吉が何喰わぬ顔で訪ねて行ったのは、それからまた三日ほど後、もう日暮れ近くのことだった。

「やア、これア、珍客ですナ」

「神田へ来る用があったものだから、急に思いついてお寄りしたんです。オヤ、素晴らしいゴルフの道具がありますね」

「ほんの少し、始めとります。とても下手っ糞《へたくそ》で、道具を買っとくのが恥かしかったんですが」

「いいですよ。道楽ははじめに金をかけた奴が、長続きもするし上達もします……そうだなア、僕も恰度暇だし、一緒にゴルフに出かけませんか」

「でも、こんな夕方から——」

「大丈夫です。僕んとこの倶楽部は夜でも出来るようになってるんです。九時まで照明がしてあるんですから」

「ほう、そりゃ、素敵——」

そして到頭郊外のT倶楽部というのへ二人でタクシーを飛ばした。

相手の思惑を探るのに、そう露骨なやり方をしてはいけない。そうだ、ゴルフでも呑気にやっているうちに、いずれ、この男の正体も露《ば》れるだろう。

「一度、留守中に、君んところをお訪ねしましたよ」

「へえ、そりゃどうも。あしア、一寸したことで東京を離れておったもんですから」

「どちらへ行かれたんです。温泉へでも?」

「イヤ、温泉やなんかじゃないですテ。下らない用事でした。あしがいない間に、こっちじゃ、何か変ったことでもありましたか」

「別に大したこともありませんね。そういえば、僕だけが、一寸妙な経験をしましたけれど」

車の中で祐吉は、緋裟子に話したと同じことを、今度は前よりも遥かに用心深く簡単に話した。農学士から、何か突込んで来るかと思ったが、生憎《あいにく》と農学士は顔色も変えない。反応があったのかなかったのか、見当もつきかねる顔付だった。十中八九、例の第三者がこの男であろうという見込みがはずれかけたような気がし、一方ではまた、若《も》しかしてこの男が自分の予想通り、何か知っているのだとすれば、これこそ実に恐ろしい敵だと思った。底知れず大きな胆力や機略が、この無神経な眼附、厚い日に灼けた皮膚の下に潜んでいる——。

T倶楽部へ着くと、実際もう夕方だった。車を捨てて、クラブハウスの正面まで行った時に、農学士がひょっと足を停めて、建物の軒《のき》を眺めている。

「どうかしましたか、倉戸君?」

「イヤ、なアに、あしア……」

はじめて、ある変った表情が現れたのだけれど、何のことか判りはしない。それこそ、自分とは無関係なことらしかった。玄関には、車寄せを廻《めぐ》って、罌粟《けし》やチューリップが綺麗に咲き、コスモスがもうすくすく伸びて来ている。

「こないだ、花言葉を一つ教わりましたね。あれは、イカリ草っていうんでしたか」

祐吉は、一つ、思い切って突っ込み、

「あははは。そうでしたね。イカリ草でしたよ。あははは……」

農学士は、無意味に笑った。

「花よりゃ、今日はしかしゴルフを教えて下さい。あしア、室内の練習ばかしやっていて、本当のゴルフ場ははじめてなんです。あんたがよく教えて下さらんと」

「コーチしましょう。はじめにドライヴィングをやって見るんですな」

日の暮れかかったリンクスには、もう数えるほどしか人がいなかった。キャディが一人、ノソノソと芝生を横切って行く。祐吉は農学士を、プラクチス・グラウンドへ連れて行って、暫くコーチしてやった。実際農学士は空《から》っ下手《ぺた》で、形がまるで成っていない。

「実はね、亡くなられた亘理子爵でしたよ。あしにゴルフを習っとけっていわれたのは」

「ほう、そうですか。そりゃ初耳です。子爵は自分ではゴルフなんか手を出そうともしませんでしたがね」

「これからの若いもんは、何か流行《はや》り出した場合に、そいつが流行っているうちに、一応やって見て置くがいいんだって、あしにお説教して呉れたんですテ。あしや、あんな善良な人は見たことがありません。ああいう人が自殺したなんて、まだどうも、本当のような気がしません」

来たな、と祐吉は感じた。

実際はこの男、子爵が自殺したのではなく、他殺だと言切ってしまいたいのではないだろうか。その言葉を無理にでもこの男の唇から引っ張り出せば、あとは定めしサバサバした気持になれるだろう。一かばちか、こちらでそれをいってやろうか。此奴《こいつ》が、面と向って俺を怪しいと指摘するなら、こっちも、その覚悟で火蓋を切ってやる。ああ畜生！　いつまで煮え切らない眼付をしているのだ。もう、いい加減で、空呆《そらとぼ》けた無関心面《づら》は止めてしまえ！

あと一歩、何かうまい言葉で、探りを入れたいと思いながら、実は咄嗟《とっさ》に、何もいえなかった。そして農学士は、ひょいと話題を別のところへ持って行った。

「そういや、令嬢の方は、ゴルフも相当やられるんだそうですね」

「緋裟子さん――。あの女《ひと》なら、何でもやります。テニス、スキイ、水泳もやるし……」

「豪《えら》いですな全く。あしや、あの令嬢には敗ける。お茶を一つ飲みたいですな」

クラブハウスの右翼へ張出しになっているバルコニーで、農学士はカルピス、祐吉はオレンジエードを啜《すす》りながら、もうその後は、興味のないゴルフの技術的な話ばかり続き出した。が、ふと気付くと、農学士は、時々視線を横にはしらして、一卓向うの椅子に腰かけている男の、胸のあたりを見詰めている。

「？……」

農学士の顔色を半分、また、その視線の行先を半分、探るように祐吉が眺めると、

「実は、一寸お尋ねしますが」と農学士が、ふいに立って行って、向うの椅子の男にいった。

「はア、何ですか」

「あなたの、胸のところに、徽章《きしょう》がつけてありますでしょう。大変失礼だけれど、どういう徽章ですか」

それは、赤銅に、銀でゴルフのクラブとボールと、Tという金文字を象嵌した、襟章《えりしょう》だった。

尋ねられた男は、怪訝《けげん》そうにして、

「ああ、これ？　こりゃ、ここのクラブ員の徽章です」

「ここの会員でなけりゃ、持っていない筈のものですね」

「ええ、無論――」

何かひどく思い当ることがある顔附で、それでも叮嚀《ていねい》に礼をいってもとの席へ戻る農学士を見ているうちに、祐吉は、ドキンと電気に撃たれたような気がした。

さっき倉戸が入口で、クラブハウスの軒を眺めていたのは、屋根の下にとりつけてある、倶楽部の大きな紋章を見上げていたのだ。そして、今いわれた徽章のことは自分でもウッカリ忘れ果てていたことだった。祐吉は、はじめてあの女のところへ泊って来た時に、会員章を女にやって来てしまったことを思い出した。現にそれは倶楽部正会員たる自分の胸についていない。そして倉戸は、以前顧問弁護士と二人で、玉園夏枝を訪ねて行ったことがある筈だった。その時に、倉戸は、女の部屋で、同じ徽章を見たのかも知れない。……いや、知れないどころでは

ない。確かにそれを見ているのだ。だから、ここで、あの徽章を発見して驚いているのだ！

祐吉は、自分の身体を支えている床が、ずーんと下へ沈んで行くように思った。汗がタラタラと滲《にじ》み出し、手の平で、無性に顔を撫でた。これこそ致命的である。図書館で玉園夏枝と会ったことなどは、まだ、何とでも言抜けが出来そうだったが、事件発生以前に、自分があの女を知っていた事実を感付かれたら、金輪際言抜ける術はない。しかも、倉戸が女と会見したのは、子爵の自殺した前々日だった。もう駄目だ。何もかも掌中に握られてしまった。最後の土壇場まで、無理にでも頑張っていなくてはいけないのだが――。

二

一寸でも口を開いたら、何か、それは取返しのつかない言葉になってしまうような気持だった。

「オヤ、ひどく蒼い顔をしとりますね」暫くすると、倉戸の方から果してこういいながら、今度こそかなり露骨に祐吉の顔を覗いた。

「何だか、急に気分が悪くて――」と祐吉は辛うじて答えた。

「いけませんねそれは。もう帰りましょうか」農学士は、またジロリと流眄《ながしめ》をくれて、わざとらしく腕時計を見た。「じきに九時になりますね。倶楽部はもう、しまうんでしょう」

畜生！　なぜ、ここですぐと、徽章のことをいい出さないのだ！

祐吉は、急に大声で、思いっ切り何か呶鳴《どな》りたかった。この図太く空呆《そらとぼ》けた顔附の男を、殴り殺したい慾望が起った。殺したくても、流石にそれは出来そうにない。牡牛のように頑強なこの男にかかっては、反って自分がやられてしまうだろう。武器もないし、場所も悪い。幸いにも、すっかり夜になっている。そうだ、どこか人目につかない所へ、うまく連れて行く工夫はないか。

帰りの窓口で、入場料《クラブ・フィー》の支払いを済ました時に、それでもやっとあることに思い付いたのは、幾らかでも落着を取戻した証拠だった。彼は急激な腹痛を装い、便所へ行くといって、農学士を玄関に待たせた。そして事務室の蔭になっているロッカー室の方へ行った。そこの壁には、ロッカーを借りてない会員達の外套や上衣が、いつもは沢山にかけ並べてある。閉場間際だし、今は二着ほどしか服がなかったけれど、素早くその胸を探ると、運よく目的の徽章がついていている。これでいい。これさえあれば、急場の胡麻化《ごまか》しだけは出来る。それから悠々用を足して、引返そうとした途端に、洗面所の籠へ沢山の手拭が投げ込んであるのを見付けた。あの首へ捲きつけるには、どのくらいあったら足りるだろう。彼は四辺《あたり》を見廻しながら、その手拭を幾本となくチョッキの下へ押し込んだ。

農学士と、肩を並べてクラブハウスを出ると、照明のない道路が、思いのほか暗く長く続いている。

「イヤ、やっと気分がなおりましたよ。——さっき、なにか会員章のことを訊いてましたね。あれはどうしたんですか」

「ああ、あれ？　ありゃ　あしが、急に変なことを思出したもんですから」

「そうですか。何か役に立つことがあるんだったら、僕も持ってますからお貸ししますよ……ええと、この前の服は、襟んとこへ付けといたが、こないだ服を着換えて、どこへ入れたんだっけ……」

あっちこっちポケットを探す振りをし、漸くさっきの徽章を出して見せてやった。農学士は、眼を近づけて覗き込み、『ほう！』と只溜息をついた。

そうら、此奴、面喰っていやがる。これは会員が一つしか持っていないものなんだ。紛失すれば、事務所へいって買わなくちゃならない。幾ら調べても、俺が会員章を二つ買ったという事実は無いのだぞ。フフフフと肚《はら》の底で笑った。

ゴルフ場専用のバスが、D駅からノロノロ走って来て、じき向うで一寸停まった。その黄色いヘッドライトの中に、一方はズングリ背が低くて、肩へゴルフの七つ道具を背負った男と、もう一人、中肉中背の青年紳士とが、並んで立っていた姿を、誰か一人ぐらいは見たものがある筈だった。バスが、ガソリンの匂いを残して走り去った時、祐吉は構わず右手の道へ曲り込んでいた。

「バスへ乗って行った方がいいのじゃないですか」

「少し歩きたいんです。廻り道して多摩川の方へ出て行っても、それほど遠くはないんですし」

「土地に不慣れであしア判りません。多摩川がそんなにここは近いんですか。多摩川なら、あしア、温室を買いに、二三度出かけて来たことがあるですよ」

「多分、温室村でしょうね」

「そう、そうでした。温室が沢山並んでいて、そんな風に呼んでるってことでした。そこへ出られるですか」

「出られますとも！」

祐吉は、力を入れて答えた。

それも都合がいい。あとで訊かれた時、農学士とはゴルフ場を出てじきに別れたといえばいいのだ。農学士は温室のことで急に用件を思出したようだった……と申立てれば筋道が立つのだ！

実際、多摩川までは、歩いて十五分くらいの距離だった。行く間、農学士は矢張り事件についてのことを何もいわず、祐吉の方からも、押して話を持出そうともしなかった。多摩川の土手は暗く、遥か向うに、D駅の電燈がチラチラ瞬《また》き、高い鉄橋の上を、横浜行の電車が走った。祐吉は、チョッキの下の手拭を引っ張り出して、ひそかに一本ずつ結び合せて行った。

「夜の水面てもなアいいですな。あしア、田舎で育ったから、川の流れを聴くのは大好きですよ」

農学士は、自分から進んで土手を降りて行き、祐吉は、ブルブルッと身を顫わして一緒にあとを随《つ》いて行った。

——三十分ほど経った時に、土手の上を、自転車に手掲《てさげ》電燈をつけた男が走って来たが、この男は、何も知らず浪花節を唄い続けていた。自転車が通り過ぎてしまうと、四五分して祐吉が一人きり河原の方から上って来、彼はハンケチを確乎《しっか》り右の顳へ押しつけたまま、足早にD駅に向って歩き出した。

アパート芙蓉荘にいる玉園夏枝のところへ、公衆電話が祐吉のところからかかって来たのは、その夜十一時頃のことである。電話は、ゴルフ倶楽部の徽章を持って、いつもの所へ即刻出向くようにというのであった。

「ええ、行くわよ。あたし、恰度あんたに会いたいと思っていたところなの、重大な用件があるんだから」

と夏枝は答えた。

三

不安は、まだ残っていた。

その上、今度は新しい別の恐怖さえ加わっていた。

不安や恐怖は、ほうって置いたら、大きく止め度もなく、膨《ふく》れ上がって行く。祐吉は、じっとそれを見詰めていることが出来なくて、その晩のうちに、総てキマリをつけてしまおうと考えたのだった。

夏枝といつも秘密に会うことにしてあるのは、神楽坂《かぐらざか》のある待合で、そこでは、二人共無論変名だった。祐吉が行った時、夏枝はもう一足先きに来て待っていた。

「遅いのね。あたし、待呆《まちぼ》けを食わされるのかと思っちゃった」夏枝はいって、祐吉の右の顎へ斜めに絆創膏《ばんそうこう》の貼ってあるのを眼ざとく見付けた。「その傷、どうして?」

「何でもないよ。剃刀で一寸やり損なったんだ。時に、あの徽章は持って来たか」

「モチ、持って来たわよ。この徽章がどうかしたの?」

「前に、倉戸ってえ男が君んとこへ行ったことがあるね。あの時、この徽章を君はどこへ置いたんだ」

「そうねえ。ハッキリ覚えてないけど、鏡台んとこへ抛《ほう》り出して置いたと思うわ。今もそこから持って来たんだもの。——何か、心配なことある?」

「ウム、まア、大抵は大丈夫だ。大丈夫のようにして来たんだ」

果して大丈夫か知ら——と考え始めて、彼は無理にその考えを頭の中から追い払うように努めた。

「で、どう?」

「何が?」

「徽章は、お返ししたからいいんでしょう」

「いい」

「じゃ、今度は、あたしの話。あたしの方はとても困っちゃったわよ。——こないだ、手紙でいったでしょう。あたし、ある男と結婚しようと思ったんだけど、それが大変なことになっちゃったわ。あたしのアパートへお引越しして来て、あたしに結婚を申込んだ男、大変な食わせ者だったんだもの」

半分聞いて、祐吉は、フンといった気持だった。何だ、そんな下らない話か。どうせこの女のいうことなど、結局は、金が欲しいだけのことにきまっている。

「食わせ者って、泥棒かなんかかね。それともキ印——」

揶揄《からか》い気味にいったが、女は案外真面目だった。

「ええ、ほんと。はじめはあたし、その男、色情狂《いろきちがい》じゃないかと思ったくらいなの。あたしに結婚を申込むと、もうしょっちゅう、あたしのあとばかり跟《つ》け廻しているし、洗湯《せんとう》へ行く時だって、あとをノコノコ跟いて来るくらいだったわ。だけど、服装《みなり》はいつも相当だし、部屋の中の持物なんかも立派だし、あたしいい加減信用してると、昨日の夕方だったわ。どういう塩梅《あんばい》でだったか、あたし変なことを考えるようになって、それからは、そのことばかり気になっちゃったの。何だかそれ解る？」

「解るもんか、そんなこと」

「あたしね、その男を、前にどこかで確かに見たことがあると考えちゃったの。いつのことか、またどこでだか、ちっとも解らないけど、兎に角、前に会った記憶があるの。——今朝まで、あたし、考えちゃった。一所懸命思出そうとして、どうしても思い出せなかった。ところが、あたしのアパートの一番汚い小さな部屋に、もうヨボヨボのお爺さんでどこか保険会社へ勤めている人がいて、そのお爺さんに廊下でヒョッコリ会っちゃったわ。見ると、そのお爺さん、汚い縞の着物に、とても無理した袴《はかま》を穿《は》いてるじゃないの。その着物と袴とを見た途端に、あたし、例の色情狂の顔を思出しちゃったわよ。――あなた、覚えていない？　図書館へ行った時地下室に、とても貧相な見窄《みすぼ》らしい男が、ジャムパンか何か嚙っていたわね。あの男よ。あの男が、色情狂だったのよ。私に結婚を申込んだ男が、お爺さんの着物と袴を借りて、あたしを見張りに図書館まで来ていたのよ」

サッと祐吉も顔色を変えていた。

「それでね、あたし思ったわ。あの男決して色情狂やなんかじゃない。あたしに結婚を申込んだのも、無論、何か別の目的があってのことなんだし、第一、変装して図書館へ来ていたってのが変だわよ。――あの男は、あたしばかりじゃない、あなたのあとも跟け廻しているのよ。そうして、あの日は、あなたが図書館へ入ったのを見て、運転手か何かに頼み、あたしに呼出しをかけたんだわ。ね、どうする？」

どうしてよいか、祐吉は、咄嗟に何の智慧も湧いて来なかった。それは、倉戸農学士に倶楽部の会員章のことを気付かれた時より、一層大きな驚きだった。しかも、恐るべき蔭の男は、十中八九、倉戸農学士だと思ったのが、意外にも、あのジャムパンの男だったではないか。それが、最も警戒しなくてはならぬ探偵だったのだ。探偵は、こちらの秘密を探ろうとして、既に、芙蓉荘へ入り込んでいる。こちらは、誰がその蔭の男だかを探ろうとして、五里霧中に踏み迷い、倉戸農学士を殺してしまった。

祐吉は、不可思議な錯覚を起した。

これは、誰が探偵であるかということを、犯人の方から、逆に探偵していると同じようなものだった。そうして、この地獄の探偵は失敗している。ジャムパンの男に、一歩も二歩も先んじられている！

「しかし、その男に、まだ何も余計なことを喋っちゃいないだろうな」と祐吉はふいにいった。

「ええ、そりゃ大丈夫。だけど、あたし達が連絡をとっていることだけ、少くとももう知られちゃったわね」

それはそうだった。致命的に、そのことは看破されている……が、待て、倉戸まで俺は殺して来たのだ。何かまだ無いか！　一方の血路を、どこかに求めることは出来ないか！

「それで、今夜はどうだ。まさか、今夜もあとを跟けられて来ているんじゃなかろう」祐吉は部屋の外へ、耳を傾けるようにしていった。

「無論、そんなヘマはやりゃしないわ。図書館の時のこと考えて、出来るったけ用心して来たわよ」

「途中は、どういう風にして来た」

「一度タクシーで有楽町へ出て、そいからまた別のタクシーを拾ったの」

「この待合へ入る時はどうだった」

「誰にも見られやしないわよ」

「そうか」

何ともいえぬ深い沈黙が、突然二人を包んだ。祐吉は、長いこと黙りこくっていた。自分が今何を考えているか、胸の中を女に見透かされるのが恐ろしいような気がした。事情は著しく不利に見えるけれど、まだ絶望とは限らぬように思った。たった一つ、最後の手段が残されている。若しかして女が、最後の最後まで何事も沈黙し通すことが出来たとすれば、この事件の一番根本的な、恐ろしい機構《からくり》の底を誰にしたって理解出来ない筈ではないか。疑うなら疑え、俺は警察へ連れて行かれてもいい。警察では、俺と玉園夏枝と連絡のあったことを詰《なじ》られるだろう。俺と夏枝とが共謀で子爵を誘惑したのだといわれるだろう。だが、それだけならいいではないか。それは単なる美人局《つつもたせ》みたいなものだ。美人局に引っかかった子爵がその不名誉を恥じて自殺したとなれば、俺は殺人罪になりっこない。既に事件のはじめ、子爵が無事でいたら、結局俺は詐欺横領というような罪名で、その筋へ告訴されるところだったのだ！

「ねえ――」と夏枝が沈黙を破った。

「何だ？」

「あたし、一寸した考えがあるにはあるの。――あたしが高飛びをしたらどうでしょう。あんた千円ばかし都合して呉れれば、明日にでもどこかへ行ってしまってよ」

それはいい考えかも知れないと思った。そして倉戸農学士でさえ殺して来たものを、この女については、高飛びよりもっといい方法がある筈だと自問自答した。

「千円ぐらいなら、今夜でもいいな。そうだ、これから一緒に、僕の家へ行こう。見付かりさえせねば大丈夫さ」

祐吉は、出来るだけ静かに答えた。

四

女を自分の家へ連れて行って、祐吉がどういうことをするつもりであったか、そのことは、事件を側面から眺めていたものには、よく判る筈である。実は、わざと断らずに置いたのだけれど、祐吉の行動を、ここに一人だけ常によく側面から見ていた者がある。それが誰あろう亘理緋裟子だった。亘理緋裟子は、その晩何だか眼が冴えていて、十二時過ぎ、やっと床に入った。そうして、まだウトウトともしないうちに、電話で急に呼び起されたのであった。

その電話は公衆電話で、緋裟子が出ると、すぐ次のように喋り出した。

「あ、モシモシ、亘理さんですね」

「はアそうです。緋裟子です」

「じゃ、早速ですが御報告申します。今夜もまた、由比と玉園とが会見しまして、うまい具合に、今夜こそ、彼等の行きつけらしい待合を突止めることが出来ました。先日の図書館のことがありましたので、大変用心深くしているようでしたけれど、まだ兎に角、こちらのことは気付いていないようです。私が探偵だということも知らないでしょうし、無論、誰の命令で、私が調査にとりかかっているかということも判っちゃいますまい。待合は神楽坂の某待合ですが、一時間足らずで、二人共その待合を出て来ました。今、実は、猶続けて二人を尾行して、麴町《こうじまち》へ来ているんですが」

「モシモシ、それで、二人がどんなことを話し合ったかお判りでしたでしょうか」

「いえ、そこまではまだ行けません。しかし何だか私の見るところでは、二人共、逃亡の準備にとりかかっているような気もします。今彼等のいるのは、由比の家です。彼等も図書館の時以来、薄々気味悪がっている様子も見えますし、自宅まで女を連れて帰ったというのが尋常事《ただごと》じゃありません。どうでしょう、もうここまで二人の行動を突止めた以上、警察の手へ渡した方がいいと思うんですが」

可哀相な由比祐吉は何んにも知らない。

けれども公衆電話をかけて寄来したのは、例のジャムパンの男なのだった。

電話は、猶短い会話のやりとりがあった後に切れた。それから緋裟子は、じっと起き続けて後報を待ち、一方ジャムパンの男は、すぐに警察へ駈けつけて行った。

警察で、ジャムパンの男の差出した名刺には、『私立探偵菱沼物作《ひしぬまそうさく》』という名前が書かれていたが、探偵菱沼物作は、係官に向って簡単に事情を話すのに、約二十分費した。そうして、事件が亘理子爵の問題に関係していただけ、係官達もこの私立探偵の申立てを重大視し、兎に角、由比祐吉の住宅へ即刻赴くことになった。

あとで判ったことだが、祐吉は、連れて来た玉園を、家の書生や女中達にも知られぬよう、自分で裏木戸を開けて引入れていたところだった。警官が表門を叩く音で、書生が寝呆け眼《まなこ》で起きて来たが、そのあとから、そっと顔を突き出した由比祐吉は、三人も並んで立った警官の姿を見て、忽ちギクッとした。

「こちらに、玉園という女が来ておる筈ですが」と警官ははじめ要領よくいった。

その言葉だけでも、祐吉の狼狽し切ったところがよく見えた。

「いや、そんな女はおりません」

「お宅へ、あなたが連れて入られるところを見たものがあるんです。隠されると反ってよくないんですが」

「隠しやしません。居ないのですから」

「いるかいないか、一応、調べさせて貰えますか」

「それは、お断りします。夜中に、そんなことは迷惑です」

狼狽しながらも、祐吉は必死になって警官を喰い止めようとした。

その間に、玄関の騒ぎで同じように眼を覚ました女中が、奥の部屋で、ウムウムと、人の呻《うめ》くような声を聞きつけたのである。女中は、その部屋へ行って見て、消魂《けたた》ましい叫び声を立てた。それから玄関へ飛んで来て、主人祐吉の気持も知らず、

「人殺し、人殺し、人殺しです！」

と訴えた。

奥には、玉園夏枝が、扱帯《しごき》で咽喉《のど》を絞められて、しかし、絞め切らぬうちに、警官が来たのだろう。かすかに息をしながらぐったり横たわっていたのだった。

警官は、ドッと叫喚《わめ》いて、家の中へ飛び込んだ。

逃げようとする祐吉には、私立探偵が第一に組付き、続いて皆んなが一固まりになってかか

って行った。

祐吉は、玉園の死体を、自宅床下へ隠すつもりだったと後になっていっている。しかし、玉園は危いところで生命《いのち》を助かり、祐吉は組敷かれたのを一度跳ね返して二階まで逃げ、最後に屋根から庭へ飛び降りた時、折重なってまた逮捕されてしまった。

恰度それは、亘理子爵が芙蓉荘で取り押えられた時と同じようなものだった。

いつの間にか、由比家の塀外には、騒ぎを聴付けた附近の人が、一パイ起きて来て中の様子を覗こうとしていた。そしてその人々の間を、祐吉は警察へ連れて行かれた。

夜勤の新聞記者も、一時間経たぬうちに、警察の司法主任室へ殺到して来、フルスピードで、鉛筆を走らせた。

目黒の邸内に、じっと坐って待っていた緋裟子のところへ、一番先きに電話をかけて寄来したのは、無論私立探偵だった。私立探偵をつかまえて、一所懸命事情を聴取った記者達は、また我勝ちに本社へ電話をかけて、深夜にも拘らず、緋裟子のもとへ訪問記事をとらせにやった。

しかし、緋裟子と雖《いえど》も、その時は、まだ全部の事情が解っていたのではなかった。彼女は、訪問の記者達に、一冊の独逸書を見せながらいった。

「いいえ、私、本当にまだ何もいえませんの。ですけれど、私の思付きで、私立探偵の事務所へお願いし、由比さんと、玉園という女との行動を探らせただけは確かですわ。――それはその本をお読みになると判りますけれど、それはデスベリーという人の書いた小説で、その中に、芙蓉荘事件の時とそっくり同じ話が出ていますの。ある労働者の団隊の首領格の男が、資本家と闘っているうち、無頼漢に襲われている女を救うんですの。女をその宿まで連れて行くと、突然女が素裸になって、大声に喚き立てたものですから、男の方は、何も悪いこともしないのに、その女を恥《はずかし》めたということにされてしまって、町から追い払われてしまうのですの。男に悪名を着せて町から追い払おうというのが資本家側の策略だったのですわ。——私、その本はもう二年ほど前に読んだだけだったので、思い出したのが、父の亡くなったあとだったんです。考えると残念でたまりません。思い出すと、また、その小説を読み返して見たのですけれど」

どんなにそれは残念なことだったか。一日前にそれを思い出していたら、子爵は、死なずに済んだかも知れないのだ。

「私、読み返して見て、何もかも今度の父の場合と似過ぎるほど似ているのに驚きました、そしてすぐに女を怪しいと思い、また、誰か知ら父の周囲にいるもので、女と気脈を通じているものがあると考えました。そうすると、私が第一に気付いたのは、由比さんが、父の亡くなった日に、何だか変な挙動をなすったことですの、二階の父の寝室で、皆んな父の亡骸《なきがら》のぐるりに集まっていた時、由比さんは途中でふっと室《へや》を出られました。私、本当に何気なくそれを見ていたのですけれど、由比さんは廊下へ出られるとすぐ上衣を脱いで、背中のところをお調べになり、何か汚れでもついているのか、口を付けて、チュウチュウ服を吸っておいででした、そのことは、今でも私には、何のためだったか呑み込めません。そして、でも、こんな時に、何を気になすっていらっしゃるか……服の汚れぐらいなら、女中に吩咐《いいつ》けてもよし、またあとでクリーニングにお出しになってもよいのにと、私思ったのです。なぜだったか、そのことは大変印象深く私の頭に残ってしまい、そうすると、第六感とでもいうのでしょうか、父の遺書に、由比さんのことだけ、大変信用していたらしく書いてあるのが、また気になりました。父は、本当に由比さんを賞めていましたけれど、遺書の文句が、大変何だか、わざとらしかったものですから」

イカリ草の痕こそ、恐るべき犯罪の烙印だった。

そのために、花言葉通りのことが起ったのだった。

「あとでは、だんだん由比さんが怪しくなりました。図書館の時の手紙は、若しかしたらという気持があって、私が、わざと父の筆蹟に似せた手紙を書き、それを由比さんが見た時に、どんな顔をなさるか、観察するためだったんですけれど、その時由比さんは、わざわざそれを私のところへ話しに来て、図書館では、玉園という女に、突然名前を呼びかけられて吃驚したと申していました。本当は、玉園という女は、倉戸さんには会ったことがあっても、由比さんには会ったことがない筈になっておりますのに、どうして、いきなり、名前なんか呼べたのでしょう。私、それを由比さんから伺った時、もう時期の問題だ。遅かれ速かれ、由比さんが、きっと自分で自分の罪を曝露する時が来ると思ったのですわ」

緋裟子は疲れたように、本をドサリと記者達の前へ置いた。

×　　×　　×

警察の取調べで、祐吉が罪状を自白したのは、それから三日目のことである。玉園夏枝が、先きに口を割り、続いて祐吉も、顔を伏せたまま、はじめの動機から物語って行った。

自白によって、今まで緋裟子の理解出来なかった事情も判り、更に人々が最も驚いたのは、多摩川の水底に、倉戸農学士が、ゴルフバッグを背負ったまま、手拭で首を絞められ、皮のバンドで重しの石を結びつけられて、無残に横たわっていた事実であった。

但し、倉戸農学士が祐吉の犯罪について、果してどの程度までの関心を有っていたかは、事実上遂に不明である。祐吉の告白があった後に、緋裟子は、

「いえ、それは私にもよく判りませんの。倉戸さんは、由比さんのことについて、何も仰有ったことがございません。ゴルフ倶楽部の会員章のことがあったとすると、由比さんが同じ倶楽部の会員ですから、その点では、初めて由比さんのことを何とかお考えになるようになったかも知れず、しかしそれ前は、多分何事もお気付きにならずいらっしたのではないでしょうか」

といっている。イカリ草の花言葉が、由比祐吉に当てつけての意味でいわれたのかどうか、いわば永久の謎となって残ってしまった。

爪

一

沖野《おきの》鳳亭《ほうてい》が何故竹中格之進《かくのしん》を殺さねばならなかったか、その根本の理由に就いては、出来るだけ簡単に述べて置く。この譚《ものがたり》の主な目的が、実は沖野鳳亭の選び出した奇妙な殺人方法及びそれがどんな結果になったかということ、その二つを説明するのにあるからなのだ。そして又一方では、殺人の動機そのものが余り珍らしいものでもなく、それを詳しく述べ立てていた日には読者諸君が或は退屈して了《しま》うかも知れぬのだ。要するに沖野と竹中との二人は、住谷《すみや》良子《よしこ》という女を愛していた。女はしかし竹中の方により多くの好意を寄せていた。そこで、沖野が竹中を殺そうと思い立ったのだった。

沖野鳳亭は文士だった。文壇では先《ま》ず中堅どころの作家である。が、それはそれとして置いて、この男の有《も》っている大きな特徴というのは、妙に気が弱くて、だから又正直であるということだった。人殺しでもしようという男が、気が弱くて正直だというのは、少しばかり変に聞えるかも知れない。が、それはほんとうのことである。彼は自分の創作を発表しても、誰かが賞めて呉《く》れるまでは、少しも自信を有てない男であった。却々《なかなか》勉強家でもあったので、時には何か素晴らしい文学上の問題などを見付け出す。が、彼はいつもそれを自分一人の胸の中へそっと蔵《しま》い込んで了って、文学論などは一度も発表したことがない。その文学論のうちに、どんなに些細な一ケ所でも、他から揚足《あげあし》を取られるようなことがあってはならない。とそればかりをくよくよ心配する。事実又、稀に友人の誰彼と議論などを闘わしても、彼はその途中で相手から何か一寸《ちよつと》したロジックの誤りを指摘されると、もうそれだけで狼狽の極に達し、顔を真赤にして支離滅裂なことを云い出して了う。結局は、大綱から観て明《あきら》かに正当な彼の説も、表面上では見事に相手から圧《お》し潰される。そういったような人柄で彼はあったのだ。

この非現代的な弱い性格の沖野鳳亭に対して、竹中格之進も住谷良子も、常々から彼を蔑視《みくび》っていたことは確かである。竹中格之進は、大学出身の理学士だが、相当富豪であるのを幸に、今は別に何処《どこ》へ勤めるでもなく、自分の家に研究室を造って、道楽に細菌学の研究などをやっている。もとからの友達なので、その竹中の家《うち》へ時々沖野が遊びに出掛けるという訳であったが、その頃、新進のピアニストとして大分有名になりかかっていた住谷良子を、最初に知ったのは沖野だった。ふとしたことから知合ったので、それから二三度会ううちに、沖野は激しく良子を恋するようになった。が、それにしても彼は例の気弱いたちで、容易にその恋を打明け得なかったのである。シネマを観に行ったり散歩をしたり、幾度か機会には恵まれながら、若《も》し万一にも拒絶されて了ったらと、沖野はそればかりを先きに心配し、ネチネチと煮え切らぬ態度しかとれなかった。尤《もつと》もそれには、住谷良子が蠱惑《こわく》的なうちにもどこか上品なところもあって、迂闊《うかつ》には近づき難い気もしたのであるが、そのうちに沖野が竹中を紹介すると、良子は忽《たちま》ち竹中の方へ引き付けられて行ったのだった。もっと前に、自分が思切って打明けていたらなアと、流石《さすが》に彼とても思うには思う。が、それはもう後の祭りで仕方がなかった。そして、このような臆病者の常として、彼はその後もおめおめと竹中と良子とに交際《つきあ》っている、三人で肩を並べて銀座通などを散歩する。——だが、表向きは彼等の恋を祝福するような顔をして、一人っきり淋しく下宿へ戻って来ると、堪まらない自己嫌忌の情に襲われたり、又は良子の美しい弾力のある姿態をそれからそれへと脳髄の中へ描き出し、不思議な情熱のやり場に踠《もが》き苦しむ。到頭、惨めな敗北者になって了ったのだった。

で、このような沖野鳳亭であったからには、大それた殺人などということは、容易に決心の出来るものではなかった。それは、後に述べるような素晴らしい殺人方法をひょいと思付いたればこそである。といって、それを思付く前にも、ここで竹中を亡き者にすれば、今度こそ自分もテキパキと、良子を自分のものにして見せるがなあと、薄々ながらそんな風に思わぬでもなかった。それに就いてはこの譚《ものがたり》に少し関係のある挿話《エピソード》もあるので、序《つい》でにそれを述べて置くが、沖野がその決心を抱くようになったより二三週間ばかり前のこと、彼等三人はその時何気なく、犯罪に関する雑談を交していた。が、やがてその雑談がぼつぼつ終り際になった時、竹中は最後の結論をでも与えるかのように、ふと次のようにいったのである。

「や、しかしだね。これで案外沖野君などが人殺しをやりかねないぜ」

沖野はその時にギョッとした。そしてすぐと何か適切なことをいわなければいけないと思いながら、いつものように顔を真赤にして、口を無暗にもぐもぐさせた。

「あら、どうして？　まさか沖野さん、そんな方じアありませんわねえ」

良子がそんな風にいって呉れたが、すると竹中は揶揄《からか》うようにニヤニヤした。

「オヤオヤ良子さん、そんな言い方をしてはいけませんよ。まさか沖野さんだなんて、そのまさかが何だかへんじアありませんか。幾分かは肯定の意味が入ってますよ」

「だって――」

「ほら、そのだってというんだってへんでしょう。ハッハハハハ。いや、失敬々々、何も僕は君がほんとうに人殺しをやるっていうのじゃないさ。只《ただ》、沖野君のような穏和《おとな》しい人が、案外真面目に人殺しなんかを計画するんじゃないかと思うのだね。ねえ、そうじアないか知ら、沖野君――」

後で考えれば、この時竹中は良子と二人で何処かへ行くという約束でもしていて、それで沖野がいつまでも彼等の仲間に加わっていたのを、内心じれじれとしていたのかも知れなかった。

しかし沖野は、その無礼極まる相手の言葉を、どう返事していいかひどく困った。

「ハッハ、そうかねえ。だ、だが、この僕にも何処《どこ》か犯罪者に特有な容貌でもあるのかい。え、どこにそんなものがあるのだね、額《ひたい》かい、それとも顎の辺かい？」

可哀相にも、沖野はわざとおどけた眼付をして、自分の顔のあちらこちらを押えて見せた。

そしてそのおどけた顔が、自分自身、泣くように引き歪められていることを知っていたのだった。

二

そこで、沖野鳳亭が後になってふと思付いた殺人方法というのが、こうである。一口にいうと、竹中格之進は一匹の猫を飼っていた。マミイという名で、美しい滑《なめら》かな白い毛と、金色のまん丸い眼玉とを有っている。そして竹中はこの猫を非常に可愛がっていて、夜は自分の寝室の隅へ寝かして置いてやったのだが、沖野はそのマミイに竹中を引っ掻かせようと考えたのだった。

それは何でもひどく蒸し暑い日のことであった。沖野は竹中を訪ねて行って、竹中の寝室からは扉《ドア》一つで往来《ゆきき》出来るようになっている、書斎兼研究室の中で、何やかや話し込んでいたのであったが、その時、顕微鏡のオブエクトグラスをいじりながら、頻《しき》りに沖野の話に合槌《あいづち》を打っていた竹中は、ふと、寝室からの扉が開いたままになっているのに気が付くと、

「あ、いけない！」

と叫んでオブエクトグラスを抛《ほう》り出し、吃驚《びっくり》する程の音を立てて、扉をバタンと閉めて了った。

「此頃《この》、把手《とって》の工合が悪くなっていけないんだよ」

その言い方が妙に仔細あり気に聞えたので、訳を訊ねると竹中は答えた。

「なにね、マミイの奴が来て悪戯《いたずら》をして困るんさ。ほら、ここにはこんな恐ろしい奴があるの

だからね」

竹中は硝子《ガラス》製の小さな容器を指し示した。横に貼り付けられたレッテルには、Tetanus bacillenと書いてあった。

「何だねこれは？」

「うん、破傷風菌《はしようふう》だ。こいつの集落《コロニー》をマミイの爪にでも喰《くっ》付けられたら、どんなことになるかも知れない。間違って君でも引掻いたものなら助からないぜ」

「傷口から感染するんだね」

「そうだよ、こいつにやられると、先ず大抵は絶望だ。殊《こと》にね、この病気の患者にとって一番不幸なことは、恐ろしい強直発作が来た時にね、患者の意識が至極明瞭だということなのだ。医者の方では何とかいっているが、発作が来ると、患者は泣笑いのような顔になって、頭と踵《かかと》とだけで弓のように反《そ》って了う。汗をだらだらと流して、とても見てはいられないそうだ」

「苦しいんだねえ」

「苦しいとも！　こいつにやられては、どんなに我慢強い男でも、ヒーヒーといって泣き喚く、それが又、聞くに堪えない悲鳴なのさ」

その時はこれだけの会話で済んで了った。が、間もなく沖野は、自分の下宿の一室で、ひょいとこの会話を思出して、我知らずゾクンと頸《くび》を縮めた。

破傷風に罹《かか》らせれば、苦もなく竹中を殺して了える。然《しか》も、マミイにそれをやらせれば、誰も自分を疑う者は無い。簡単明瞭、実に素晴らしい方法ではないか。

実をいうと、この方法は何も彼が有頂天になって喜ぶ程、それ程に珍らしいものではなかった。パリの近郊で起った事件だが、犯罪学の泰斗として有名なベルチロン氏もこれに関係している。スファン・ラルセンという男があって、その弟のヤルクというのが、兄ラルセン夫妻を、殆んど同じような手段で殺しているのだ。が、その事実譚《ものがたり》を沖野がよしんば知っていたにしたところが、彼は多分この折角思付いた方法を、むざとは思切ることが出来なかったであろう。見たところでは、凡《すべ》てがお誂《あつら》え向きに出来ていたのである。

只《ただ》しかし、沖野は前にもいった通り、人並外れて気の小さい、病的と思われる位に心配性な男だった。それで、愈々《いよいよ》本気になってその実行を考えることになると、それに関聯して種々の事柄を克明に按排《あんばい》し考慮して見ねばならなかった。こうしたことは、その実行の途中だとか、又は実行後にでも、予想外なことが一つでも起って呉れては困るのである。殊に彼は、自分自身至って気の弱いことを知ってもいるので、若しそんなことがあれば、忽ち自分は、必要以上に狼狽するということをひどく懼《おそ》れた。数学の公式みたいに、キチンと順序を樹《た》てて置いて、その通りにやって行かなければならぬと思った。順序が組立てられたなら、なるべくそれを一応練習して見るのもいい。そして練習の結果、少しでも危険だと思ったら、又新しい順序を樹て直す。その練習も失敗したら、今度は仕方がないから中止して了う。出来ることなら、実際練習をやって置き度《た》いと思った。

まさか練習をするわけにも行かなかったが、ここで断って置かなければならないのは、彼と雖《いえど》も、実際にマミイを使おうと思ったのではなかった。出来ることならそうしたかったのだが、生物《いきもの》のマミイは自由にならない。マミイの爪へ培養器中の破傷風菌を塗るにしても、その際自分の手へ傷を付けられては大変だった。それで彼は、後になって、それがマミイの仕業としか見えないような手段を選ぶことにした。猫の爪に似せたものを作って、それで竹中の露出している手なり脚なりを引掻くのである。その偽の爪へどうにかして菌を塗り付けて置けばよいのだった。滑稽にも、この際猫が人間と同じように喋《しゃべ》れぬということ、これが沁々《しみじみ》と彼には有難く思えた。マミイが全部の罪を背負うのである。彼は相当の太さの針金を見付けて来て、下宿の蒲団の中に潜り込み、根気よく鑢《やすり》で擦《こす》って、猫の爪型を五本作った。その爪を、長さ五寸ばかりの手頃な棒に、一本ずつ、根元を火鉢で焼いて植え込んだ。小さな熊手のようなものが出来上ったのである。

実行の時期、及び破傷風菌をいかにして手に入れるかということ、これは事実上沖野が最も苦心したところであった。訪問した時に、そっと菌の培養器を盗んで来て置いて、例えば適当な夜に竹中家の門の傍《そば》にでも潜んでいる。そして通りかかった竹中の手をぐいと引掻いてから逃げ出して了う。というようなことも考えて見たが、それではどうも心許《こころもと》ない。慾をいえば、竹中が破傷風に罹《かか》った後、すぐにマミイの仕業だと分るようにしたかった。それには、培養器の方へも、マミイが脚を突っ込んだ形跡《あと》を作りたいし、何かと困難な点が多かった。が、幸か不幸か、そのうちに彼は、願ってもない機会を摑むことが出来たのである。

三

梅雨《つゆ》が霽《あ》がって、これから熾烈《しれつ》な夏になろうとしていた或る日のこと、沖野はその日の昼の間、殆んど午後中一杯を竹中の家で過ごしたが、夜になると、今度はこっそりと竹中家の庭へ紛れ込んだ。ポケットには、例の爪を忍ばせて、いい機会でもあったらと、実はそれを窺《うかが》うつもりであった。

尤も、彼は常々庭の方からじかに竹中の書斎を訪れていた。だから、無論この場合にしても、若し途中で誰かに出会《でつくわ》したら、何気なく訪問して来たような態度を装うつもりであった。そして、この夜は誰にも姿を見られなかった。彼はやがて、寝室と研究室とがすぐ鼻の先きに見える、大きな躑躅《つつじ》の藪蔭《やぶかげ》へこっそりと蹲《しやが》み込んで了ったのだった。

竹中家は、母家《おもや》が日本風でそれに鍵の手なりに喰付《くつつ》いた、竹中の研究室と寝室と、もう一つ応接間だけが洋館になっていた。母家の方には、竹中の母親と弟妹と、そして女中や書生が住《すま》っている。沖野がそこへ行った時は、恰度《ちようど》八時頃であったので、その母家ではラジオに聴き入っている様子であった。彼はそのラジオの音にも耳を配《くば》り、又、誰かが庭へ出て来やあしないかとも注意していた。若し跫音《あしおと》が聞えたら、すぐに躑躅の藪蔭から全身を現わし、声をかけられてもまごつかないようにしようと思った。

「いえね、何だか螢《ほたる》のようなものが光ったんですよ。――竹中君はおりますか」

こんな風にいったらいいだろう。螢だなんて下手《まず》いかな、いやいや、季節が梅雨の後なのだからそう不自然には聞えまい。何喰わぬ顔でそういって、そのますぐと研究室の扉《ドア》へ近づいて行くことにしよう――。

庭は暗くて、蹲んでいると、蚊が頻《しき》りと手や顔を襲って来た。靴下を透かして刺す奴もある。彼はその蚊を追い払うのに最初のうち一生懸命であったのだが、しかしそのうちに意外な事実に気が付いた。

竹中のところへ、今、住谷良子が訪ねて来ているのだった。蹲んだ腰を半分ばかり伸ばして見ると、良子は竹中の寝室で、こちらへ斜《はす》っかいに顔を向けて、何か一心に読んでいるのだった。青い色の薄物を着た胸から上だけが見えるのだが、俯向《うつむ》いた白い頸《うなじ》にウエイヴをかけた髪がぼかしたように垂れかかり、それが妙に媚《なま》めかしく、沖野の眼には粘りつくような感じであった。思切って立上って見ると、何か読んでいると思ったのは実は良子が椅子に腰をかけて、その膝へマミイが乗っているのであった。が、その途端に、こちらからは反対側の、母家へ通じた扉がスッと開いて、竹中の姿が現れた。

「持って来ましたよ、これでいいでしょう」

竹中のこういったところを見れば、良子はもうずっと前からここへ来ていて、竹中は母家の方へ、何かを取りに行って来たらしい。沖野は、竹中の顔を見ると同時に、ドキリとして再び蹲み込んで了ったけれど、腹の底から、むらむらと嫉妬の情が湧いて来るのをどうしようもなかった。

昼間、彼がここへ来ていた時には、竹中はそうした素振を少しも見せず、それに今思出して見ると、夜は何か研究上のことで非常に忙しいなどといっていた。それが、こうして良子と楽しそうに語らっているのだ。

見ていると、そのうちに突然竹中が室《へや》の中で立上った気配だった。そしてツカツカと窓へ近づき、庭に面した窓を一つ一つ引き下ろし始めたのである。

「あら、そんなことをして暑いわよオ」

良子がこういった。それはあのような上品なところのある良子の口から、どうして出たかと思われる位に、媚《こび》を含んだ甘え切った声であった。沖野は、ハッと痛痒《いたがゆ》いような悩ましさを感じた。窓は曇硝子《ガラス》になっていたので、竹中に続いて、良子が同じようにその窓際へ近づいて来る姿が映った。竹中は窓を開けさせまいとし、良子はそれを開けようとする。二度三度、二人の肩や腕がもつれ合ったかと思うと、突然竹中が良子を抱きすくめた。

「ア——」

低く押えつけるように叫んで、良子は弓のように身を反《そ》らした。が、その巧妙な、ステイジダンスのように次第に反らして行った姿態を、ゆらりと元へもどすと同時に、しなやかな腕がながながと伸びて、固く竹中の首にからみ付いてしまった。沖野がじっと息を詰めているあいだ、二人の影はぴったりと吸い付いたまま動かなかった。

それから後一時間余り、沖野が味《あじわ》った種々の感情は、どういって現わしていいか分らない。気付いてみると、竹中は完全に窓を引下したのではなかった。一つの窓の下框《したがまち》と閾《しきい》との間が一寸ばかり開いている。沖野は無暗にカーッと上気して了った。粘っこい唾を嚥《の》み込み嚥み込み、彼はその窓框《まどがまち》へ守宮《やもり》のように獅嚙《しが》み付いた。それは阿片の夢に誘い込まれた、いとも奇怪なフィルムでしかなかったのだが……。

途中で、彼は思わずドタリと音を立てて、窓の下へ滑り落ちた。が、いい工合に、内ではそれに気付かなかったらしい……。

「……オヤオヤ、もうこんな時間になりましたかねえ」

ふと、こういう竹中の声が聞えたのは、それから少時《しばらく》経った後であった。続いて、

「マミイちゃん、さあ、抱《だ》っこ」

と気のせいか、わざとよそよそしい良子の声もした。

この時になって、漸《ようや》く沖野はハッと気を取り直すことが出来たのである。彼は狼狽《あわ》てて、以前の藪へ身を隠した。室の内ではそれから猶《なお》二十分近く、何かごとごとしていたが、間もなく庭に向った扉《ドア》が開かれた。身仕舞を済ました良子を、竹中が送って行くのである。良子は、片腕に一寸嵩張《かさば》った四角な風呂敷包を抱えていたが、空《あ》いている方の腕は、並んだ竹中の肩と、捩《よ》じれ合う位に近づけていた。

「ね、心配しないで下さいよ。多分、明日《あす》か明後日《あさって》のうちには、僕の方からお宅へ伺いますよ」

良子は黙り込んでいたが、その耳へ竹中は優しくこんな風に囁《ささや》きながら、ビクビクしている沖野の傍《かたわら》を通り抜けて行った。そしてやや少時《しばらく》して、竹中だけがそこへ帰って来たのだった。

「今に見ていろ！」

沖野は相変らず藪の蔭に潜みながら、遣《や》り場のない忿懣《ふんまん》を、こうでも呟いて見るより仕方がなかった。

で、猶もじっと様子を窺っていると、四辺《あたり》は一寸の間しーんと静まりかえっていた。が、やがて誰かが竹中の寝室へ這入って来た気配だった。

「あ、お母さんでしたか――」

すぐに竹中の声がした。

そしてそれからやや長いこと竹中と母親とが低い声で話し込んでいた。少しも聴き取ることは出来なかったが、多分、竹中と良子との結婚問題であろうと思った。

「じアね、このことはあなたが上手にやらないといけませんよ」

はっきりとこういう声がした。話が満足に済んだものらしい。が、沖野にとっては、その次に聞えて来た簡単な会話が、つーんと鋭く胸へ響いた。

「ええ、大丈夫ですよ」

と竹中は答えて、それから追いかけるように言葉を継いだ。「あ、それからねえお母さん、済みませんけれど、誰かにそういって珈琲《コーヒー》を拵《こし》らえさせて呉れませんか。今日は頭をひどく使って了って――」

「珈琲なんぞ飲んで、夜が余計眠れないのじアないですか」

「いいえ、いいんですよ。飲んでも飲まないでも眠れないことは同じです。だから薬を飲んで眠るんですが、そうすると朝まで何も知らずに眠ります」

「薬だって矢張り毒でしょうに」

「大丈夫ですとも。毎日やるのじアないのですから――」

声の調子では、母親は母家への廊下口に立ち、竹中は室の窓の近くにいる様子であった。が、沖野の耳には竹中の薬を飲んで眠るという言葉だけが、はっきり残った。

寝室へ忍び込むのは、いかにも冒険に過ぎた気味があって、彼はそれまで却々決心が付かずにいた。けれども、竹中は今夜、何も知らずにぐっすりと眠るのだ。そこへ忍び込むのは、何の雑作もないことではないか。

窓の外にこうした恐ろしい考えを抱いた人間がいるとも知らず、やがて母親はそこを立去って行った。五分ばかり経って、女中が珈琲茶碗と、水を入れたコップらしいものを運んで来た。沖野は、窓に映った影によって、竹中が果して何かの丸薬を嚥むのを見た。

それでも息を殺して、沖野は時間の経つのを待っていた。竹中は、その後一度研究室へ入って来て、軽く口笛を吹きながら電燈を消した。沖野にとって、更に好都合なことには、窓が一ケ所、先刻《さつき》の通り、細く開いたままになっているのであった。

――彼は約一時間ばかりの後、靴下だけになって竹中の寝室へ忍び込んだ。室内は案外暗かったが、手探りで研究室との境の扉《ドア》を苦もなく開けた。マッチで照らして見ると、例の培養器はすぐと眼に付いた。その中へ爪を突込んで、いかにも猫のしたように、わざとそれを覆えして置いた。それは固形のゼラチン培養器であったので、実験台の上へ、二三片の小さな破片を落し、それを棒の一端に作って置いた猫の足跡に似せた部分で、ぐいと押し潰して置くことも忘れなかった。

そして竹中の寝台へ近づくと、この時はマッチを擦ることは止《よ》しにして、暗い中をじっと瞳を凝《こ》らしているうちに、竹中が右手を掻巻《かいまき》の外へ突き出しているのを認めた、その手の甲を、一思いにぐいと引掻いた。竹中は、ムニャムニャといって寝返りを打った。途端に寝台の端から、パサリと軽く音がして下へ落ちたものがあった。

ビクリとしたが、その音は一寸何の音だか分らなかった。

「あ、そうか、マミイの奴だな――」

だが、マミイは、それっきり室の隅へでも行ったと見えて、音一つ立てなかった。竹中も眼を覚まさなかった。

無事に、彼はその寝室を脱け出したのである。爪は、下宿へ帰る途中で、通りがかりの溝泥《どぶどろ》の中へ捨てて了った。

四

翌朝、沖野鳳亭が目覚めた時は、午前十時を過ぎていた。

目覚めるとすぐに、昨夜のことを思出したが、頭の中で一応、何か手抜かりはなかったかと考えて見た。何も手抜かりは無かったらしい。彼は割合に落着いて、遅い朝飯を済ますことが出来た。いつも自信のない彼としては、寔《まこと》に不思議な現象でもあったのである。

「だが、結果はどんな風に行ったただろう。あれだけに苦心して、然《しか》も奴が破傷風に罹《かか》らなかったとすれば――」

大胆に今日はこちらから出向いて、その結果を確かめて見たいように思った。が、流石《さすが》にそれ程の勇気はなかった。そしてその代りに、お昼頃から図書館へ行った。迂闊《うかつ》なことではあるが、彼は破傷風について、まだ詳しく調べてはないのであった。臨床細菌学だとか通俗医学辞典だとか、そんなものを借り出して見た。それによると、大体は竹中が嘗《かつ》て語ったようなものであったが、ただ一つだけ、この病気にも一定の潜伏期間があるということを知って、それが一寸気になった。

「伝染後、四日乃至《ないし》十四日間にして発病し僅かの前駆症として云々――」

という風に書いてある。今朝になって竹中が手の甲の傷痕に気が付いて、すぐと消毒して了うのではないか。マミイが培養器へ脚を突込んだことを発見すれば、当然消毒をするだろう。とすれば、折角の苦心が水の泡になって了うが――。

又しても、結果を確かめに行きたくなったが、その日は漸く我慢して了った。そして翌々日の朝、この時はもうすっかり諦めたような気持で、彼は到頭竹中を訪ねて行った。と、事実は意外にも彼の企みが成功していたのである。行って見ると、竹中家には慌《あわただ》しい気分が漲《みなぎ》っていた。廊下を書生や女中が小走りに歩き、竹中の寝室には、母親を初めとして医者が二人もやって来ていた。

「どうしたのです?」

一生懸命で平気を装いながら、彼は竹中の弟に訊ねて見た。

「破傷風なんです。昨夜《ゆうべ》の十時頃に発病して、もう少し前に駄目になりました」

弟は答えた。ふいに腹の底へ何かがドキリと突き当ったような気持だった。奇妙にも、成功したことが反《かえ》って情ないようにさえ思われた。同時に、大きな不安がむくむくと頭を擡《もた》げて来たのでもあった。

「まあ、沖野さん！」

その室へ這入《はい》って行くと、最先《まつさ》きにこういって声をかけたのは、眼《まなこ》を泣き腫《は》らした竹中の母親だった。既に、死体になって了った竹中の枕頭《まくらもと》に、母親と、それから良子もそこへ来ていたのである。

「沖野さん、あなたがいらっしったのは一昨日でございましたね。あの時は、あんなに元気だったのに――」

沖野がしどろもどろに悔《くや》みをいうと、母親は泣き声でこんな風に云った。そして、死体にかけてあった白い布を取り除けて、竹中の死顔を見せようとした。沖野は、チラリとそれを見ただけで、すぐに視線を外らして了った。その視線の先きに、石のように黙って椅子へ腰をかけている良子の顔が、何故か、きっと自分を睨《にら》みつけているように思われた。

「爪の痕はどうしたのだろう？」

誰もそれをいわないので、彼は内心で非常に焦《あせ》った。竹中の右手の甲を見たかったが、それは毛布の中で、型の如く合掌させてある風であった。死体の置いてある寝台から少し離れて、二人の医者が小声で何か話している。それに訊ねようかと思って、しかし迂闊に自分からいい出してはならぬことに、気が付いた。

それから後のこまごましたことは、余り管々《くだくだ》しくなるから省略するとして、沖野はそこに小三十分いた後に、一旦下宿へ引き揚げた。もう一度気を落着けてから出直したいと思ったのである。そしてその小三十分の間には、例の竹中の弟からまだ破傷風伝染の経路がはっきりしていないということだけを、辛《から》くも訊き出した。すぐにも分りそうなものなのに、何故分らずにいるのだろう！　彼は不審の念に駆られながら、押し切って訊ねることも出来なかった。

下宿へ引き上げて三時間近く、その間に竹中家で何が起っているかを心配しいしい、沖野はじっと考えに耽《ふけ》っていた。一番気にかかるのは、病気伝染の経路が分らないということであった。好ましいことではないが、場合によっては自分がそれをうまく発見しなければならぬ。怪しまれないようにするにはどうすればよいか。彼は、小説を作る時のように、口の中でいろいろの言葉を用意した。そして午後一時頃再び竹中家へ出向いて行った。この時、竹中家へはもう沢山の見舞客が詰めかけて来ていて、彼はそれらの客人のうちに、検事とか刑事とかいうようなものがいるのではないかと、ビクビクもので見廻した。幸にしてそれらしい姿もない——。死体が母家の方へ移されたというので、今度は沖野は母家の玄関から這入って行った。が、彼が恰度玄関の式台を上ろうとした時であった。

彼はギョッとしてそこへ立停《たちどま》った。

殆んど真正面に、良子がマミイを抱いて彳《たたず》んでいたのだった。

「呀《あ》ッ！　危い」

こう叫ぼうとした口を辛くも噤《つぐ》んだ。これはこの瞬間、一種の錯覚であったのである。マミイの爪に、恐ろしい破傷風菌が附着しているように思ったのだった。

「さあ、どうぞ」

途端に、竹中家の親戚らしい人がこういって呉れて、彼はホッと胸を撫《な》で下した。

すぐに、奥の方から香の煙がただよって来たのであった。

五

「どうも実に突発的な災難ですねえ」

いかにも闊達《かったつ》らしい四十年配の一人の紳士が、なにげない調子で、沖野鳳亭に話しかけたのは、それから間も無くの後である。

「や、私は俵　巌《たわらいわお》という者でして、こちらへは前から御懇意にしていたのですよ。いかがです、あちらへ行って一息抜いて来ませんか」

差出された名刺には、弁護士という肩書が付いていた。誘われるままに、沖野は俵弁護士と一緒に洋館の方の応接室へ行った。それと一緒に、他にも二人ばかりの紳士が、扇子で頻《しき》りに胸の辺《あたり》を煽《あお》ぎながら随《つ》いて来た。

母家には多くの見舞客がいたのに対し、こちらは大変に静かだった。

俵弁護士は、応接室の隅にあった煽風機にスイッチを入れて、それからゆったりと籐《とう》椅子に腰を下ろした。一緒に来た二人の紳士は、それと少しく離れて、書棚から取出した写真帳の頁《ページ》を繰り始めた。

「葉巻はいかがです？」

俵弁護士は慣れ慣れしく葉巻などを勧めて、自分でも、甘美《うま》そうにポカポカと喫《す》い出した。

「失礼ですが、あなたは故人の御友人だったのですかね」

「ええ、そうです」

ふいに、沖野は不気味な感じがした。が、俵弁護士は、元気そうな顔に、人の好い微笑を浮べている。

「あなたも驚かれたでしょう？」

「全くです。破傷風だなんて――」

「何しろ恐ろしい病気ですね。あんな奴に罹られては敵《かな》いません」

だが、どうして伝染したのかと、それを訊ねようとしながら躊躇していると、俵弁護士が恰度いい工合に切出して呉れた。

「ですがあなた、どうしてあんな奴が伝染したか、これをあなたはどう思います」

「さア、……一向訳が分りませんね。先刻、竹中君の弟さんにも一寸訊いて見たのですが……」

「先刻ってのは？」

「三時間ばかり前に、僕は一寸ここへ顔を出したんです。何もこんなことがあるとは知らなかったのですが……」

「そうでしたか。や、しかし、実はもう分っていますよ。これアね――」

俵弁護士は、ここで急に声を低くした。

「最初はほんとうに訳が分らなかったんです。何しろ、女中の奴がいけませんよ」

「え、女中？」

「女中なんです。名前を忘れて了いましたがね、昨日の朝のことだそうです、その女中が七時か八時頃に、故人の寝室へ這入って行きましてね。ええ、前夜吩咐《いいつ》けられていたのを忘れたので、故人の古いパジャマを洗濯に出そうとして行ったのだそうです。が、そこで行って見ると、寝室と研究室との境の扉《ドア》が半分ばかり開け放したままになっていました。女中は吃驚《びっくり》してそれを閉めたのだそうです」

「というと？」

「お分りになりませんか」

「え、いや、ど、どういう意味なんでしょうか」

「故人が常々から、その扉のことを非常に気にしていたのだそうです。確乎《しっか》り閉め切って置くべき扉だったのです。それで扉を閉めてから、又思い付いて研究室の方へも行って見ると、実験台の上がひどく乱雑になっておりました。よせばよいのに、女中がその辺を綺麗に片附けてから帰ったのです。つまり、そのために、故人も注意を怠って了ったし、後になって、容易に伝染の経路が分らなくなったという訳でした」

廻りくどい俵弁護士の説明が、漸く沖野にも呑み込めて来た。が、そこで彼は、猶も白っぱくれることを忘れなかった。

「へええ、そういう訳だったのですか。しかし、結局のところは、それでどんな経路をとったんでしょう」

「それがですね、実は猫のやった仕業だというんです」

「え？」

「ほら、ここには猫が飼ってあったでしょう。あの猫が夜のうちに破傷風菌の壺の中へ脚を突っ込んで、それから故人の手頸を引掻いたという訳なんです。調べて見ると、成程、傷痕がありましてね、え、それがその今言ったような訳で、迂闊には迂闊だが、故人が眼覚めた時には扉がちゃんと閉まっていて、まさか、猫がそんなことをしたのだとは思わない。それで碌《ろく》に消毒もせずに外出して了ったんです。尤も結婚問題が起っていた時でもあるし、その方へひどく気を奪《と》られてもいたのですがね。発病したのは外出先きから帰って来てから間も無くだそうです」

ここまでいわれて見れば、沖野は完全に自分の勝利であるのを知った。

「なるほど、そうでしたか」

といって、この時彼は、さもさも思い出したように言い添えた。

「そうそう、そういうと僕も思出しましたよ。竹中君がいっておりましたっけ。猫が研究室の方へ這入ると大変だなんて――」

「へへえ、すると余程心配するにはしていたんですねえ」

「そうらしかったですよ。用心していながら到頭やられたというものでしょう。夜のうちに、扉《ドア》が開いていたもんだから、猫の奴が這入って行ったんですな」

「多分、そんなようなところでしょう――」

俵弁護士は、この時ひょいと口を噤《つぐ》んで、パチパチと眼を瞬《しばたた》いた。何か気になった様子である。

「あ、ですがね、一寸腑《ふ》に落ちないこともありますね」

「な、なんです？」

「扉です。扉が開いていたっていうことなんですがね。それ程用心深くしていたものが、どうして扉を開け放しにして寝たんでしょうか」

「さア――」

と答えて沖野は、めまぐるしく思案を廻《めぐ》らした。向うでは何気なしにいっているようであるが、これは却々重大な質問だった。

ここで扉が自然《ひとりで》に開いたのだということを説明せねばならぬのだった。嘗《かつ》ての蒸し暑かった日のこと、竹中は、扉の把手の工合が悪いといった。そうだ、一昨日《おととい》は自分がここに来ていたし――。

「待って下さいよ」と沖野はいった。「そういえば一昨日僕はここへ来て午後中一杯いたんですがね、そうでしたよ、あの時にも扉がひょいと開いて了いましてね」

「ほう、それでどうしました？」

「どうもしやアしませんが、竹中が急いでそれを閉めましたっけ。そして、把手の工合が悪くって困るとかいいましたっけ」

「一昨日ですね？」

「ええ、一昨日です。一昨日の昼間そういうことがあって。それから夜になって猫が研究室へ這入って行った――」

六

だから、分りきっているではありませんか、と口にこそ出さね、沖野は内心得意であったが、次の瞬間彼はぶるっと身を顫《ふる》わしたのである。この時俵弁護士が、何故か非常に意味あり気な笑を、その小鼻の辺《あたり》に刻んだのだった。

俵弁護士は突然席を離れて、先刻から写真帳を眺めていた紳士の傍《そば》へ行き、何かひそひそと囁いた。そして再び沖野の真向いに坐った。

「失礼しました。いえ、ふいに思い付いたことがあったのです。――が、ところで沖野さん、あそこにおられるのは、実は警察の方なんでしてね、今、気になったものだから伺って見ると、実に妙なことをいうんです。猫がやったんじアない、とこういっておられるのです」

「…………」

「変でしょう！　私もね、これはどうも理窟に合わんことだと思うのですが、そうですね、その前に一通り、私のしたことをお話しましょう。私が今日ここへ来たのは午前十時半頃のことでした。そうそうあなたが一度帰られた、それと入違いぐらいなものなんです。が、そこでだんだん医者などに訊ねて見ると、どうも訳が分らないというんでした。故人の右の手の甲には猫の爪痕が付いているし、それにその時は、先刻お話したようなことを女中が申立てた時でしてね、それじア明かに猫の仕業だろうと、私がまあ頑張ったわけです。私だってすぐに気が付きましたからね、扉《ドア》が夜の間に自然《ひとりで》に開いたのではないか、とこういって見たのです」

　再び俵弁護士の言葉は廻りくどくなって来た。沖野は一言も口を挿《はさ》むことが出来なかった。あア、到頭俺は、何か過失《あやまち》を仕出来《しでか》して了ったのではないか。この俵という男がそれを嗅ぎ付けて、ネチネチと俺を追いつめているのだ。だが、何だ、何が俺の過失《あやまち》だったのだ？

　俵弁護士は言葉を続けた。

「で、そう頑張っては見たのですが、どうしても私の説は通りません。何故といえば、丁度そこにおられた住谷良子という婦人が立派な証言をしているのです。この婦人は一昨夜ここへ来て故人と夜十時頃まで何か話をしておられたのですが、その帰る時まで故人の手の甲には、傷痕などはなかったといいます」

「だから、その帰った後で――」消えるような声で、漸く沖野がいった。

「ハッハ、そうでしたね。誰にしても考えることは同じものです。私もそう思いましたよ。だが、矢張りそれでもいけませんでした。マミイという猫は、当夜、ここの家におりませんでした」

「え？」

「その婦人が、バスケットへ入れて、その上を又風呂敷で包んで、帰る時一緒に連れて行って了ったんです。尤も、それはその婦人の妹さんが猫を写生したいといったので、二日ばかり借りて行ったのだそうですがね」

言われてハタと思い出したのは、当夜良子が片腕に抱えて行った四角な嵩張った品物だった。アア、だがそれにしても、自分が竹中の寝台へ近づいた時、軽く音を立てて床へ落ちたのは何であったか？　マミイがいなかったとすれば、あれは読みかけの新聞か何かであったのか？

沖野は、眼の前が突然真暗になった気持だった。

選びに選んで、自分が最も凶《わる》い機会を摑んだことをはっきりと知った。見る見る、脚下の床が崩れ落ちて、自分は、暗い深淵へ真逆様に墜落して行くように思われた。

懼《おそ》れていた、予期以外のことが、唐突《だしぬけ》に起って了ったのである。

「駄目だぞ、落着け。恐ろしい瀬戸際にいるのだぞ」

彼は自分で懸命にそう言聞かせた。

が、今大変な破目に立至ったことを思えば思う程、自分でも分る位に狼狽《あわ》て始めた。

反対に俵弁護士は、益々ゆっくりと喋り出した。

「で、そんな事情になって来ましたので、私も考え方を変えざるを得ませんでした。そのうちには、医者がマミイの爪を調べましてね、幸いここには必要な器具がすっかり揃ってもおりましたし、結局は、マミイの爪に菌が少しも附着していないということが分ったんです。私がそれからどうしたと思いますか？」

「分りませんよ、僕には」

無愛想にこういって、沖野は俵弁護士から顔をそむけるようにした。

「オヤ、どうしました。大変に気分がお悪いようですが」

「いえ、な、なんともないです」

「ああ、そうですか。じアもう少しお話しを致しましょう。そこで私がふと思出したことがあったのでした。というのは、嘗てフランスにもこれと同じような事件がありましてね。破傷風菌で二人まで殺人を犯した奴があるんです。私はてっきりそれと思いましたよ。それから又一方にはですね、こうして他殺の疑いが起って見れば、勢い犯人は誰かということになるのですが、日本にも昔からの諺《ことわざ》があります。犯罪の陰には女があるっていう奴です。種々事情を訊き合せて見ると、さしずめ注意しなくてはならぬのが例の住谷嬢です。よくは分りませんが私は住谷嬢に頼んで、玄関口に彳《たたず》んでいて貰いましたよ。猫を抱かせたのですが、それは、若し心当りのある人が来れば、住谷嬢と猫との両方でもって、きっと、何かの反応があるだろうと思ったのです」

ポツリと俵弁護士は言葉を切った。

そして僅かに二三十秒間黙っていただけであったが、沖野にはそれが途方もなく長い感じであった。

「で、私がそっとこちらから観察していますと、まあその中では、あなたが一番著しい反応を示したという訳でした」

「それアしかし、そんなことで何も――」

「ええ、そうですとも！」俵弁護士は答えた。「何もそれだけであなたを私が犯人だと決めた訳ではありません。今だって犯人だと思ってはいません。けれども、ほら、あちらにおられる方が、先刻から私に向って頻りに合図をしておられるのです。あなたが一番有力な容疑者だということですよ」

ほんとうにそんな合図があったのかどうかは分らない。が、その時紳士の一人は弁護士の耳へ小声に何かくどくどと囁いた。弁護士はそこで又喋り出した。

「沖野さん、どうも私も困って了ったのですがねえ、ところで、もう一つだけ質問をさせて戴きたいのです。例の扉《ドア》の一件ですが、先刻《さつき》あなたは故人が扉の把手について、何か苦情を零《こぼ》していたといわれましたね」

「え、それは、いいました」

「そしてそれが一昨日《おととい》のことだったのですね」

「…………」

「違いますか。こういう場合に、答が曖昧だということは大変に宜《よろ》しくないことなんですが、先刻は私が念を押して置いた筈でしたね。そうしてあなたは、繰返して一昨日だと仰有《おつしや》ったのた。そしてこの時、何故か彼は、一匹の奇妙な生物《いきもの》が、強力な係蹄《わな》に締めつけられて七顚八倒している姿を、ふと頭の隅に描き出した。

この声がなろうことなら相手に聞えて呉れねばよいと思いながら、彼は咽喉《のど》の奥でこういっ

「そうでした、一昨日でした」

そして、だが一昨日であっては何故それがいけないのだろう？

いけないとは思ったが、もう仕方がなかった。

「そ、そうです――」

でしたね」

同時に又、二人の紳士が、スッと立上って自分の傍に擦《す》り寄るのを、視野の外れにチラリと見た。

「そうですか。それじアもう仕方がありませんが、しかし沖野さん、これはどうも益々困ったことになりました。何故というに、あの扉《ドア》の把手は、今日からは四日前、つまり事件の起った一昨日からは二日前に、立派に修繕をしてあったのです。亡くなった故人は、今度は大変に工合がよくなったといって喜んでいたそうです。あなたの言葉と対照して、どこかに間違いのあることはお分りでしょう。ねえ、いかがです。何故こんな間違いが出来たものか、無論これはあなたが嘘を吐《つ》いておられるんですね。そして、その嘘はいったい何の為《ため》でしょうか。いけなかったですねえ沖野さん――」

少しも嘘をいう必要のないところで、沖野は真赤な嘘をいったのだった。何か言おうとした

けれども、唇が硬ばって自由にならなかった。頬の筋肉をピクピクと痙攣させただけで、ぐったりとそこへ頭垂《うなだ》れた。――気の弱い沖野鳳亭は、もう駄目だ、と忽ち思って了ったのである。

「ああ、しかしこのことはですね、これから警察の方へ行っても調べられるでしょう。だから、そこでまあ弁明をして見るのですね」

最後に、俵弁護士はこう言った。

が、その言葉は沖野の耳に、何かザワザワとしている街の中の囁きのように、或は又、壁越しに隣家から聞える蓄音機のように妙に微《かす》かに響いて来たのであった。

× × ×

当局の手にかかってから、沖野は他愛もなく凡《すべ》てを自白した。自白に基いて、彼が用いた猫の爪も或る泥溝《どぶ》の底から探し出された。

それについて、俵巌の語ったことがある。

「しかしあれは、却々巧妙な犯罪でしたよ。幸に自白させることは出来ましたがね、それというのも、犯人が案外素直な男だったからよかったのです。偽の爪が出て来た今日となっては、無論もう動かせない自白にはなっていますが、若しそれ前にでも自白を翻《ひるが》えされたら、どうにもならないところでした。怪しいと思っても、直接証拠というものが一つだってなかったのです。いいえ、怪しいと思ったのは、住谷嬢からの話を聞いたら、殆んど八分通りはあの男だなと直感したのでした。ずっと前のことですが、被害者が犯人に向って、君は人殺しをしそうな人間だといったことがあるそうで、何故ですかねえ、その時私の第六感がピクリ働いたわけなんです。そして、実は盲滅法にあの男と話しをして行って見ると、ひょいとあの扉《ドア》の把手のことが出て来ました。それ前に、もう把手の方は十分に調べてありましたしね。え、何ですって本当はその把手が修繕してはなかったのだろうって？　ハッハハハハまさかそんなトリックまで使って自白させたのでもありませんよ。兎に角、ああした犯人などというものは、何処かに妙な手抜かりをするんですね。そういえば例の偽の爪です。見ると、それには五本の爪が植え込んでありましたが、どうでしょう、猫という奴は敵を引掻く時に実際五本の爪を使いますかね？　誰もうっかりしていて、被害者の傷痕を見た時には気付かなかったのですが、その一事だけでも、猫の仕業ではないということが分った筈です」

決闘街

一

途中から帰してやった山の案内者が言い残した通り、バラモミの林はずいぶん辛《つら》かった。路《みち》があるにはあるけれど幅が少し足りなかった。細長いスキーが邪魔になり前後を切り縮めたいような気さえする。と言って雪はカンジキが利く程に堅くはなく、何とも名付けようのない登高法で、額《ひたい》に汗をかきながら暗い林の間を分けて行かねばならなかった。案内者の勧めたように迂回《うかい》した方がよかったナ、しんがりをしていた田代はそれを幾度《いくたび》言って見たか知れない。真中の吉本も時々同じことを言った。

が、そのバラモミの林を辛《かろ》うじて抜けると、ふいに眼界《がんかい》がぱっと開けた。雪が午前の太陽をキラキラと照り返し、それでちょっとの間眩《まぶ》しかったが、やがて眼がそれに慣れて来た。ゆるやかな山の斜面の向うには、ぐるりっと巨大な半円形にうねった尾根が続き、その尾根伝いの涯《はて》に稍《やや》反り身になったH岳が屹々《きつきつ》たる肩を出している。そして空は和《なご》み切った深い紺碧《こんぺき》であった。

「いいなア」

へこたれていた田代もそこへ来ると、思わず感嘆の太息《といき》を吐いた。

暫時《しばし》その景色に見入っていたが、先頭に立った野々宮は、

「さあ、もう少しだ」

と言って歩き出したのだ、田代も気を新たにして脚を踏んばった。×大学の学生であるが、三人共に揃って熟練したスキーヤーである。山の斜面を巧みなサイド・ステッピングで登って行った。

田代は足を運ばせながら、まだ何も格別なことは考えずにいた。後に語ったところでは、まさか野々宮を殺そうなどと、そんな恐ろしい考えが、いつかひょいと胸の中へ浮ぼうとは、その時夢にも思わなかったのである。サクリ、サクリという雪の音や感触を嚙みしめるようにして登っていた。

「おい、S岳からZ山まで縦走をやって見ようじゃないか。ZからA市まで殆《ほと》んど八里半の直滑走《ストレート・ランニング》だ。痛快だよ」

S岳麓のスキー場で、最初にそれを言い出したのは野々宮である。それに就いては吉本も証言したものだが、その時田代は反対を称《とな》えた。少し冒険過ぎるからよそうや、とそんな風に反対した。ところが自分の説はどこまでも通し度《た》がる横暴で強情な野々宮であった。フン、それなら君はよしたらいいだろ。何も君が行かなくっちゃならぬ理由はないさ。だが僕は行くよ。一人でも行って見せるよ。と言うのでもあったし、その上吉本はすぐとそれに賛成した。

「それア面白い。なーに、田代大丈夫だよ。三人でS岳を征服しようや。うん、行こう行こう」

吉本にまでこう言われると、田代も同じスポーツマンである。もともと面白そうだとは思っている。結局彼は仲間に加わることになったので、だから、彼が最初からその恐しい計画を樹《た》てていなかったことは確かであった。その提案が出されてから急に暖かくなって雪が消え、その間をK温泉に滞在して毎日の日和を窺っている時、彼はいい加減じれじれした位である。八里平の豪快なる直滑走《ストレート・ランニング》を想う時、彼の若い血は沸々《ふつふつ》と躍った。愈《いよい》よ待っていた雪が来て、そこで勇み立ってK温泉を出たのであった。

尤《もっと》も然《しか》し、よくよく田代の心理を見極めたら、或はそこに、野々宮殺害の潜在意識ぐらいは発見出来たかも知れない。少くとも野々宮の存在を否定したいだけの気持はあった。

表面では至極仲の好さそうな二人の間には、優越感の争いというだけではちょっと説明し尽されぬ程の、言わば、いつ表面へ現れるかも知れぬ血みどろな敵愾心が蟠《わだかま》っていた。いったいがスポーツマンにはそうした性格が多分にある。それだからこそあの緊張し切った勝負も行われるが、時にはそれが為《ため》に人間を小さく見せる程の意地っ張りでもある。で、その理窟は兎《と》も角《かく》として、この意地っ張りが外へ現れると野々宮になり、内へ内へと突き入ればそれは田代の有《も》つ性格となる。野々宮は飽くまで高圧的に出て、時には他人に対して嘲弄的な態度すら執《と》り、これに反して田代は、驚くべき忍従振りを示していたが、内心では負けまい負けまいとして焦《あせ》っていた。

そこでその上に猶《なお》悪いことには、二人は同郷の出身であり、小学校以来絶えず席順を争った秀才なのであった。

「どっちが先きに名を出すだろう」

郷里の人々は自然このような興味を抱いていて、二人の頭にはそれがいつでもピーンと響いていた。お互に他を圧倒し尽そうという心持に支配された。時にはそれをせつなくも思う。が、そうしたせつなさは不幸にも二人の胸の中へ同時には起って呉《く》れなかった。いつでもちぐはぐな時に起り、だからそれを感じたすぐ後では、前に数倍した敵愾心が燃えて来た。二人のすることは、それがどんなに些細なことであろうとも、凡《およ》そ勝負の付くものである限り、そこにはぞっとするような空気が漂っていた。互にそれを意識したものか、近頃は碁将棋の類へはなるべく手を出さないが、それでいてどちらも初段近くの強さである。スキー縦走が企てられなかったとして見ても、遅かれ速かれ、同じ結果を見たのかも知れない。むごたらしくも、逃れ得ざる運命でそれはあったのだ。

二

S岳はあまり高い山とは言えなかったが、然《しか》し一旦その八合目あたりまで登ると、そこより一段低くなっているZ山への尾根までは、ほんの一滑走で充分だった。その辺はもう古い凍った雪が下にあるけれど、表面には新しく降った雪がサラサラしている。条件好適《グッド・コンディション》の乾《ドライ》いた粉雪《パウダー》であった。スーッスーッと滑り心地が無類である。オープン・クリスチャニアを試みると、山足がレールの上をでも行くように山側を廻転した。零下《れいか》何度という風であろう。熱した頬にはそれが反《かえ》って快《こころよ》かった。

ステミング・ターンして愈よ尾根へかかろうとするところで、三人は言い合せたように立ち停り、

「素敵だなア」

と言って下を見下ろした。滑り損うとたいへんだが、尾根の半面は物凄い断崖になっていて、崖の下遥かに見事な雪渓があった。雪の深さは幾尺あるとも分らない。谷が中凹《なかくぼ》に埋《うず》められ、それが蜿々《えんえん》として低く続いていた。崖の中途から鳥がバタバタと音を立てて飛び出して行った。

「あの雪渓の処女雪へスプールを印《つ》けたいナ」

「うん、Zへ行くのを止めてあそこへ降りて見ようか。ロップを使えば降りられるかも知れないよ」

「そうさ、ロップがもう五六本もあったらナ」

「まず、そうするとZの方がいいね。八里半のストレイトだ」

こんなことを言いながら今通って来た方を眺めると、そこも亦《また》見事だった。

「ほら、僕等のスプールが残ってら。S岳最初のスプールだぜ」

田代はその時もまだ無心であった。荘厳な山の霊気に浄化されでもしたかのよう、いつもの敵愾心などは失って、杖で山腹の方を差し示した。

すると野々宮は言った。

「C子さんに見せてやりたいナ。そら、あの一番高いところに印いているのが僕のスプールだ

ぜ」

C子というのは野々宮と親しくしている或る富豪の令嬢であった。野々宮と吉本とは時々その家に出入しているうちにその令嬢と話などをするようになったのであるが、どちらかと言えば少しモダンな方であって、美しくてそして明るい声を有っていた。吉本よりも俺の方が親しくしているんだがなどと、そんなことを折々野々宮に聞かされて、田代も噂は知っているが、逢ったことがないだけに、それだけは別にどう考えてもいなかった。

「C子さんて人、君の滑った跡なんか見たがるのかい？」と言って少しニヤニヤした。野々宮の得意気な様子が可笑《おか》しかったのである。

「それアそうさ。なアおい吉本、C子さんスキーを習いたいって言ってるのを知っているか」

「どうだか知らない」吉本は谷の方を見ながら答えた。

「僕にスキーを教えて呉れ教えて呉れって言うのだ。教えてやろうと思ってるが――」

「そうかね」吉本は相変らず気のなさそうな返事である。

「うん、今度だって連れて行けってせがまれたんだがね、ハッハハハハ、君達がいるからよしたんだ」

そう云って野々宮は、何思ってか途方もない大きな笑い方をした。そしてそれはひどく不愉快な響を伴っていた。それが彼の癖でもあるが、人を莫迦《ばか》にし切ったような哄笑である。

――田代と吉本とはふっと黙り込んで了《しま》った。考えて見ると、その時初めて危機が醸《かも》されたと言ってもよい。まだはっきりした貌《かたち》ではなかったが、雪の上に長い影を引いて立つ三人の間に、或る殺気がこっそりと紛れ込んだのであった。

無言のまま歩き出すと、尾根の方は雪がカチカチに凍っていた。風で新しく降った雪が吹き飛ばされたのであろう。スキーの締具を外し、靴の裏へ用意して来たカンジキを付けた。そしてこうなるとロップが必要である。ロップの先頭を吉本が務め野々宮は真中になった。

Z山へ行く尾根は割合に短かい。三十分程で三人はその中程まで行ったが、そこには最大の難関が待っていた。片側の崖は山の半ばを刳《えぐ》り取ったようになっていて、それに歩行する場所が非常に狭い。吉本がそこを四つん這《ば》いになって通り越し、野々宮が同じく這ってそれへかかった時、彼は突然、アッ！　と叫んだ。

「ちょっと待って呉れ。カンジキが利かなくなった。壊れて了った」

「え！」

吉本と田代とは同時に叫び返した。そして吉本はそのまま立ち竦《すく》んだように動かず、じっと野々宮の方を眺めていたが、田代は稍《やや》急ぎ足になって近寄って行った。

「どうした⁉」

「駄目なんだ。おい、吉本、君も来て呉れ。困る！　おい、困るよ！」

「しっかりしてろ！　動くな！」田代は野々宮に向ってそう叫んだが、すぐに又その頭越しに吉本をも呼びかけた。「吉本、早く来い！」

「あっ、あっ！」

野々宮は今にも足場を踏み外すかのような声を立てながら、然しその時にキラリとナイフを閃《ひらめ》かした。そして自分の身体を縛っていたロップを手早く切り離して了った。

田代には野々宮のその行動がいったい何を意味するものか分らなかった。が、ロップを自ら切り離したことによって、今や野々宮は自分達から孤立していることをはっきりと知った。そしてそれを頭の隅で知ると同時に、自分の全身をぞくぞくっと悪寒に似たものが走るのを覚えた。彼奴《あいつ》を斃《たお》すにはいい機会だぞという考えが、ふいにどこからともなく生れて来た。脚下遥かな谷底へ眼をくれると、クラクラッと眩暈《めまい》がする。一方の眼には、吉本がだんだん野々宮のところへ引き返して来るのを見た。

「邪魔な奴、吉本と一緒にやって了え」

夢中で脊《せ》にしていたスキーの一本を抜き出して、走るように近づくと、間が五六尺までに狭《せま》った時、迫った危険を覚《さと》ったのでもあったのか、野々宮の方から先きに、スキーをピュ！　と振った。田代はハッとして身を交《かわ》したが、その忙《せわ》しい瞬間である。彼は不思議なものに眼を留めた。野々宮を間に挟んで向うから近づいた吉本が、これも同じようにスキーを振り廻わしている。空気を引き裂くような音を出して、吉本のスキーは可也《かなり》鋭く廻転した。野々宮はぎょっとした顔で吉本の方へ振り向いたが、その時二人のスキーはガッチリと空中で叩き合い、ポキンと妙な音がした。野々宮のスキーが、あの強靭さにも似合わず、不思議に中途から折れて了った。

「やれ！　しっかりやれ！」

田代はしきりに叫んだ。咽喉をいっぱいに押し開けて叫んだ。自分も手にしているスキーを、力のあらん限り横へ振った。

——ぎゃっという悲鳴を聞いたように思う。

——白い雪の谷底目がけて、一個の黒い物体が弧線を画《えが》いて転落するのを見た。

そしてその黒い物体は、音もなく雪の上に落ち沈んで、そのままそこへポツンと一つの点になった。

三

「やった！」

「やった！」

田代が叫ぶと吉本も叫んだ。

そしてはっとした二人は、間十尺ばかりを離れて、息もせずに睨《にら》み合ったが、そのまま一歩も動けなかった。凍りついた沈黙である。法外なことが起ったと思った。有り得べからざることが有ったと思った。

田代にして見れば——それは吉本も同様であったとはいうけれど——奇体な頭脳の混乱であった。吉本をどうしたらいいのか全く手の付けようがないように思われた。自分が野々宮を谷底へ陥《おと》したのを知っている吉本、然し、思いもよらず共力の形となった吉本、闘うべきか！妥協すべきか！

「君はやった！」

「そして君もやった！」

唇がかすかに歪められると、その唇からは同時にこうした言葉が迸《ほとばし》り出た。今こそ、互にその罪を認めて了った。どちらかがより悪いと言うことがどうして出来よう。二人は互に野々宮に対する殺意を見た。谷底に出来た奇怪な黒点は二人して作ったものである。二人はやがて、わなわなする肩を押え合って了った。

「競争者《ライバル》だった」と田代が言えば、

「C子の為に――」と吉本が答えた。

谷底を見下ろすと黒点はそのまままだ動かなかった。見渡した山々は冷酷に押し静まり、太陽は峰から谷へ同じように光を送っていた。黒点のある位置にはその光がまともに当り、何かの影のようにそれが見えた。雪がチカチカと眼を射る。二人はそこで稍《やや》長いこと黙りこくっていた。

「どうかしなくちゃならん」

最初は吉本が口を切った。そしてそれから、野々宮の死をいかに報告すべきか、二人はどんな態度を執《と》るべきか、そうしたことが極めて低声《こごえ》に語り合わされた。刑罰の二字が頭の中で消えたり現れたりした。為《な》さなくてはならぬことが山のようにあると思った。が、考えて見ればその数は案外に少なかった。それで、考え足りないようにも思われて、不安が上げ潮のように押し寄せたり、又反動的に、フフンと嘲笑したくなったりした。

「だが、野々宮はあの時何と思ってロップを切ったのだろう」

と田代が思い出したままにふと言うと、吉本は暗い顔をした。じっと口を噤《つぐ》んで、そのうちに蔽《おお》うべからざる後悔の色を顔に浮べた。

「あれは――危険を自分一人が背負う積《つも》りだったのだ。僕は――僕は――」

吉本はそう言って泣き出した。

「野々宮は、踏み外すなら、自分一人で落ちて行く積りだったのだ。場所が悪いから、カンジキでは人間一人の体重を支え切れないと思ったのだ」

「…………」

田代はそれに答えられなかった。野々宮に比して自分の方が数等卑怯な人間であるという考えが、重く胸へのしかかった。振り払おうとすれば、よけいに意地悪く身体の内部をチクチクと刺した。

が然し、結局どうとも出来ることではなかった。それに同じ罪を二人で分担しているということが、根拠なしに幾分かお互の心を休ませて呉れた。わざとにも野々宮に対する反感を昂《たか》めようとして二人は、

「然し、あの男は傲慢過ぎた」

などと言って見た。勿論、そうしたことを言っても結果はあまりよくなかった。言えば言う程、心の中は淋しくなった。が、それでも対手《あいて》には、自分の心が見透かされないだろうという考えが、僅かにお互を満足させた。さもさも自分等の行為が相当理由のあるものであったかの

ような顔をして、出来ることなら良心をさえそれで瞞着して、二人はやがて尾根の上に立ち上ったのであった。

　立ち上って見ると、それにには折れた野々宮のスキーが散らばっていた。田代はそれに就いて少しく当惑した。谷底へ落ちた時に折れたとすれば、このスキーの破片はあの死体の下に敷かれているのが当然である。迂闊《うかつ》な場所に投げ捨てると、それが逃るべからざる端緒になると気が付いて、手に持ったまま、大分まごまごした。が、結局それはそのままに現場へ置くことにした。滑り落ちる拍子にそこへ倒れて、それでスキーが折れたと言えばいいと思った。その位のことでスキーが折れるものかどうか気になったが、然しそれより他には手段がなかった。

　尾根をZ山まで行き尽すと、そこからは下る一方となった。八里半の直滑走《ストレート・ランニング》である。が、その時天候が急に悪くなって、吹雪が間断なく顔へ吹き付けられた。

「先きに行くよ」

　吉本がそう言って滑り始めた。田代はそこにちょっと立ち停り、もう一度殺人の経過を考えた。何かの報告書をでも出す時のように、或は試験の答案を出す時のように、半分は焦《あせ》りながら最初から仔細に吟味をした。そしてスキーの破片のことが、かすかに頭の中に残って居るのを感じたが、今更どう出来るものでもなかった。あれはあれでいいのだと思って了った。

「オーイ！」

　呼んで見たが吉本の返事はなかった。吹雪の中にすっかり姿が消えていた。それで田代は顔へ吹き付けた吹雪を押し拭い、脳味噌の間に絡まっている得態《えたい》の知れぬごたごたしたものを払い退けるように、頭を激しく横に振った。吹雪のために涯《はて》しなく広がっているなだらかな傾斜、向うの方は暗っぽくなっている八里半の大草原を、稍《やや》前屈みになって遥かに下手を覗き込んで、それから地獄に滑り込むような勢でキック・ターンした。

四

山の犠牲者として野々宮、友を失えるスキーヤーとして田代と吉本との二人、その写真が東京の新聞に掲げられたのは、早くもその翌日の朝刊であった。同時に「A市電話」として、野々宮の死体の捜索中であるが、当日夕方からの大降雪で、加うるに翌朝は降雪中の大雪崩《なだれ》で、死体発掘作業が極度に困難であること、及び田代と吉本との二人は狂気のようになって、人夫と共に現場へ出掛けたが、雪崩のために手の下しようなく悲憤の涙を絞っているということ、それらが同日の夕刊によって報ぜられた。

二三日後には、現場に再度の大雪崩があり、然も降雪がまだ止まぬので、死体発掘に出たYという村の人達は、危く十二三名の圧死者を出そうとし、それがために野々宮の死体捜索は、天候が全く回復するまで、或は五六月の雪解《ゆきどけ》期まで当分打ち切られるということが報ぜられ、それには又遭難者の談話として、野々宮が墜落せんとする刹那に、他の二人を一緒に谷底へ引き込まないように、自らそのロップを切断したことは、いかにも美しい精神であるなどとも書かれていた。

そしてその遭難事件の記事が新聞に現れたのは、恐らくそれが最後であった。忙しい新聞社では次の眼醒《めざま》しい事件を熱心に探し始めたが、事件後二週間程も経った時、田代は吉本と共にこっそり東京へ帰って来た。彼はその間、野々宮の郷里、つまりそれが自分の郷里でもあるのだが、そこへ帰って野々宮の両親にも逢い、当時の事情を詳しく物語って来たのだった。誰一人として彼等の罪を知るものがない。野々宮の両親からは厚く礼を述べられて、その時いたたまれない程良心の苛責《かしやく》を覚えたが、そして自白したいような気持にすらなったが、然し漸《ようや》く東京へ帰って来た。

東京へ来てから四五日間、田代は本郷の下宿にじっとしていた。吉本がまだ二週間程はどこへも外出しないと言っていたので、自分一人で学校へ行くことが厭《いや》であった。出来得るならば、友人達には一人も逢い度くなかった。下宿の女中にさえ口を利かないようにして、彼は四五日間を黙り暮した。

が、そうして愈よ《いよい》学校へ行って見ると、田代は忽ち《たちま》人気の中心になった。S岳踏破を敢行したことと、野々宮が不幸なる死を遂げたこととと、その二つが皮肉にも彼の名を急に高くした。彼のいる場所へは友人達がいつでも五六人集まって来た。そうして彼は、

「野々宮は実に立派な人格者だった」

ということを、幾度か繰り返さねばならなかった。実にそれがうるさくて、時には、こうして彼を取り巻いている友人の前で、「おい、君達はなんと思うか知らないが、実は野々宮は僕が殺したんだぞ」と、こう痛快に毒づいてやりたいような気にさえなるが、然し矢張りそうは

出来なかった。早く吉本が出て来ればいいな、そう思っていた。

ところが二月に這入《はい》って間もない或る朝のことである。田代は学校の正門前で、その日初めて登校した吉本とばったり顔を見合せた。

「やあ」

こう言ってニコリと微笑しかけたが、その微笑は途中で引き込めて了わねばならなくなった。吉本がへんに奥底のある顔をして、チラリチラリこちらの顔を偸《ぬす》み見しているのである。何か言い度げな、然し思い切って言えないという風であった。

「おい、どうした?」

と言っても、吉本は容易に答えなかった。

「なにか起ったのか?」

「いや、なんでもないけれど――」吉本は漸く小声で言った。「君の方は?」

「大丈夫だ。誰も僕等を疑ってはいない」

「そうか。それじゃアいい」

田代には吉本の気持のうちに、何か隠してあるもののあるのを知った。それでその場は何気ない風で別れたが、一人きりになると、妙に厭な気分になった。それは折角晴れそうになった空へ、又新たに怪しい雲が現れたようなものである。雲はだんだんに黒く広がって行く。その原因を見極めようとして、田代はじっと考え込んで了ったが、そのうちに、彼は愕然として顔を上げた。ふいに一つの発見をしたのである。

「共犯者ではある。俺と同じ罪を背負った吉本ではある。が、ここに只《ただ》一人だけ、俺の罪を指摘し得るものがいるではないか。共犯者だからと言って、俺は果して安心していられるであろうか」

これは彼にとって実に当然極まる発見であった。然も不幸なる発見であった。それが、彼の頭脳のまだ全く冷静になっていない証拠でもあったが、彼はこの発見から、実に次のようなことを考え始めたのである。

「俺は彼を殺さねばならない。彼が生きている限り安心が出来ないのだ。彼は良心の苛責に堪えかねて自首するかも知れない。だから俺は彼を殺さねばならない。そしてそれと同時に、彼も亦《また》俺を殺そうと思っているだろう。俺が死にさえすれば、彼は永久に秘密を保つことが出来る。そうだ、彼は俺を殺し度がっているに違いない」

何か間違ったことを考えてはいないか、と彼はちょっとの間思案したが、どこにも誤謬はないと思った。

「先んずれば人を制すだぞ！」

彼は下宿へ帰るとすぐに、蒲団《ふとん》の中へ潜って了った。彼の癖で何か六《む》つかしい考え事にぶつかると、蒲団の中に潜るのである。一生懸命で吉本殺害の手段を思い廻《めぐ》らした。

五

「吉本さんが見えました」

宿の女中が吉本の来訪を告げたのはその翌日の夕方である。田代は昨夜《ゆうべ》からその時までにまだ適当な殺害方法を思い浮べていなかった。それで吉本が来たのを聞くとはッと顔色を変えた。恐怖の塊りが五体に充ち充ちた。

「待って呉れ、すぐには通さないでくれ――」

女中に向ってそう言ったが、もうその時には女中の肩越しに吉本の顔が見えた。無言のまま室《へや》に這入《はい》って窓の閾《しきい》に腰を下ろす。二人は恐ろしい敵意を有って睨め合った。

何を言わなくても、田代の殺意は直接に吉本の胸へ反映した。田代の胸にも同様であった。面と面とを向き合せている原因が、お互にはっきり了解されていた。何か他のこと、学校での噂話でも持ち出して空気を緩和しようという気持が少しばかり動いたが、喉が閊《つか》えて出来なかった。体裁の悪さを僅かに意識したが、殺気が凡てを蔽い隠した。

「田代、君は僕を殺そうと思っているね」

吉本は先ずそう言った。果然、吉本自身、田代と同じことを考えて来たのである。彼も田代を殺そうと思った。ただ田代の下宿へ来るまでは、その考えに何かの矛盾があるように感じて来たのだったが、田代の顔を見ると同時に、自身の殺意は別にして、田代の殺意を理不尽に感じた。むらむらと血が憤《いきどお》って来た。お互に益々殺意を濃厚にした。

「いや、莫迦《ばか》なことを言うな。君こそそうだろう」

田代は、対手に摑《つか》みかかりたい程の焦躁を覚えたが、絶大な意力でそれを押え付け、大事をとる気になった。手際よくやらなくてはならないと思った。

「そうか。何だか恐ろしい顔をしておるね」吉本もそう言って、不器用な微笑を左り頰に浮べた。

「昨夜よく眠れなかったのだ」田代は言って机に凭《よ》りかかり、何気ない体《てい》でナイフを弄《いじ》り始めた。「此頃ずっと睡眠不足だ」

「僕もそうなんだ」吉本は懐手をして答えた。「夢ばかり見ている」

「何んの夢を見る?」

「厭な夢だ」

吉本はどんな夢を見たのか話そうとしなかった。が、田代にはよく分っていた。田代もそれ迄《まで》に幾度《いくたび》か恐ろしい夢を見た。あの人殺しの場面と、野々宮が墜落の刹那になした恐ろしい顔、それが夢の中へ現れて来た。眼が醒めた時に考えると、野々宮が陥ちる時にはその顔を田代は見なかった筈だと思った。だから、夢の中にそれが見えるのは一層恐ろしいことであった。そして吉本が同じようにその夢で苦しめられているのを知ると、ふいに、緊張し切った敵意とは別に、或る莫然とした淋しさを感じ始めた。

「おい」

呼びかけると、吉本は答えずに立上り、狭い部屋の中をぐるぐると廻り始めた。顔には悲しげな色が浮んでいる。

「おい」

もう一度呼んだ田代は、吉本としっかり抱き合い度いような感じがした。敵意がいつの間にか薄らぎかけているのを感じた。

田代はこの時にもう一歩突き進んで考えればよかったのである。吉本とても同様であったが、彼等は互に殺し合おうとするところに何かしら誤謬があることを、ぼんやりと意識していた。だからそれをよく考えればよかった。が、彼等は呪われていた。田代は吉本の姿を見守っているうちに、吉本の手が懐中でしきりに動いているのを見た。吉本は無心でそんなことをしていたんだが、それをそうは思わなかった。

「なにくそッ！」

田代は思ってナイフの柄を痙攣的に摑んだ。そしてそれをチラリと眺めた吉本も、再びさっと顔を蒼くした。

お互に疑い合い、お互に殺そうと思った。息づまる沈黙が二人の間に横たわり、奇怪なる決闘が、じりりじりりと開始された。

六

考えて見るに、彼等に互に殺し合う必要が少しもなかった。共犯者の一人を殺してまでも自分の罪の発覚を恐れる者は、決して自分からは告白する筈がないからである。互にそうである限り、秘密は永久に保たれるのを、彼等は愚かにも考え損なっていた。野々宮殺害の罪に続いて、吉本——若《も》しくは田代殺しの罪を重ねる必要は毫末《ごうまつ》もないのを、彼等は知らなかった。そして今や、互に殺意を認めた時は、その原因に遡《さかのぼ》ってまで考えることは至難であった。只、対手を犯跡の無い方法で殺すことだけが必要になって来た。どうしたらいいのかは分らなかったが、対手が野々宮のように死んで呉れさえすればいいのであった。卑怯な考えを恥《はず》る余裕さえも持たなかった。そして遂に、

「銀座へ行こう」

どちらからともなく、そう言い出して了ったのである。あの夥《おびただ》しい人混みの中で、何かの機会を摑《つか》もうという思い付きが、自然に頭へ浮んで来た。彼等はその夜の八時頃、田代の下宿を出たのであるが、一見してそれは普通の散歩と同様に見えた。

本郷から京橋まで彼等は電車に乗った。その間に、最も素晴らしい殺害手段を思い付こうと焦ったが、傍に殺人者のいることが気になって、何も考えることが出来なかった。そして京橋で電車を降りると同時に、電車交叉点に立つS——ビルディングを一緒に振り仰いだ。総体赤味を帯《お》んだ旧式の建物である。上の方に一並びだけ明るい窓が並んでいるが、彼等はそこへ行く為の昇降機を思い出していた。昇降機を踏み外した話、又は運転手のいない昇降機がすーっと上昇した話、そんなものを思い出して、激しい戦慄を感じた。

橋の上へかかると、向うから来たひょろ長い男が、危《あやう》く彼等にぶつかろうとした。そうすると二人はすぐに、嘗《かつ》て本郷通りで一人の酔漢が、突然、つき当ったという以外に何の理由もない学生を刺殺《さしころ》して了った事件を思い出した。

橋の袂《たもと》からやや下《くだ》り目に石の鋪道へ出ると銀座はもうそこまで延長して来ていた。長い長い光と人との列である。が、彼等にはその陽気さと華かさが、ひどく不似合のものであった。

夜店の前に人群《だか》りがして通り抜けるのに困難なような場合には、彼等は注意を二倍にも三倍にもした。対手が短刀をスッと抜き放すように思った。ざわめいている周囲とは無関係に、脊中から絶えず冷水を浴びせられる心持であった。

が、田代の下宿から引き続いた緊張と、そしてこの銀座の不可思議な刺戟とは、やがて彼等を疲れさせた。慎重な考慮が消え失せて、早くこの状態を逃れ度いと思い出した。思いながら口へは出せずに、互に油断は出来なかったが、しきりに喉の渇くのを覚えて、カフェーの前を通る度に、強くこの中の明るさに誘惑された。

或る小さなカフェーの前に来た時である。彼等は遂に堪え切れなくなって、そのカフェーへ這入ろうとしたが、その時二人は、あっと叫んで後退《あとずさ》った。

カフェーの扉《ドア》が開かれると、そこへ一人の帽子を深く冠《かぶ》り、外套の襟を立てた青年が出て来ようとした。二人は、

「野々宮！」と叫んで了った。

それは果して野々宮であったろうか。単に野々宮に似ただけの青年ではなかったろうか。が、

兎《と》に角《かく》その青年は、しばし何事をも言い得ずに立ち竦《すく》んだ。そしてそれがだんだん悪い結果へ導かれた。田代と吉本との頭の中へは、雪崩のために死体の捜索が出来なくて、従って野々宮の死がまだ決定的には、確かめられていないことが、初めてその時に思い出された。

暫時《しばし》の沈黙の後に、吉本が先ず言った。

「野々宮、何故、隠れていたのだ」

「……」青年には質問の意味が解らなかったのか、答えることが出来なかった。

田代は青年をじっと見詰めているうちに、それが益々野々宮に違いないという確信を抱いた。帽子や外套の襟で顔を隠しているが、誰がなんと言おうとも、それは野々宮にしか見えなかった。

「野々宮、何故黙っているんだ。何んとか言って呉れ。僕等が悪かったのだ」

そう言って田代は青年の方へつかつかと近寄ったが、その時ふいに、或る苦々しい水のようなものが胸の中に湧いて来た。それは青年の顔に現れた不可解な微笑のためであったかも知れないが、その混沌たる苦さを呑み下そうとすると、奇妙に眼の前が明るくなった。何かが今はっきりと分るような気がする。彼はハッと眼を瞑《と》じて想念を纏《まと》めようと苛《いら》った。そしてやがて、狂気のように高い叫びを挙げた。

「そうだ、分ったぞ、分ったぞ！」と言った。

「え、何んだ。何が分ったのだ」吉本が訊ねたが、半ば不安気に田代の顔を覗き込んだ。

「分った分った。聞け、吉本。そして野々宮も聞け」

田代は嬉しそうに喋り始めた。

七

「野々宮、もう隠しても駄目だぞ」田代は先ず言った。「君は矢張り僕等と同じようなことを思い付いたのだ。S岳縦走を企てた時からそう考えていたのかも知れないのだ」

「君の言うことは少しも分らん」青年は呟《つぶや》くように口を挟んだ。

「分るよ。分らなくてどうするものか。いいか、君はS岳の上で自分でロップを切断したね。あれは君自身の身体を自由にする為であったのだ。僕等はそれを愚にも考え違いをしていたが、君は、ああして僕等二人を危険な場所へ誘《おび》き寄せ、僕等二人を同時に谷底へ叩き落す積りであったのだ。君は明かに僕を呼び吉本を呼んだ。僕等を一緒に引き落さない為にロップを切断した位なら、何の為に二人をそこへ呼び寄せる必要があったのだ。僕も吉本も君一人が競争者であった。然し君には僕等二人が同時に競争者であった――」

「もう止《よ》して呉れませんか。僕にはまるっきり関係のないことです」青年は又言った。

「嘘を吐《つ》け」田代は確信に充ちた調子であった。「僕は今になって、あの時に君の方から先きにスキーで殴りかかったのをはっきり思い出せるのだ。僕等は、君を殺そうと思わなかったら、既に充分用意していた君の為に、谷底へ叩き落されたのだ。そして、そうだ、あの谷の雪は深かった。それでいて又二三日前に降ったばかりであった。君は幸にして命を拾ったんだ」

「いったい君達は僕に向って――」青年は不安そうに言いかけたが、田代の言葉に押し付けられて了った。

「何故君が隠れていたか、それも僕にはよく分る。君は、僕等が君の死に依《よ》って苦しむのを推察した。後悔の為に自殺でもしやしないかと思った。僕等が自殺して了っても、君はその後に現れて来て、なんとでも勝手なことが言えるだろう。フン、墜落の時に頭を打って記憶力を失ったとね、そんな風にも言えるだろう。君は、兎《と》に角《かく》、時期を見ていたのだ。どうだ、それに相違あるまい」

田代が驚くべき推察をした時に、吉本は何んと思ってか、泣き叫ぶような声を挙げて、いきなりその青年に飛び付いた。青年の肩のあたりへ、ナイフをぷすっと突き刺した。

あっ！　と叫んだ青年は、一旦そのカフェーの扉《ドア》までよろよろとしてよろけて行ったが、それから猛烈な勢で吉本へ向って突進した。二人は狂暴にピタピタと殴り合ったり、着物を引裂いたりした。

最初田代は、不思議に澄み返った気持でそれを眺めていたが、やがて、吉本が青年に組み敷かれ、青年が吉本のナイフを奪い取って、危く吉本の胸を刺そうとすると、勃然《ぼつぜん》たる憤りが全身に激しく漲《みなぎ》って来たのを感じた。

「うおう！」

それは名状し難い唸声《うなりごえ》であった。田代は青年に武者振りつき、そして刺した！　殴った！　蹴った！

その青年が遂にばったりと仰向きに倒れ、ピクピクと手足の筋肉だけを動かすようになるまで、彼はその暴逆な行動を止めなかった。

遂に田代と吉本とは、衆人環視の中で堂々たる殺人罪を犯して了った。

×　　×　　×

銀座街の混乱。

自動車の警笛。

非常線。

そして群衆を制する警官の姿。

それらはこの上もう詳しく書き記すにも及ばぬであろう。が、まだ書き加えたい二三の事実も残ってはいる。それは、
一、銀座街で不幸なる死を遂げた青年は、二人の犯人が狂人の如くその顔を踏みにじったため、容貌がひどく傷《そこな》われ、野々宮の両親にすら、その見分けがつかなかった。
二、で、その青年は右耳からかけて頭の中程まで可成《かな》り大きな傷跡があった。それでそれを手懸《てがか》りにして身元を調べたが不思議にも身元は分らなかった。
三、以上の事実調べがあってから一月程の後、田代と吉本とは獄中で発狂した。発狂前に、野々宮特有の大きな笑い方が耳に残って困ると言った。
四、田代等が発狂してから更に一ケ月の後、S岳では野々宮の死体捜索が行われた。雪が解

けたからであるが、野々宮の死体は見付からなかった。只一足のカンジキが発見されたばかりである。そしてそのカンジキは、使用し始めてからまだ日が浅かったと見え、少しも破損してはいなかったし、釘の鋭さも充分であった。

情鬼

一

長尾新六《しんろく》は、窃盗前科が二犯あって、しかし実際は、二犯三犯どころではなく、一生涯悪いことをし続けて来た男だといってもよかった。強盗もやったし金庫破りもやり、箱師の仲間にいたこともあった。ただしかし、こんな悪者の新六でも、生れ落ちるとすぐそれだけの悪党になったわけではなく、若い時は兎《と》に角《かく》中等程度の商業学校を卒業して、あるお役所の雇員になっていたこともあるし、その頃は、若い者は若いなりに、いろんな愉快な空想に耽《ふけ》ったり、将来の立身栄達などということを考えて、某私立大学の夜学へ通い、また講義録を取ったりして、それが決して二年三年という長続きはしなかったまでも、真面目にコツコツ勉強したことなどもあった。

骨相学からでもいったら、何しろそれだけの犯罪者だから、頭脳の発達が不平均であるとか、額《ひたい》が狭く眼が大きく、耳の不自然に尖《と》んがっているところなど、既に十分悪の素質が現れていたのだとか、無論、いろいろと観察のし方があっただろうけれど、みたところは先《ま》ず、魯鈍《ろどん》といった感じが一番強い。後年巧みに法網を潜り抜けて、悪事に悪事を重ねるようになると、そういう魯鈍な顔附も、多少犀利《さいり》に狡猾《こうかつ》に引締ったようだが、それとても普通の人に較べると、格別悪党らしい凄味《すごみ》には見えず、殊《こと》に若い頃は、並外れて厚く作った黄色い眼鏡に頭でっかち、青んぶくれした皮膚と肉厚な唇、裃《かみしも》を着たように肩が突っ張り、おまけにその頃は吃る癖《ども》が

あって、風采が甚だ上らぬ代りに、それだけ実直な青年と見えたものだった。

実に変てこな話ではあるが、子供のときからどうしたものか、赤い色が非常に嫌いで、そのことは少々説明して置くだけの値打がある。よく世間には、ミミズだとか毛虫だとかが嫌いだといって、その嫌いな程度が、度外れて嫌いな人があるが、こういう人達は、ミミズや毛虫を見ただけで、ゾッと身体じゅうに悪感が走り、額からタラタラと脂汗《あぶらあせ》を流したりする。彼等は毛虫やミミズが決して怖いものでも何でもなく、やや恰好《かっこう》が悪いだけの虫けらに過ぎないことを、理性ではちゃんと弁《わきま》えていて、その癖理性ではどうにもならない。いわば病的にそうしたものを厭《いや》らしいと感じまた恐ろしいと思うのであるが、長尾新六の赤色嫌いは、先ず、そういったのと同じ性質のものでもあろうか。

ここに新六の、一つの顕著な精神的欠陥があったのだといえないでもない。

書籍の赤表紙、モミウラの紅《べに》、大きな看板の赤いペンキ、そういう赤さが、多少黄味がかって褐色橙色に近いものとなっていると、案外気にはならないけれど、濃く鮮明な、眼の底へ滲《し》み込んで来るような緋色とか、暗い夜の空で、毒々しく燃える広告電燈の赤さとか、それらはひどく恐ろしい。我慢してじっと見ていると、臓腑《ぞうふ》の底を引っ掻き廻されるような不安を感じ、脳髄がクルクルンと廻り出したり、心臓がドキドキ激しく動悸《どうき》を打つ。何故それが怖いのか、

理由はもとより判らないで、一種特別な狂的心理であったに違いはないが、狂的であれば狂的であるだけ、口や筆で説明したのでは、常人には到底理解され難い。新六は東京の下町に生れた男で、その生家は火事のため跡形もなく焼けてしまった。そしてこの火事の時、彼の父親と五人あった兄や姉達が無残な焼死を遂げているが、その当時、彼の母親は妊娠中だった。母親は、良人《おっと》と子供と財産まで一時に失ってしまったこの悲惨な出火のため、その時急に産気づいて生み落したのが新六だったということで、して見れば新六の不思議な赤色恐怖症は、その時の猛烈な火焔の印象が、まだ胎内にいた彼の脳髄へ、痛ましく生々しく滲《し》み込んだのではあるまいかと、これはある時新六が、自分の奇妙な性癖について某医師の診療を乞うた時、その医師が鹿爪《しかつめ》らしく説明して呉《く》れたところではあるが、或は、それもあるだろう。

子供の時分、彼の謂《いわ》れなき赤色恐怖症については、誰も理解して呉れるものがなかった。自分でも、赤い色を見た時に、突如全身を襲って来る恐怖感について、それが赤い色のためだとは知らなかった。日の丸の国旗を作らされて、真中の赤い丸をどうしても塗れない。黄色い日の丸を作ったから、教師が、赤い絵具のタップリ浸《し》みた筆を無理に新六の手へ握らせ、グイグイ紙の上をなすくらせると、彼は踠《もが》きに踠き、咽喉《のど》の奥をヒューヒュー鳴らし、身体じゅうにビッショリ汗を掻いて、教師の腕を逃れようとして、最後にウーンと悶絶してしまった。母親と買物に行って、魚屋が大きな鮪《まぐろ》の胴中を、スッパリ斬り放すところを見ると、急に真蒼になってガタガタ顫《ふる》え出し、また、悪戯《いたずら》をして自分の指を一寸《ちょっと》傷つけ、血を見ているうちに、卒倒してしまったこともある。

はじめそれは、癲癇《てんかん》かも知れないと思われた。癲癇ではないと判った頃に、新六は黄色い硝子《ガラス》の入った素通しの眼鏡を買った。外出の時は、その眼鏡のお蔭で、どうやら赤い色を胡麻化《ごまか》すことが出来る。前いったあるお役所へ勤めるようになった頃、その眼鏡はもうしょっちゅうかけ通しにしていた。お役所では、同僚や小使や課長などが、彼の色眼鏡をかけるようになった動機をいつの間にか聞知って、ふーん、世の中には、成程変な病気もあるもんだナと、いかにも珍らしげに彼の顔を覗き込んだものであった。

二

役所では、新六は月給を三十五円貰った。

第一年に三円昇り翌年二円、その次の年に三円、結局二年間に五円昇給の割合で、まる四年間勤めていると、四十五円になった。物品購入の消耗品係りを命ぜられて、帳簿の整理もよく行届いている。ほとんど失策なしに勤めたが、その頃彼は恋をした。

恋の相手は、同じ役所の電話交換手をやっていた秋村園子《そのこ》という女である。女は、それほど美しい女ではなかったけれど、妙に淫奔《いんぽん》な感じのする女で、その淫奔さやなまめかしさが、絶えず新六を悩ました。物品係りをしていたので、新六のところへは商人からの電話が割に多くかかって来、これを取次ぐのがいつも園子だった。「長尾さん、お電話よ」という簡単な言葉だけでも、新六にはそれが途方もなく媚《こび》のある声に聞える。彼は電話が楽しみだった。不必要な電話番号を、わざわざ交換台まで調べに行って、何か不器用な冗談をいい、「あら、厭ァよ、長尾さん」変に粘《ねば》っこい眼附で睨みつけられると、ゾクゾクするほど嬉しかった。退庁時刻、不自然でないように、帰りの電車を園子と一緒にし、混み合った車中で、柔かくムッチリした肩に一寸触れたり、同じ吊皮へ一緒にぶら下がったり、そういう時は無性に幸福だった。一年程こんな状態で過しているうちに、ある時雇員同志積立ててあった金で箱根へ旅行し、その帰りに土地の名物、寄木細工で開け方が一寸判らぬようになっている箱を買って来、これを土産物として彼女に贈った。そしてこの秘密の箱の底へ、思い切って彼の恋文を封じた。

三日間、彼は役所へ行っても、交換台へ行けなかった。恋文を見たかと訊いて見ることも出来ず、只矢鱈《ただやたら》に気まりが悪かった。一週間経っても、彼女から何ともいって呉れないので、今日こそは、兎に角、箱の開け方が判ったかと訊くつもりで役所へ出ると、その日彼は課長の部屋へ呼びつけられた。そして課長が、園子からその恋文の一件を訴えられたといい、それほど思っているものなら、自分が世話をして、二人を結婚させてやろうかといわれた。

自分の不心得を小っぴどく叱られるかと思った正反対である。彼は課長を神様のように思った。感謝で涙がポロポロ出て来た。吃《ども》り吃り、そうして貰えるなら一生涯恩は忘れないと誓った。

それから一ケ月ほどは、新六の生涯で一番幸福な時代だったろう。課長の言葉では、園子も結婚に同意したとのことだった。新六の真面目さが頼もしいともいったそうだった。新六は自分の月給と彼女の月給と、合せて八十円近くになるので、毎日手頃な借家を探した。その借家も、課長が親切に自分の家の近くに見付けて呉れて、間もなく二人は同棲することになった。ところが同棲して見ると、新六のハタと当惑したのが例の赤色恐怖症であった。

彼の妻は、赤い色がひどく好きだった。身につけているものは総て赤い。羽織、帯、襦袢《じゅばん》、襟《えり》、夜具、皆んな赤い布を使ってあった。役所へ行って交換台へ坐っている時は、別にそれほど赤いもの好きの園子だとも見えなかったが、恰度《ちょうど》その当時新六は、屢々《しばしば》居残りの仕事を課長に云付けられ、そのため割方遅くに自宅へ帰ると、さア、それからは何でも赤かった。食卓《ちゃぶだい》の前のメリンス坐布団が赤かったし、晩のお菜《かず》にも血のような色の刺身がついている。殊に困ったのは寝室の電燈に、お手製で紅絹《もみ》のカバーがかけてあることだった。

寝室は、生魚の臓腑《はらわた》を引っくり返したように赤くて、それを見ると新六は、閾際《しきいぎわ》に突立ったまま、しーんと脳髄が痺《しび》れて来た。とても我慢が出来ない。眼鏡も役に立たない。不可解な恐怖が全身を引っ摑んで気が狂いそうになる。同棲以来、彼は一晩でも妻の部屋へ這入《はい》れないのであった。

彼は嘆いた。妻が、自分の変てこな病気のことを、知らずにいたのだと考えて、言憎《いいにく》そうにそのことを話し出したが、園子は、全く無理解だった。赤色の恐怖を、てんで信じそうもなかった。アラ厭だ！　そんなバカなことってないわよ。あたし、赤い色を見て卒倒するなんて、生れてから聞いたこともないわ、といった。

「ソ、ソ、ソ、それは尤《もっと》もだ。お前にコ、コ、このことが解らないのは、ト、当然だ。が、本当に本当に俺は、ココ、コ、コ、コマッテる！　コ、子供の頃から、その癖はある。オ、オ、オ、お願いだから、赤い色を使わぬようにして呉れ、タ、タ、タノム、頭を、サ、サ、さげるから」新六は、いつもより一層吃って、ああいいこういい頼んだので、やがて二月ほど経つうちには、家の中の極《ご》く目立つ赤いものだけどうやら姿を消したようだが、するとると園子は、日曜日に丸髭《まるまげ》を結って来ると、燃えるような緋鹿子《ひがのこ》の手絡《てがら》をかけて来ている。それから、今まではそんなことがなかったのに、唇へ毒々しく紅を塗っている。新六は、矢張り妻に近づけなかった。

そして毎夜悶々《もんもん》として眠れなかった。

役所へ出ても、頭の中がモヤクヤしているし、仕事が手につかない。帳簿は誤記が多くなり、同僚と雑談をしていて、トンチンカンな返事をするようになった。

ある日の昼休み、彼はフラフラと役所の構内を歩いた。皆んながキャッチボールをするのをボンヤリ眺め、物品倉庫の横手へ行って蹲《しゃが》み、黒い地べたへ、無意味な丸や三角を幾つも描いた。ふと気がつくと、じき近くで聞慣れた所員の話声がして来る。

「全くだね。何しろ罪だよ」

「長尾の方じゃ、ちっともそのことを知らないんだからねえ。――女も女だし、課長も課長さ。役所中で一番女と縁遠い男を、番犬の代りにあの女へ喰付《くっつ》けたようなもんだ。あの男も、止《よ》しゃいいに、ラヴレターを書いたんだってね」

「課長が呼びつけてその話を持出した時、涙を流して喜んだっていうよ。――課長は、長尾に云付けて居残り仕事をさせた日には、どうも必ず女の所へ寄って行くらしいよ。元来が養子だてそちらを振向いたが、顔を合せると、新六が石のように突っ立っていた。

所員は面目がなかった。

新六の方で、ゴトリと音を立てたので、課長の悪口をいっていた三人ほどの所員は、吃驚して

そんな関係は絶対に無いという証拠に、早速長尾と女とを一緒にしたんだ。実に悪辣《あくらつ》だねえ」

からね。課長は自分の細君が怖いんだ。あの女とのことを夫人に嗅《か》ぎ付けられそうになると、

新六はまた、唇をヒクヒク痙攣《けいれん》させたままで、突然風のようにしてそこを走り去った。

その時以来、二度と彼は役所へ来ないいし、また自分の家へも帰らなかった。

哀れな新六は、数日間東京市中をあてどもなしにほっつき歩いて、この怒り、恥辱、憤懣の情を、地べたへ叩きつけ天へ喚《わめ》き散らしてやりたいと思った。どうやら気持を押鎮《しず》めると、金持になって女や課長を見返してやればと気付き、ある無尽会社へやっとこさ就職の口を見付けたが、その会社は半年で潰《つぶ》れた。

それからは、どこへ行っても口が見付からない。風采がよくないし、色眼鏡のことを訊ねられると、正直に赤色恐怖症のことを話したので、どこの会社も個人商店も、彼を精神病者と考えて、剣もほろろに履歴書を突返してしまった。

二年ほど後に新聞の片隅に自転車数台を窃取した件で、新六が神田署へ挙げられたことを報じてあったが、その時彼は、八ケ月の刑務所生活を終えて出て来ると、今度はじきに、空巣狙《あきす》いと某勤人の家でかなり多額な金を盗んだ件で、三ケ年の体刑に処せられた。

二度目に娑婆《しゃば》の風に吹かれた時、彼はとんとん、のび、さし、づき、ばんて等々、いろいろ

の術語をよく知っていた。それに、一本の針金で、大抵の錠前を開けてしまう技能を習得してい、仲間の故売者を訪ねた場合の、特殊な符牒を暗記していた。

三

黄色い眼鏡はまだかけていた。

顔も姿も朴訥《ぼくとつ》そのもので、新六を、二度も臭い飯を食べて来た男だとは、誰も気のつくものがなかった。夜学へ通い講議録を読んだ頃からでは、十年近く経っている。回顧するとそこには、世の中を何も知らず、みじめに律義《りちぎ》だった自分の姿が見えた。人にバカにされ、女に騙《だま》された苦い記憶しか残っていなかった。いくら律義であっても、世間ではそういう律義さを狡猾に利用するだけで、償《つぐな》いはちっともして呉れない。利用されて、他人のお役に立ってやると、蔭ではそれだけバカにされる。彼はもう二度と地道な稼ぎをする気がなかった。

それに度重なる悪事――悪事に附随する冒険味が、阿片《あへん》のような魅力にすらなって来ていた。

ある家へ、目星をつけるための用心深い内偵、それから計画と準備――。

やがてその家から、予想しただけの獲物を攫《さら》って飛び出して来たときは、ある事業家が事業を完成させた時のような、昂然たる喜びがあった。家のすぐ近くに交番などがあると、危険は危険なだけに、刺戟がひどく強かった。塀を躍り越えて入った途端に、巡回の警官が、重い靴音を響かせてやって来る。火の用心が、カッチンカッチン拍子木を叩いて行過ぎる。息を詰め、身を固くしてそれを聴き澄しているのが、長く忘れ難い記憶になって残った。悪事の不安や後悔が次第に薄らぎ、その代り、計画が、だんだん綿密に、身のこなしが、驚くほど敏捷《びんしょう》になって来た。

きまって半年毎《ごと》に、住所をあちらこちらへ移し、時には、下宿と長家と郊外の一軒家と、一度に三つの住居《すまい》を持っていて、世間の眼を胡麻化すため、ある時は自分を、保険会社の勧誘員だといったり、恩給生活の退役軍人と称したり、何々製薬会社の出張販売人で、そのためにしょっちゅう家を空けて旅行するのだといったりして、本当の職業を決して判らせずにいた。ただ、昔自分を欺《あざむ》いた女のことは、忘れずに憎いと思っている。それから、自分は田舎のお百姓の下男みたいな顔をしていて、女には一生好かれそうもない。あいつが俺を欺き、寄せつけなかったのは、無理もないなどと思い直して見る。それで、金で自由になる女以外には、決して接近せぬように心懸けていたが、あるときひょっとした気の迷いから、某小学校の教師をしていたという女と同棲し、この女のためには、又してもひどい目に遭《あわ》された。

その女は、新六が幼少で母親と一緒に神田の裏町に住んでいた頃、すぐ近所にあった印刷屋の娘だった。

幼馴染《おさななじみ》が、殆んど三十年ぶりで偶然のことから顔を合すと、女は良人を失い、学校も整理で退職になり、生花の師匠などして、細々暮していたところだった。そして新六は、三度ほど女の家を訪ねて行くうちに、ある晩、激しい誘惑を感じた。年増女だが、まだ美しく艶々した皮膚、不思議な位しなやかな肢体を喘《あえ》がせて、女は、孤独や寂寥さを譫言《うわごと》のように訴え、娼婦以上の媚を示した。新六には、そんな経験が初めてだった。眼の前で歔欷《すすりなき》をする女がいじらしくて堪まらなかった。じきに二人は同じ家で暮らすようになり、その当座新六は、ああ、これで自分も漸《ようや》く世間並な生活に入った——もう、悪い危険な仕事からは、足を洗おうかとまで決心しかけた。

けれども、それから一年を過ぎて見ると、女はもう、心から新六を愛しているのでないことを、かなり露骨に示して来ていた。新六の、どうしてか、金には不自由しないところにはじめから目をつけたのだと、新六にもハッキリ呑込めて来た。更にまた半年経つと、女は某医科大学の学生と示し合せて、新六がラジオの箱に隠しておいた多額な現金を盗み出して、京都方面へ高飛びしてしまったのであった。

そのあとで新六は、もう若い時のように無茶な憤り方をしなかった。女のあとを追いもしなかった。ただ、自分がつくづく馬鹿だったと知って、誰もいない家の中で、ヒッヒッヒと笑い出した。口惜《くや》し涙が出て来ると、バカ！　何を貴様泣くのだ——と、拳で眼頭《めがしら》をこすり上げながら、またヒッヒッヒ、ヒッヒッヒと笑い続けた。

淫奔で狡猾で下司《げす》な女のことは無理にでも忘れるつもりで、再びもとの鰥《やもめ》暮しに帰ると、仕事の方は、相変らずいつも運がよかった。数年のうちに金も思いの外たまり、郊外へ地所を借りて家作なども建てた。それは、若しかして人に怪しまれた場合、家作で暮しを立てているといえば、大体人を信用させることが出来、ほかにも何かと都合のよさそうな思い付きだった。後に、自分もまたその家作の一つへ移り住んで、表向き金物類を商うことにし、店へは通《かよ》いで男の店員を二人も置いて、何不足なく暮らしているように見せかけたが、内実は矢張り別の稼ぎを続けていた。一度、ある強盗に襲われた家で、強盗が、どうやら黄色い眼鏡をかけていたように思うと中立てたので、その時は彼も少からず危険を感じた。昔、黄色の眼鏡を絶えず手放せずにいた窃盗犯の囚人があったことを、警察側ですぐ思出しはしないかと思ったからだった。彼は暫《しばら》く仕事を休んだ。それから、矢張りいつまでもじっとしておれなくなり、眼鏡を仕事の時だけ外すことにし、ポツポツ、現金のありそうな家を物色して歩いた。

それは五月末の、変に蒸し暑い夜のことだった。

新六は、かねて目をつけていた、省線荻窪《おぎくぼ》駅の近くにある某富豪の別邸へ忍び込んだ。そして期待した通り、手提《てさげ》金庫にあった数百円の紙幣束《さつたば》を手に入れて、素早く表へ飛び出して来た。

塀の蔭の暗さや木立や露路を利用して、自分の家まで歩いて帰るつもりでいると、いつしか中央線の踏切りへ出て、その時線路の近くに、ボンヤリ黒い影の佇《たたず》んでいるのを見た。はじめ、ギョッとしたが、それは女だった。二十歳《はたち》の上を僅か越したほどの、痩せて、見窄《みすぼ》らしく破れた着物の女だった。新六は、黒い背広にゴム裏のついた靴を穿《は》いて、足音も聞えぬほどそっと歩いていたが、女の方でも、じきに新六を見付けると、バタバタ向うの闇の中へ走り込もうとした。

何故か判らず、新六は、ヒラリと身を躍らして、女の腕を捕えた。

「あ、放して下さい！　お願いです！」

「どうしたのだ。何故逃げるんだ！」

「逃げはしません。私、ただ怖かったものですから」

「嘘を吐《つ》け。逃げたんだ。こんなところで女が一人で、何をするつもりだった？」

「何もしません。見逃して下さいまし。お願いです。私、心得違いです。――このままで、このままで……」

何をいうつもりだったのか、女は急に地べたへうずくまって、激しく泣き出した。黒く乱れた髪の毛、蒼い病人のような首筋。肩がガクガクと戦《おのの》いている。瞬間に新六は、了解することが出来た。

「そうか。ねえさん、死ぬつもりだったね」

「…………」

「汽車を待ってるんだね」

「…………」

女は答えなかったが、かすかに首を頷《うなず》かせたようだった。新六は、じっと腕を拱《こまね》いて考えていた時、遠くから重たい貨物列車の轍《わだち》を聞いた。女も、斉《ひと》しくそれを聞付けたと見えて、ハッと首を起し、鋭く闇のうちを見透かし始めた。

女は死を覚悟し、しかも明かに死の恐怖に脅えている。死ぬつもりで、或は奇蹟的に救いの現れるのを待っていたかも知れない。それは、きっとそうだ。助けてやれば、一も二もなく、新六の胸へ縋《すが》りついて来るだろう。同情して、死なずに済むようにしてやれば、恩人の手へ、涙を流しながら接吻するだろう。

新六は、冷静になれたのが嬉しかった。女の肚《はら》の底を見抜けたのが愉快だった。女の側《そば》をふいに離れ、

「ねえさん。死にたいなら死ぬがいいぜ。俺は止めやしない」

そして、ゆっくり線路を横切った。

貨物列車の音は、もう手にとるように近づいていた、やがてゆるい勾配の端《はず》れに、黒くムクムクと一瞬毎に大きくなる獣のような姿を現した。それは地響きをさせ恐ろしい勢で咆哮《ほうこう》し、いかなる方法によっても阻止し難い力で進んで来る。新六は、女が線路の傍《そば》に立ち、最も的確な瞬間に怪物のような機関車の前へ飛び込もうとして、じっと身構えている姿をチラリと頭の中で想像した。

彼は、身顫《ぶる》いした。

振向くと、総ては、想像した通りに起りかけている。

さっきの踏切りのところへ戻って、ポツンと黒く佇んでいる女の姿。制動機も到底間に合わぬまで近くなった巨大な怪物《ばけもの》。あらゆるものを粉末塵《こなみじん》に踏み潰して行く鉄の車輪。そして、気違いのようにギラギラ輝きながら突き進む真赤な眼玉——。

既に眼鏡はかけていたが、赤い血のような機関車の前部燈は、新六の脳髄を一時クラクラッとさせた。彼は、逃げ出したい衝動を感じ、しかし唐突《だしぬけ》に、必死の速力で線路へ走った。女の、何か叫喚するのが聞えたような気もする。機関手が、身を乗り出して、腕を大きく振り上げた

とも思う。

彼は、線路の上で、向うから飛び込んで来た女と凄じい勢いで衝突した。女は仰向《あおむ》けに投げ飛ばされ、その上へ折重って、新六もドウとぶっ倒れた途端に、彼等のすぐ横手を激しい帯のような鋭い風がサッと吹き出した。そして、警笛と、地の底まで揺り動かすようにおどろおどろしい響きが聞えた。

貨物列車は辛《から》くも人殺しをしないで、夜の空気を真二つに裂いて通過したのであった。

新六が起上ると、女も起上った。

長いこと睨み合うようにしていて、女は、急に泣き出した。

「命だけは助かったんだ。ねえさん、どこへでも行くがいいぜ」

と新六はいった。

「……私、行くところがございません」

と女は、聴取れぬほど低く答えた。

黙って新六は立上り、ボロボロに引裂けた女の着物、足袋も穿《は》いていない白い足、みじめな女の背中を、唇を嚙《か》みしめたまま見下ろしていて、やっと一言、

「じゃ、ついて来い！」

吐き出すようにいった。

気付いて見ると、新六は、左の手首が無い。血塗《ちまみ》れで、親指だけぶら下がっている。鉄の轍が手首だけ持って行ってしまった。

年齢では、新六より、二十以上も若い。

四

女は、自分を篠山《しのやま》アサ子というのだといって、しかしそれ以外には、身の上のことなどちっとも話し出さず、新六も、格別何を訊ねるでもなかった。黙って自分の家へ連れて帰っただけであった。

翌朝八時、金物類販売長尾商店の店員は、いつもの通り店へ勤めに出ると、主人新六が、今朝夜《けさよ》の明け方に、止《よ》せばいいのに一人で店の模様変えをしようとし、その時誤って、棚の上の斧を取落したため、左手首をスッパリ斬り落したという話を聞いて、ハテ、うちの店の、どこにそんな斬れ味のいい斧なんかあったのかと、少々不審に思ったけれど、兎に角主人が怪我をしてい、四五町離れたところから医者も呼んで手当を受けたあとでもあったので、それについては、深く何も怪しまなかった。寧《むし》ろそのことより、店員がより大きく驚いたのは、平生から、女といえば、蛇蝎《だかつ》のように忌み嫌っているらしく見える主人のところへ、姿は見窄らしいが、顔立のよく整った若い女が、いつの間にか来ていたということであった。

アサ子は、まめまめしく家のなかを取片付け、食事の仕度さえしていた。

店員は、主人の怪我で、看護婦が雇われて来ているのかと考えたが、それが看護婦でない証拠には、十時頃また医者が来て、傷の手当をし直した時、新六は女を寄せ付けなかった。男の店員を呼んで、身の廻りの用事を云付け、医者の手助けをして繃帯《ほうたい》を巻き換えさせた。店員は生来の不器用者だったし、徒《いたず》らにマゴマゴするばかりで、少しも役に立たなかったため、傷の痛みが激しい新六は、ガミガミそれを叱りつけ、その声が部屋の外まで幾度も洩れた。

女は、襖《ふすま》の外へ来て、怖々《こわごわ》様子を眺め、新六の傷の具合を心配している風だった。新六は、血を見ないように顔を壁へ向けて、歯をギリギリ喰い縛っている。女は、堪まらなそうに部屋へ入った。

「済みません。お怪我をさせたのは私が悪かったのでございます。——御用は、私にさせて下さいまし」

新六の痛さを自分の身に感じるようにしていったが、新六は振向きもしない。店員が、あとを女に任せてホッとした顔でそこを立去ると、

「こら、何だ！　誰がこの女に来て呉れといった。俺は、呼びはしないぞ。向うへ行っておれ！」口汚く女を罵り、立去った店員をまた激しく呼びつけた。「オイ、駄目じゃないか君がここにいて呉れるんだ！」

女は、ハッと首を垂れ、血で汚れたものだけを持って、すごすごと台所へ下がるよりほかないのであった。

食事時には、怪我人が片手で楽に食べられるよう、女が心を尽して拵《こし》らえた膳部を持って行くと、新六は、

「ウーム、誰が、食事の仕度をしろといった。何だ、こんなものが食べられるか！」

乱暴にも、自由な片手でいきなり膳部をはじき飛ばし、女は、悄《しお》れ切って部屋を出て来た。

新六の部屋のことは、店員が、男手で何でもしてやらねばならなかった。女は辛抱強く黙って、鰥《やもめ》暮らしの乱雑さを、コトコトと片附けたり洗い物をしていた。店員が一人、附添いのため泊ることになったが、真夜中に店員は眠り込んでしまって、傷を冷していた氷が融けた。新六が、いくら声をかけても店員は起きない。新六は、片腕を繃帯で吊り、片手に氷嚢《ひょうのう》をぶら下げて台所へ行こうとすると、板の間に、女が寝もやらず立竦《すく》んでいて、すぐ氷を割って出した。新六は、女の手に載せられた氷嚢を、暫らくギロギロと睨《にら》んだかと思うと、理不尽にも台所の隅へハッシと叩きつけ、足音も荒く部屋へ戻った。

店員が、その騒ぎでやっと眼を覚まして、再び氷嚢を取りに台所へ行って見ると、女は自分の着物で氷を幾重にも押し包み、音を立てぬようにしてそれを砕こうとしている。

「駄目駄目、そんなんじゃ。僕がやるよ。こっちへ寄来し給え」

「ええ、あなたが、して下さるんなら——」

女は、素直に氷嚢を店員に任せたが、眼には涙を一パイためているのであった。

翌日店員は、押えられぬ好奇心で、主人と女との関係を、一所懸命女から訊き糺《ただ》そうとしたが、

「何でもありません。下女です」

女は、答えただけだった。

そしていかにも気まり悪そうに、下を向いてしまった。

下女だといっても、どこか下女でないところが見えるし、主人の妹でも姪でもないらしい。はたからでは、全く事情が判らないままで日が過ぎた。一ケ月間、女は、新六の部屋の掃除さえさせられなかったし、言葉も無論かけられなかった。そしてこの間に、新六の怪我は漸く癒《い》えて、縁日の夜店など、ゆっくりと素見《ひやか》しに出られるようになった。

もう、夏が来ているある日、新六は、すっかり痛みもなくなったし、繃帯も二三日で取れそうなので、何だか気分がよかった。店へ出て、客の相手をしたり、家作の家賃を取立てに行ったりした。そして帰って来ると、ふと裏口へ廻って見た。

女がセッセと台所の支度を済まし、そのうちに庭へ出て、洗濯物を取込もうとしている。新六は、変にむず痒《がゆ》い顔で、暫く黙って立っていたが、見ると女の取込んだ洗濯物のうちに、赤いメリンスらしい布《きれ》があった。

もう、擦り切れたような古い布だし、赤い色もひどく褪《あ》せて、新六の気になるほどの色ではない。しかし新六は、この家の中で、赤い色は絶対に使わぬよう、店員にも云付けてあることだし、クワッと腹が立った。

いきなり、裏木戸を開けて躍り込むと、女の手から洗濯物を奪い取り、地べたへ下駄で激しく踏みつけ、その赤いメリンスを、ビリビリと引裂いた。

「何だ。これは、どういう布だ！」

「はい」

「はいでは解らん。どうしてこんな布が家にあるのだ！」

「私のでございます。私の着物の裏に、裾廻《すそまわ》しになってついておりました」

「そんなものを、何故洗う。洗っちゃいかん！」

「はい。済みません。私、あの晩から、ずっと着ておりました袷《あわせ》を剥《は》いで、表だけ、夏の着物に拵《こし》らえ直しました。それで、裏を、洗って置こうと思いましたから」

女は、あの夜のままの着物を、幾度か継ぎはぎし、膝ももう薄切れてしまったのを、丹念に糸で繕って、しかも表だけ一重の浴衣にして着ているのだった。

新六は、驚いて、女の着物を眺めた。

それは、貧民窟の女が着ているのより、もっとひどい痛ましい着物だった。

新六は、当惑して、女を突き放すようにしてまた裏口から出て行ってしまったが、その晩台所の棚には、新しいメリンスの反物が一反と、青い草花模様の夏帯、紐、肌襦袢《じゅばん》を拵らえるためのサラシ木綿などが一包みにして置いてあった。

女はそれを見付けた時、ワーッと声を放って泣き出した。行くことを禁じられているのも忘れて、新六の居間へ駈け込み、包み紙のまま反物を差し出した。

「どうしたんだ！」

「有難うございます、旦那様――」

「礼はいわなくてもいい。それを縫って着たらいいだろう」

「はい。あ、有難うございます。――私は、でも、これは――」

「気に入らんのか」

「いえ、気に入らないのではございません、でも、こんなもの——」

「こんなものって、ウム、そうか。着物より、金の方がいいか。下女に、給金をやらなくっちゃ悪いだろうな」

「いえ、いえ、違《ちが》います。旦那様、違います！　私は——私は、お金も着物も要りません。今までに、世間で苛《いじ》められて苛められて、私は、私が人間だか、人間よりもっと下等なものだか、訳の解らないことがしょっちゅうございました。犬や猫より、もっとひどい取扱いばかり受けて来たのでした。——旦那様、私はあなたが、私をどんなにお憎しみになっているか、よく判っておりますけれど、それでも旦那様は、世間の鬼みたいな人とは違っています」

「俺が、鬼よりは優しいというのか」

「勿体《もったい》ない、旦那様。旦那様を鬼と較べて済みませんでした。私は、旦那様のところへ来てから、やっと人間になれたような気がします。——私は、金も着物も……食べものだって、もっと減らしても構いません。お願いでございます。どうか、一生、お側《そば》において、旦那様の御用をさせて下さいまし——」

「俺の家が、そんなに気に入ったというのだな」

「はい。ここよりほか、私は生きていたいと思うところがありません」

叱られることを心配しながら、しかし思い切って歎願する眼附が、キラキラ光っていた。

新六は、生れて初めて、自分を心から尊敬し信頼するものを見たと思った。何かしら激烈な、湯のように暖かい感情が、ドッと胸のうちへ盛上って来た。

「そうか。では、いるがいい」

彼は、もっと何か優しい言葉をかけてやりたくて、しかしそれだけやっといった。

五

こういうことがあってから、夏が過ぎ秋が来る頃までは、長尾商店の店員は、近頃店の中がめっきり明るく快活になって来たことに気付いた。

手首を失った新六は、手首を失う前より、ずっと好人物になって、店員へ口小言を滅多にいわなくなった。いつもニコニコして店にいるし、機嫌よく、女の給仕で食事をした。それに女も、見違えるほど綺麗になった。質素な服装《なり》をしているが、朗《ほが》かに健康に、元気よく新六の世話をしている。店員が、どうしてこんなに変ったのかと首を傾げているうちに、主人と女との親密の度合は、加速度的に進んだようだった。

女のためには、二度までもひどい目に遭わされて、女を犬畜生と思い女を一生涯寄せ付けぬ決心をした新六の眼にも、拾って来た女篠山アサ子だけは、絶対に信頼していいものと見えて来たのだった。

或時は、新六が女と一緒に、縁日のブラブラ歩きに出て行った。

或時は、新六が、何か大きな土産物《みやげもの》を、アサ子のために買って来た。

「大将の女嫌いもどうかと思うよ」

　店員が、遅れた流行語を使っているうちに、或時奥の居間からは、アサ子が恥かしそうに真《ま》緒《か》な顔をして飛出して来た。そして、到頭冬になると、新六は、特に二人の店員を奥へ招いて、

「実はな、少し言憎いが、大抵解ってるだろうと思うんだ。これからは、アサ子を、この家のお内儀《かみ》さんだと思って呉れ。いいか」

実際、甚だ気まり悪そうに言渡した。

店員も、面白半分にこそ、どんな蔭口を利いたにしろ、肚《はら》の中では、主人のためお内儀さんが出来たのを兎に角いいことだと思った。アサ子も、嬉しそうだった。新六も、あの怪我をして以来、手首がなくては仕事がうまく行かないであろうし、またそれより大きな理由としては、初めて信頼するに足る妻を得たので、殆んど夜の稼ぎを忘れたように見えた。総て、至極順調に、平穏に過ぎて行くかに見え出した。

「でもね、あたし、身の上話を一度もしないでいるけれども――」

と、ある夜、アサ子は、自分でもそれを話さずにいたことが、不思議に思えるというような口調でいった。

「身の上話って、お前が、今まで辛い目にばかし遭って来たということだろう」

「ええ、そう。とても辛くって、思い出しただけでも泣けるようなことばっかり」

「そんな辛いことを、無理に思い出さなくてもいいさ。俺だって、正直に昔のことをいっちまえばとても大変なことばかりだ。お前を吃驚させちまう。――俺は、お前の身の上話を聞かな

い代りに、俺の昔のことは、金輪際話さないからな、それでもいいだろう」

「ええ」

「ただ俺は、これからが大切だと思っている。お互に、これからをうまくやって行かなくちゃな」

新六は、アサ子を救って帰った晩が、あの仕事をして来た晩だったことを思出した。あんな夜更けに、どこへ行っての帰りだったかと訊かれただけでも困ってしまう。先廻りをして女から何も訊かれない用心をした。

実際、これからが大切だと考え、新六は、一年間以上、足を洗ったつもりでいたが、その頃、熱心に商売の方へ気を入れ出した彼は、店の成績が、どうも面白くないと気が付いて来た。世間体を胡麻化すだけの商売でならよかったけれど、帳簿を調べて見ると、毎月ひどい喰込みばかりしている。これではとても長続きがしそうもない。彼は、相場へこっそり手を出したが、すると、三軒の家作を忽ち人手に渡すほどの損をしてしまった。何か商売換えをするよりほかはなく、それには、纏《まとま》った資本が必要になった。そして、金の工面を考えると、ふいに、ムズムズと、例の稼ぎを思い出してしまった。

片手は使えないし、前ほどの自信はないが、やってやれないことはないと考え、それでも七八ケ月、耳を塞《ふさ》ぎ眼を瞑《つぶ》ったようにして我慢していたが、

「ねえ、此頃どうかなすって？　何かいつも考え込んでばかり――」

目敏《めざと》くもアサ子は、ある日新六の、蒼い屈託顔を覗いて訊いた。

「イヤ、何でもない」ギクリとして新六は答え、「……しかし、実はね、一寸面白い商売を考えているのだ。都合によってはそれをやって見ようかとも思っている。――なアに今の店もうまく行っているにゃ違いないが、もう少し発展させたいのでね。それから、そうだ、断って置いた方がいいと思うが、新しい仕事にかかるとなると、時々旅行しなくちゃならないから、二三日ずつ、家を空けるかも知れないよ。うん、イヤ、決して心配なことじゃないよ」つい、そう言葉を足してしまった。

一つには必要からと、一つにはあの不思議な魅力からと、もう我慢がし切れなくなっているのだった。前のように夜だけ家を明けて、その夜の明方に帰って来るのでは、ひょっとしてアサ子から怪しまれまいものでもないが、二三日ずつ旅行だとして置けば大丈夫である。彼はアサ子の手前へ体裁を作ってしまうと、変に胸が楽になった。そしてそれから十日と経たぬうちに、到頭、その危険な旅行に出かけて行った。

幸にして第一回の商用旅行は、二百円ほどの純益があって、ほかにアサ子のためプラチナの指環まで手に入れて、三日目に帰宅することが出来た。

二十日ほど間を隔《お》いて、第二回目も殆んど同じように無事だったので、彼は漸くもとの自信を取戻し、犯行や手口がだんだん大胆に図々しくなりかけて行ったが、その頃彼は、彼がこうやって家を留守し勝ちになると、アサ子が、その留守を待ち構えていたかのように外出し、殊に第何回目かの留守には、アサ子がタップリ二日間も、どこかへ外泊して来たなどということを、夢にも知らなかった。彼女が、いつも一人きりで、じっと彼の帰りを待ち侘《わ》びているのだとばかり思っていた。

何も知らずにいたからこそ、事態は一層悪い結果へ導かれたのである。

新六は、ある夜、新宿の某貴金属商へ忍び込もうとした。いつもの通り、手抜かりなく準備行動をして置いたつもりだったけれど、仕事にかかる前、彼は本能的にある危険を感じた。それは、どうして嗅ぎつけられたのか解らない。彼の背後からは、恐るべき警察官らしいものの眼が、いつしかちゃんと附き纏っているのだった。彼が直接見たものは、一見して何の変哲もない、深夜の酔いどれみたいな男だったが、彼の職業的敏感さは、それが刑事であることをハッキリ看破った。まだ、実際にこの貴金属商の家へ忍び込まぬ前だったのが、せめてもの幸といえる。彼は身顫《みぶる》いし、全神経を鋼鉄のように緊張させて、しばらく何気ない体《てい》で歩いた。酔いどれも果して随《つ》いて来た。それから突然に彼は走り出し、急速に四角《よつかど》を曲り、露地を駈け抜け、息と足の続く限り逃げた。

警笛も聞え、うしろの跫音《あしおと》が、今や一人ではない、四人も五人もであることが判った。幸福な自分の家庭、若い美しい妻のことが閃光のように、頭のなかを横切って行く。ここでつかまっては百年目だ。逃げなくてはならない。死力を尽して、この重囲を脱しなければならない。

彼は、悪夢を見る心地で走り続けた。それは市ケ谷の士官学校の裏手あたりらしいところまで来た時である。彼はやっと、ある病院の横手へ身を潜めることが出来、犬のように舌をダラリと吐き、ハアハア肩で息をした。そしてこの時気が付くと、彼は例の眼鏡を持っていなかった。

さっき、目的の家へ忍び込もうとして、眼鏡だけサックに収めて服のポケットに入れたつもりだった。それが恐らくは逃げる途中で落したのであろう、どこを探っても見当らない。完全に失くしてしまったのだった。

しかし、追跡者達は、どうやら自分の姿を見失ったようだし、眼鏡のないのは不自由だとしても、まさかそのために、一歩も外へ出られぬというほどではない。夜明けの適当な時刻を待ち、この庇合《ひあい》みたいな病院の横手を這《は》い出して、兎も角家へ帰ろうなどと考えていると、その時また別の新しい不安が急にムクムクと湧いて来た。

眼鏡が追跡者達の手へ入ったらということである。それは危険だった。眼鏡が手懸りで、じきに自分の身許が探り出されるかも知れない。殊に、あの眼鏡は、眼鏡屋で修繕させたこともある。そこから足がつくのは火を見るより明かだ。あの金物屋の店へ手の廻るのは時間の問題だ。とすれば、そこへ立廻ることも出来ないではないか。

新六は、身悶《もだ》えした。既に新宿で、刑事に跟《つ》けられていたことを思えば、店へは、あれ前に手が廻っていたのかも知れない。いずれにもせよ、危険が待ち構えている。帰って行くことは出来ないのであった。

躊躇《ちゆうちよ》、不安、焦慮のうちに、それでも時間は過ぎた。やがて夜が明けると、向うの通りを自転車が走り、荷車が行き、小学生が歩いた。電車の軋《きし》り、人声、ラジオ、都会の騒音、そうして新六は、まる一日じっと同じ所に身を踞《かが》め、眼をギラギラ輝かしていただけであった。

到頭夜になると、疲労と空腹とに堪えられない。彼は窮屈な隠家を怖々《こわごわ》漸く這い出して、四五町先きの屋台店へ入った。それから浅間《あさま》しい犬のようにガツガツ食慾を充《みた》したが、その屋台店を出て来た時であった。彼にとって、最も不運なことには意外とも意外なものを見てしまった。

それはアサ子である。アサ子が、スタスタとそこを歩いて行くのだった。

こんなにも広い東京で、なんと意地の悪い偶然だろう。

「やア、何だ！　アサ子じゃないか！」

新六は、自分の眼を疑い、犬が主人を見付けたような喜びで夢中になり、あとを追って声をかけようとした途端に、アサ子は、振向きもしなかった。その向うにあった二軒建の長家、その右手の家の格子戸を開けて、スッと姿を消してしまった。

六

新六は、取残されて、長いこと待っていた。彼女が、どうしてここへ来たか到底解りはしない。兎も角外で待つ考えだった。

その家は、倉沢という標札が出してあり、新六としては聞いたこともない名前である。

ふと気付くとその家と壁一重で隣合っている家は、住手《すみて》がないらしい。空家だと見極めがつくと、新六は昨夜から今日へかけての狭い隠家を思い出し、すぐ、横っちょの露地へ廻って、モゾモゾとそこへ入って行った。それからじっと様子を窺《うかが》ったが、隣家では二階で何か話し込んでいる気配がし、アサ子はまだ帰らない風である。彼は、湿っぽい空家の梯子段を上った。

そしてとっつきの部屋の押入れへ潜り込んで、壁へ耳を押しつけた。

聞えたのは、耳慣れぬ声の男とアサ子との会話である。会話の内容は、切々《きれぎれ》にしか解らなかったけれど、次のような断片的な言葉だけ、自分の身に直接響くところがあったせいか、不幸にも割にハッキリと聴取れた。

「……顔が、いつも眼先きにチラついてるのよ。会いたいのは、毎日会っていたいくらい。――思い出すと、いても立ってもいられないわ」

「フフ、無理やねえというところか。隠れてたまに会うんじゃ、余計に情が移らアな。――それで、警察の方は?」

「ええ、警察は私、もう手紙でいってやってあるの」

「なら、大丈夫さ。警察で邪魔物は取り除けて呉れらア。そうなりゃ、天下晴れてだからな、それまで見付けられねえように気をつけることだ――」

ハッとしながら、まだそれでも、何かひどい聴違いではないかという気がし、新六が一心に耳を澄ますと少し間を隔いてまた男がいった。

「……まあね、お前も飛んだ亭主を持ったものさ。警察へ引渡したって、文句つけやしねえ。いい年貢の納め時だ――」

それは、ふいに眼の先きが、真暗になる思いだった。血が逆流し、腕がブルブル顫えて来た。

総て自分のことである。アサ子は、自分を警察へ引渡そうとしているのである。そうか、そうか、それで解った。昨夜新宿で、危なくづきが廻ろうとしたのは!

彼は矢庭《やにわ》に内ポケットから、商売道具の大型なナイフを取出すと、押入れの壁へザクリと突き立てた。小さな穴が欲しい。男を見届けてやりたい。だが、駄目だ、板がある。音を立てないように、そうだ、あっちの隅のところを！

気は焦《あせ》り、壁は思ったより厚くて、それに気取られぬよう穴を明けるのは大変な仕事だった。漸くそれでも、チラと光線が流れ込んで来た穴へ顔をギュッと押しつけると、壁の厚みが邪魔で、そう広くは見えない。アサ子の姿も男の姿もなくて、床《とこ》の間の一部と、その手前の畳が一尺ばかり——鋭く彼の眼を射たものは、床の間に鼠色のソフトと焦茶のオーバー、オーバーの裾に男の靴下がダラリとのっかっていて、そのこちらに、アサ子の脱ぎ捨てた着物、帯、ハンケチ——。

新六はもう、それ以上、見たいとは思わなかった。嵐のような怒りが燃え上り、血の滲むほど唇を噛んだ。

「じゃ、今夜は、泊るんだね」

「ええ、二日ばかりまた帰らないといっていたし——」

穴を開け切るまで、よく聴取れなかった会話の続きがまた聞え、可哀相に新六は、それも聞くのが苦しくて、両手で耳を押えた。どうしてやったら、この腹が癒えるか。寧《むし》ろいきなり壁を蹴破りたい憤怒を僅かに怺《こら》えていた。激しい呪詛《じゅそ》や罵詈《ばり》がわんわん頭の中で犇《ひし》めき合った。

彼は押入れを這い出し、梯子段を下りて、何故空家を飛び出してしまったのか解らない。飛び出しても立去りはしなかった。屈辱と復讐の念に充ちてじっと佇んでいた。そしてその時に、思いもよらず今の家からは、鼠色のソフトを深々と冠《かぶ》り、焦茶のオーバーの襟を立てた男が、ひょっくりと出て来た。そのソフトとオーバーとは、さっき二階に脱ぎ捨ててあったのを、新六は見て来たばかりである。その男が、アサ子と媾曳《あいびき》をした男に違いないと思った。

あまり広くはないが、そこは四谷から牛込方面へ、自動車のよく抜ける道の近くだった。男はゆるい傾斜の坂を下って、途中から右へ曲った。新六も、糸で引っ張られるように随いて行った。やがて、男は片側が材木屋になっている、ひどく暗い横町へまた曲り、続いて新六もその暗さのうちに吸い込まれた。

若いときの秋村園子、それから女教員上りの生花師匠。新六は、女に騙され過ぎている。今度こそ、侮《あなど》られバカにされ騙されたままで、引っ込みはしない。彼は、どうしてあの男が急に外へ出て来たか、考える暇がなかったのであろう。そして、それこそ、与えられた機会だと考えたのであろう。

二人がその真暗な横町へ入って行ってから、最も恐ろしい仕事は、一分と経たぬうちに終ってしまった。

ふたたび新六が、今来たのと逆の順序で、さっきの倉沢という家へ戻って来た時、彼は、真蒼な顔をしていた。

一寸躊躇して格子戸を開けると、すぐそこの長火鉢の横に、年頃六七十の老婆がいた。老婆は、唐突《だしぬけ》に入って来た片手のない男が、断りもなし、無言でズカズカ二階への梯子段へ上るのを見て、何か叫びながら、狼狽《あわ》てて立って来たが、足で酷《ひど》く蹴飛ばされた。そして、それでも屈せずにうしろからまた這い上って男の足に獅嚙《しが》みつこうとすると、何かキラリと光ったものが頭上から落ち、ヒーッと悲鳴を上げて仰向《あおむ》きに倒れた。

新六は、二階へ駈け上った。

が、見たのは、あの部屋に、アサ子の着物、襦袢、その他肌のものが、今はキチンと畳んで置いてあることだけだった。誰もいなかった。夜具が、穢《けが》らわしく敷き並べてあるかと思ったけれど、それも見えない。彼は、不思議な戸惑いを感じた。襖へ手をかけて、次の間を覗いたが、そこも空《から》だった。押入れを開けて首を突込むと、そこへ、褞袍《どてら》を着た中年の男が、ドカドカッと駈け上って来た。

二人は、睨み合って、暫く口を利かなかった。新六の眼は血走り、褞袍の男も、必死の殺気だった。

「貴様、何だ！」と男が先きにいった。

「俺か。俺はアサ子の亭主だ」と新六は、底力のある声で答えた。

「え、アサ子の亭主？」

「女を出せ。男は、片附けて来た。――俺は長尾だ。アサ子の亭主だ！」と新六はもう一度いった。

七

それからは何が起ったたか。総てそれは、あまりにも痛ましく酷《む》ごたらしいことばかりであった。

階下では、肩先を剔《えぐ》られた老婆が、「人殺しい、人殺し――」苦しげな悲鳴をあげていたが、アサ子を出せといわれ、名前を長尾だと名乗られた時、褞袍の男の顔には、何とも名状し難い驚きと恐怖の色が浮んだ。今までの殺気は、ふいに、当惑と疑いと、狼狽と怒りと、およそ総てが一緒くたになったような複雑な表情に変ってしまった。新六にも、相手の激しい表情の変化は判り、彼もまたハッと動乱した。理由は呑み込み難い。しかしある喰違い、破綻、力抜けの感じがしかけたのだった。微妙な心理ではあったが、形勢は一瞬に、前と全く別なものへ移っている。まだ姿勢だけ油断がなく、しかし、二人とも混乱し新六はダラダラと顔へ汗を流した。

「アサ子が来ている筈だ」

「いや、いない」

「嘘をいえ！　来ていたのを見て知っている。隠さずに、出せ」

「出せない。今、ここを出て行ったばかりだ。どこでも探して見ろ」

「フン、じゃ、あの着物は何だ。女が裸で出て行けるか」

振向いて、床の間の着物を見た時階下からは、ダダダッと人が駈け上って来た。それは老婆の悲鳴を聞付けた、附近の人々、通行人達だった。

褞袍の男は、それでも一所懸命で「まア待って呉れ！　騒がないで呉れ！　手荒な事をしねえで呉れ！」叫びながら、人々をうしろ向きになって制しようとしたが、それからは人数が増えるばかりだった。何か意味のある、この家の主人の制し言葉も聞かず、一人の血気の男は、矢庭に前へ進んで、新六のためにサクリと耳朶《みみたぶ》を斬られた。血を見て新六は、追いつめられた狂犬の眼附になり、ナイフを我武者羅《がむしゃら》に振り廻し始めた。

もう、褞袍の男も、人々を制し切れなかった。皆、じりじりと新六に迫り、誰かが棒や蒲団を持って来、火鉢の灰を新六目がけて投げつけた。悲痛な呻《うめ》き声を立てて、新六は、到頭多勢の手で組敷かれてしまい、それでも、

「アサ子を出せ、女を出せ——」

かすれながらに叫び続けた。

交番から、巡査が漸く駈けつけた頃、新六は殆んど観念し、荒い呼吸をしながら引据えられていたが、その時最後の、そして最も痛ましい光景が見られた。

「いったい、どういうんだ、この男は？」

と巡査は訊いた。

「イヤ、どういうって、あっしにも、よく解らねえんですけど」

と褞袍の男が答えた。

「泥棒か」

「泥棒じゃねえんです。しかし、ひどくこんぐらがっていやがんです。あっしの家へさっきまで来ていた知合の女がいまして、こいつは、その女の亭主なんです。何を感違えしやがったか、女がここに隠れていると思って飛び込んで来たらしいんです」

「それで、女を出せといって暴れたのだな」

「そうですよ。出せったって、いやしねえ。土足で上りやがって、あっしのお袋を殺しかけやがって、何ともひでえ奴です。着物があるから、女がいる筈だっていいますがね、女アいませんよ。——こうなりゃ、喋っちまうほかねえが、女ア、てめえの着物の代りに、あっしの洋服を着て、さっき出て行ったばかりなんでさア」

アサ子が、自分の着物をここへ残し、男の服を着て出て行ったのだという、その言葉は、全身に落ちる鉄槌のようなものだった。鼠色のソフトと焦茶のオーバーとだけで、新六はそれをすっかり見違えたのだと気がついた。あの材木屋の横町が、真暗だったのも悪い。新六は、ムクリと身体を起しかけ、しかし唇を変な恰好に歪めたまま、何もいえなかった。警官の問いに答えて、縕袍の男倉沢が長々説明したことは、大体次の如きものである。

倉沢は、もと香具師《やし》だった。その頃仲間に、どこから拾って来たかまた誘拐して来たか、それもまるで少女のような女を細君にしていた相田房吉《ふさきち》という男がい、その少女が、つまりアサ子だった。房吉は、かなりの悪党だったらしい。アサ子に子供を生ませると、子供はどこかへやってしまい、アサ子の方は魔窟へ売り払おうとしたので、アサ子は房吉のところを辛くも逃げ出してしまった。

彼女はそういうことがあったあとで、自殺しようとしていたところを、新六に救われたものと見ることが出来る。ところが、問題はそれからあとで起ったのであって、というのが倉沢は、最近偶然にアサ子に会った。そうして会って見ると、自然に二人の間では、いろいろと昔話が出たのだったが、その時、アサ子のいうのには、彼女は、今の亭主新六に対しては、前の亭主房吉のことだとか、またその房吉との間に子供のあったということなど、全然打明けてはないのであるが、しかし自分としては、その後子供の行方は判らないし、何とかしてその子供に、一度でもいいから会って見たいと思っている。——倉沢さん、あなたは、あたしの子供のこと、知らないだろうか、というのであった。

倉沢は、アサ子に同情した。

幸い、倉沢の方は、まだ房吉と往来《ゆきき》していたから、早速その後房吉に会って、その子供の貰われて行った先きを訊き出して来てくれたのであるが、さアそれを知らせると、アサ子は狂気のように喜んで駈けつけて来て、子供に早く会わせてくれとせがんだのであった。

「で、早速あっしが女を子供の貰われている先きへ連れて行ってやると、早い話が、生れ落ちるとからすぐに引離されちまった親子が久しぶりの対面という訳で、飛んだ愁歎場《しゅうたんば》みてえなもんでしたが、子供ア生憎《あいにく》と病気でさア。ちっと、質《たち》の悪い病気で、そうなると女ア看病してえってんで、時にゃ夜っぴて附き切りでしてね。それってのが、子供をやった先きは、あまり暮らしが楽じゃねえ。だから女は、いずれ今の亭主にもこのことを打明けて、子供を引取らせて貰うっていいましてね、相変らず、暇を見ちゃ子供に会いに来、看病しているんでさア。――困るなアしかし房公の奴です。奴は、あっしが子供の居所を探していたってところから、何か秘密《わけ》ありと睨みやがって、どうもあっしの手へも喰いついて来そうです。女も、房公に見付けられちゃいけねえし、そこをあっしが智慧を出して、女アここへ来ると、あっしの服に着替えて、それから子供んとこへ行くんです。子供ア、本郷にいるんだが、途中はタクシーで行くにしても、向うの家を、房公が見張っていると、女アどんな目に遭《あわ》されるか判らねえ。で、出入りを男の風体《なり》で胡麻化そうってわけですよ。――尤も、長いこたねえ。房公も悪い奴で、どうせ年貢の納め時ですから、あいつのこたア女が警察へ手紙を出して、早いとこ、始末して貰う順序はつけてあるんですが」

そして倉沢は、猶附け加えた。

「ま、兎に角、女を連れて来て見りゃ、もっとよく事情《わけ》が判りまさア、今夜、向うへ泊るっていう口吻《くちぶり》でしたが――」

もう、さっきから、哀れな新六は、身を悶え続けていた。

身を引据えられて、神をも呪う悲しみのため、残酷に顔が歪んで見えた。来れば訳が判るのだといって、しかし、彼女は、どうしてここへ来ることが出来るか。

一生涯女を信じられなかった新六は、アサ子が自分の着物を脱ぎ捨てて、倉沢から借りた服を着ようとしているところを、壁の隙間から見、その上、アサ子と倉沢とで、前の良人房吉のことについていろいろ話し合っていたところを、チラリと耳にしたのが悪かったのだった。

新六は、畳に喰い付き、人の胸を鋭く刳《えぐ》る号泣の声を立て、長く顔を上げなかった。

×　×　×

後に調べて見た時、男装のアサ子は、背後から三ケ所胸を刺し貫かれ、血みどろになって真暗な材木屋の横町に縡切《ことき》れていた。

暗さは暗し新六は、嫉妬で気が狂っているし、いきなりとその男装のアサ子を、アサ子の情夫とのみ考えて、うしろからふいに斬付けたのである。うしろからやられて、アサ子は多分、声も立て得ず、その場へ昏倒して死んだのだろう。ここでただ思われることは、こうやって殺されたアサ子の方が、寧ろ生き残った新六より、寧ろ倖せではなかったろうかということである。なぜなら新六は、悔いても悔いても悔い切れない。我と我手で、我が最愛のものを殺してしまったことになるのである。

警察では、それよりもまたあとで、最近市内を頻繁に荒し廻っていた巧妙極まる錠前破りの怪盗が、はしなくここで逮捕されたことについて、ひどく意外の感に打たれた。その怪盗は、はじめ新宿の某貴金属商を襲う目的で、前に二三日その附近を徘徊し、忍び込みの内偵を行っていたものらしい。貴金属商は、敏感にも怪しい男と見てすぐ当局へ密告し、当局は、毎夜そのあたりに張込みしていたものであった。

凧

一

大震災の前の年というのだから、大正の十一年に当るわけである。その頃、緒方彌一《やいち》は、まだ七歳の少年だった。そうして、実に頭のいい、所謂《いわゆる》神童型の少年だった。

父親の緒方彌太郎《やたろう》というのが、元来なかなかの穎才《えいさい》で、若い時分貧困のためいろいろと苦労をしながら、独学で勉強を続けた揚句、専門は数学だったが、その方面の著述を沢山に出して、一時は、某大学の講師などに雇われていたこともあるし、あれで順当な教育を受けていたら、日本でも屈指の数学者になっていただろうといわれたほどの人物だったので、その素質は、自然と彌一にも伝わったのだろう。彼はそのように幼なかった頃、もう九々を諳《そら》んじていた。簡単な割算も出来た。その上、眼鼻立ちのクッキリした、いかにも愛くるしい顔立ちだったので、当時父や母と一緒に住んでいた家は下谷《したや》の根岸《ねぎし》にあって、世にいうお行《ぎょう》の松の近くだったが、そこら界隈《かいわい》でなら、緒方さんとこの彌ア坊とさえいえば誰でも知っている、かなり有名な子供だったのである。

この、よき子供――愛すべく好ましき素質を持っていた筈の神童彌一が、後年になって見ると、十歳《とお》で神童二十歳《はたち》で才子、二十五からは只《ただ》の人という、あの諺《ことわざ》とは別の意味で、譬《たと》えていうなら地獄の羅卒《らそつ》とでもいうか、実に血も涙もない、酷《む》ごたらしい一方の役割を演ぜねばならぬ仕儀に立到ってしまったというのが、考えると、随分痛ましい限りの話である。彌一は、先天的には、学者肌の素質に生れついていたのだといってもよく、この学者肌ということは、その人間が、世の中のもろもろの現象に対して著しく詮索好きなところがあったり、何か不可解な事柄にでも接すると、その事柄に対しては、不可解な部分を飽かずにどこまでも究明しようとする、いわば甚だしく貪婪《どんらん》な知識慾——同時に不撓不屈《ふとうふくつ》の執念深さ——などを持合せていなければならぬということになるのだから、彌一には、無論そういう性質もあっただろう。この性質が、彌一を不幸にした最大の原因だったと断定してしまっても悪くはない。かてて加えて少年彌一は、物心つく頃よりして、もう相当に不幸だった。神童ではあっても、その神童をとりまいている環境というものは、いつも暗くジメジメしていて、時にまた針のように尖《と》んがった、険悪な空気のうちにあった。それは、なぜそんなだったかといえば、父親緒方彌太郎がいけなかったのである。彌太郎は、家庭に於ける暴君だった。立派な才能を抱きながら、中学から高等学校、高等学校から大学というように、正当な教育を受けなかったばっかりで、才能に相応《ふさわ》しいだけの名声や地位を獲《え》られずにいたという、気の毒な不平も手伝ってであろうけれど、彼は、実に実に苛酷な性質を持っていて、その上に、嫉妬心や猜疑心が、人一倍強い人間でもあった。このことが朗かにすくすくと成長すべきだった少年彌一の性情を、どんなに悪く引き歪めてしまったものか知れないのである。

父親が、どんな性質の男であろうと、子供は、父親をこそ世界で一番偉い人間のように考えるのが常であって、彌一も父親を並々ならず尊敬していたが、譬えば父親は、随分無理なことをして、この子供を苛《いじ》めたがったものである。彌一は算術の九々を憶え、割り算が三桁《けた》の数まで出来るようになると、もうすぐに四則応用の鶴亀算を解いて見ろと申渡されたが、鶴亀算などというものは、中学へ入る頃の子供にだって成績のいい方の子供でなければ解けぬほどのものだろう。いかな彌一でも、こんな六《む》つかしい問題では、全く閉口してしまい、すると父親は、

「この低能め！　貴様、世間じゃ神童だとか何だとかいわれているが、本当は、からっきしの低能児じゃないか。このお父さんの子供だったら、それっくらいの問題が解けぬ筈はない。解いて見ろ。今晩中、寝ないで考えて見ろ。朝になって答えが出ないようなら、明日一日、飯を食ってはいけないぞ」

頭ごなし、叱りつけたくらいであった。

彌一は、問題が、自分に無理であるか無理でないか、それを判断する力はなかった。父に叱られると、いじらしく眼に涙をためて、でも一生懸命で解ける筈のない問題を解きにかかり、いわれた通り夜の明けるまで、眠らないでいようと決心した。低能児と罵《ののし》られたことや、問題の出来ないことが口惜《くや》しくもあり、それにまた朝になった時、事実父親の要求した通りの答えが出ていないと、父親は、

「この馬鹿、阿呆《あほう》、意気地《いくじ》なし！　貴様は、一晩中かかっても、そんなものの答えが出て来ないのか！」

常識では、その気持が判らないくらいのものである。烈火の如く憤《いきどお》って、ピシャーリと横びんたへ平手を見舞う。彌一には、これが何より怖かった。そうして、是が非でも、与えられた問題を解いてしまおうとして焦《あせ》るのであった。

こういう時に、いつも蔭になり、日向《ひなた》になりして彌一を庇《かば》って呉《く》れたのが、いうまでもなく彼の母親つや子であった。

トロトロと、いつしか眠りに陥ちた時、母親つや子は、良人《おっと》の眼を盗んで、彌一が一人きりでいるように定《き》められた三畳の部屋へそっと来て、枕をあてがい、ふーわりと掻巻《かいまき》をかけ、ひたと抱きしめながら頬ずりをした。それからまた良人の書斎へ忍び込み、字を横書きにした数学の本を探し出し、その中から、四則応用の算術、鶴亀算だの旅人の問題だのを抜書きして来た。彼女は、小学校を卒業しただけなので、そんな数学の問題などを調べることが、どんなに困難だったかは、誰にでも推察出来ることである。彼女は、夜もすがら、我子のために問題を解いた。そうして、夜の明ける前、再び彌一の部屋へ行って、鶴何羽、亀幾匹と、答えを教えて来てやった。

朝飯の時、父親は、昨夜《ゆうべ》自分が子供に向って、どんな難題を吹きかけたか、ケロリと忘れているようなこともあったが、それは先ず極《ご》く極く機嫌のいい時で、大抵は、

「彌一、どうだ、昨夜の算術は？」と、底意地の悪いニヤニヤ顔で訊くのが常で、彌一が、臆病そうに母親の顔を見返り見返り、「出来ました。鶴が三羽で亀が二匹です」と答えると、「ホウ、それは偉いぞ。よく出来た。答えは合っているようだぞ」わざと感心したらしくいって置

いて、さて次には、その答えがどうして出たか、運算の順序をいって見ろというのだったが、これが果して幼童彌一の答え得る範囲のことだろうか。

母親と雖《いえど》も、その答えだけを、やっと見つけたぐらいのものだったので、解式など、到底彌一に呑み込ませて置くわけに行かず、彼女はただハラハラして、父親と子供との顔を見較べているだけである。彌一は知らないことだったが、朝飯のあと、父親は母親を土蔵のうちへ連れて行って、ネチネチと苛《いじ》め出した。

「お前、彌一に、昨夜の問題の答えを教えたのだろう」

「いえ、違います。私、教えは致しません」

「嘘をいえ。教えなくて、あんな子供に、実際はどうして答えが出来るものか。いったいがお前は、子供についての教育方針で事毎《ことごと》に私の邪魔をするつもりなのだね」

「お邪魔など、致すつもりはないのです。でも、あんな無邪気な幼い子供に、六つかしい算術の問題など、可哀想だと思います」

「フフフ、可哀想だろうがどうだろうが、私はあの子に、天才的な教育を施してやるのだ。とても無理だと解っている問題を、無理矢理に考えさせる。これで、あいつの頭は、ぐんぐん生長して偉くなるのだ。断って置くが、あの子が本当の私の子供だったら、もっと頭がいい筈なのだからな」

「あなた、いつもそれを仰有《おつしや》います。けれども、彌一は、誰が何といったって、あなたの子供に違いないのです。その子供を、継子《ままこ》か何ぞのように苛めてばかりいらっしゃる。あなたは、まるで鬼のような人ですわ」

「ホホウ、俺が鬼か。鬼というなら、随分鬼にもなってやろうが、俺を鬼にしたものは、いったい誰なのだ！　え、オイそれをお前いって見ろ。お前とあの男との間には、確かに関係があったということを、俺はちゃんと確かめて来ている。その関係を知らないで、お前を私の妻にしたのは、私にも手抜かりがあったのだといえるだろうが、何よりかより悪いのは、お前が私との結婚前に、この事実を打明けて呉れなかったということだ。俺はいつもいつも、苦しんでいる。あの子が俺の子か、あの男の子か判らない。——どうだ、お前ももう覚悟をきめて、あれが俺の子ではないということを、ハッキリ白状してしまったら」

「白状など、私、致しません。いつもいう通りに、私とあの人とは、その頃かなり親しくしていました。そうして、あらぬ噂など立てられました。けれども、物堅い里の両親達が早く気がついて、私とあの人との間を引離してしまったのだし、私は、潔白な軀《からだ》であなたのところへ参ったのです。それだけは、どうか信じて下さい」

「信じられれば、俺も楽だ。俺は、お前が、あの男の腕の中へ、二度や三度、抱かれなかった筈はないと、いつも考えているのだから」

「そんな……そんな考えは、ただあなたが、勝手に考えているだけのことです。私、あの人との間に、決して淫《みだ》らなことはしてございません」

「じゃ、彌一は、確かに俺の子か」

「そうです」

「俺の子なら、よろしい。俺が、煮て食おうと焼いて食おうと勝手にするぞ。お前のいうことは、全部嘘でないとして、そうなれば、あの子は、自分だけの力で、昨夜の算術の問題が解けたのだ。それほど頭のいい子なら、俺は、明日からあの子に、物理と代数を教えてやる！」

「無理です。それは、あなた、無理です」

「無理なことはない。六つや七つで、鶴亀算が解けるようなら大したものだ」

父親は、憎々しくセセラ笑った。

そしてそのあとで、母親の腰をドウと蹴倒し、髪の毛を片手に摑《つか》んで、ズルズル蔵のうちを引ずって歩いた。

彌一は、ある時母親が、髪の毛を乱し、着物をズタズタに引裂かれて、左手の小指の生爪から真赤な血潮をタラタラと流しながら、ヒーッというような悲鳴をあげて、土蔵の口を飛び出して来たのを見て、

「かあさん、どうしたの？」

子供心にも、いたく母親を気づかってやったことがある。母は、狼狽《あわ》てて我子を抱きしめ、痙攣《ひきつ》ったような笑い声を立てた。

「ホホホホ、まア、坊や。どうしてあなた、こんなところへ来たの。土蔵の近くへ、来てはいけないといっといたじゃないの」

「だって坊やは、父さんも母さんもいないから、一人っきりで淋しかったんだもん」

「いくら淋しくってもネ、来てはいけないのよ。土蔵の中には、怖い怖いモモンガアがいるの。

母さんは、そのモモンガアに苛められて、こんな怪我をしちゃったんだわ。ねえ坊や。坊やは、モモンガアより、母さんの方が好きだわネ」

「うん、そりゃ、母さんの方がずっと好きだよ」

「母さんと二人一緒なら、どこへでも行って呉れて？」

「うん、行くよ」

「ほんとだわネ」

「ほんとさア。母さんと、そいから、父さんも、一緒でなければ厭だけれど」

母は、歯を喰い縛って、土蔵の窓を振向いた。苛められても苛められても、子供は、無心に、父を慕っているのだった。

二

神童にしろ何にしろ、彌一は兎《と》に角《かく》少年だった。そうしてほかの無邪気な子供達と一緒に、よく戸外《そと》へ出て、遊び戯れていることがあった。

遊びの種類は、縄飛びとか飛行器とかメンコだとか、極くありふれたものばかりであったが、中でも彌一が好んだのは近所の空地へ行って凧《たこ》をあげることだった。普通だと、凧は七つの子供には無理かも知れぬが、マセたところがあるだけに、彼は凧が上手だった。自分より四つも五つも年上の子供と一緒になって、糸を巧みに操りながら凧をあげる。これが大いに得意だったのである。

はじめ彼が、凧揚げを覚えた頃に持っていた凧は、赤い達摩《だるま》の絵が描いてあったもので、彼はこの凧を揚げたため、達摩の彌ア公という綽名《あだな》をつけられ、子供などというものは、大人と違って変なことを気にするものである。彼は、達摩の彌ア公といわれる度《たび》、ベソを掻いて口惜しがった。そうして母親にねだって、達摩でない、別の凧を二つ買って貰った。

その一つは、加藤清正《きよまさ》の絵を描いた、四角な形の武者凧である。

そうして他の一つは、顔へ隈《くま》取りをし、頭を青く塗った奴凧《やっこだこ》である。

その二つを、ある日彌一は、空地へ持って行って試して見たが、武者凧の方は、唸《うな》りが強くて威勢がいい代り、時々クルッと宙返りをし、やや揚げ憎《にく》いという癖があったし、奴凧の方は、袖を両手にピーンと張った恰好が面白く、第一、誰もほかに、それと同じものを持っている友達がいなかったので、どちらかといえば、武者凧よりもずっと彌一の気に入った。彼は、一時、武者凧を仕舞って置き、奴凧ばかり持って遊びに行ったが、するとある日のこと、母親から変なことを訊かれた。

「ねえ、坊や。あなたは、いつも、どっちの凧を揚げに行くの」

「僕、奴凧です」

「加藤清正んのは、揚げられないの」

「揚げられるんです。だけど、あの凧は、水っ潜《くぐ》りをやるもんだから」

「そう。それは困ったわネ。母さんが、工合を直してあげましょうか」

母は、子を連れて、空地までわざわざ出かけた。そうして清正の凧を、近所の子供達とも相談しいしい、やっと宙返りしないだけに直した。

「さア、もうこれで、清正の凧も、いい凧になったわね」

「うん」

「母さんはネ、坊やにお願いがあるんだけれど、坊やはこれからは、なるべく清正の凧を揚げるようにして呉れない?」

「うん、そうしてもいいよ。だけど母さん、どうしてなの」

「それはネ……母さん……じゃない……お父さまがネ、奴凧をあげちゃいけないって仰有るの」

「どうしてさア。どうして奴凧、いけないのさア」

「どうしてだか、そんなことは、坊やお父さまにお訊きしたら叱られるわよ。だから……ネ……母さんのいう通りにして、なるべく清正の凧だけを揚げるようにしなさい。それだと坊や、つまんない?」

「つまんないよオ、僕――」

「つまんないだろうと思ってネ、母さんは、ちゃんと考えて置いたの。坊や、いつもは清正の凧を揚げていて、お父さまのお留守の時に、奴凧を揚げればいいでしょう? 母さん、奴凧を、ちゃあんといいところへ仕舞って置いて、お父さまがお留守の時は、それを坊やに出してあげるわ。そうすれば坊やも、つまんなくならないわね」

帰る途々《みちみち》母親は、賺《すか》し宥《なだ》めるようにして彌一にいったが、子供は、一時不平そうな顔附をして、結局は母のいうことを承諾した。なぜか理由はよく吞み込めず、しかし、奴凧は父親の気に入らぬのだと思ったのである。母は、子供を説き伏せて、ホッと重荷を下ろしたような顔付きだった。そうしてそれから後が彌一少年の、不思議な凧の使い分けとなった。

風の吹く日でありさえすれば、大抵は毎日のように、彌一の武者凧が、翩翻《へんぽん》として空に浮んでいるのである。極く稀に奴凧が揚っている時もあったが、これは、彌一の父親が留守で、留守というのは、父親がふいと思い立ったようにして、市川の方まで鮒《ふな》釣りに出かけたあとだった。父親は、変屈だったが、釣自慢である。風の吹き工合で特に工合のいい日があるということを、時々話していたことがあるほどで、風の向きが気に入って、釣りのことを思い出して呉れると、彌一は、早速と大好きな奴凧を、揚げに行くことが出来るのであった。尤《もっと》も、妙なことには、父親が折角釣りに出かけても、凧を揚げるだけの風には乏しかったり、生憎《あいにく》彌一が凧を揚げて遊びたいとも思わずにいると、母親の方は、変にソワソワした落着きのない態度を示し、彌一に向って、奴凧を揚げに行くようにと頻《しき》りに勧《すす》めたものであるし、ある時はまた、風が弱く、どうしても凧が揚がらないとなれば、母親がいつの間に用意したのか、大きなゴム風船を持って来て、それを物干台の上からでも、凧の代りに揚げておいでと勧められたが、このことは、若《も》しかして彌一が、もう少し頭が進んでいて、世間並みの俗っぽい事柄についての知識など発達していたとしたら、当然、何か気付く筈のものがあっただろう。

彌一は、兎《と》も角《かく》まだ無邪気だった。

凧の使い分けを、何の意味とも解せずにいた。

ある時彼は、奴凧を揚げに行っていて、草履《ぞうり》の鼻緒を切らしたので、いつもより大変に早く、家へ帰って来たことがある。帰って見ると、家には、来客があって、その客ははじめ母の居間へ通されて何か話し込んでいたらしい。客は、色白な、頭を綺麗な角刈りにした、母よりも二つか三つ、年上と見える男だった。客も母も、ふいに、帰って来た彌一の跫音《あしおと》で、どんなに驚いたことだったろう。彌一が、

「母さん！　ただ今ア——」

大声にいいながら、内玄関を開けて入って行くと、母は、顔を真蒼にして、居間から廊下へ飛び出して来た。

「まア、彌アちゃん、いやな人ね。どうして今頃帰ってらっしゃったの」

「ううん、草履が切れたんだもの。そいから、お腹《なか》が空《す》いちゃったんだもの」

彌一は、答えながら、あとを十分に閉め切ってなかった襖《ふすま》の向うに、その男が、キチンと両手を膝へ置いて、矢張り蒼い顔をして坐っているのを見て、

「お客さま？」

「ええ、そう、お客さまよ」

「どこのお客さま？」

「よその小父《おじ》さん——」

「よそって、どこさア」

「よそはネ……あのネ……田舎のお客さまよ……彌アちゃんいい子だから、お父さまのお留守にお客さまの来たこと、お父さまにも誰にもいわないでね」

「いうと、いけないの」

「え、ええ、いけないわ。そうしたら、母さん、……もうこのお家《うち》にいられなくなるの。坊やとも母さん、お別れだわ……」

「厭だい、厭だい、母さん、行っちまっちゃ、僕は厭だい。どこへも母さん、行かないでよオ」

「え、え、ええ。行きませんよ。母さんは、どんなことがあったって、彌アちゃんのそばは離れません……その代り、お客さまのこと、お父さまにはいわないでね」

母の眼には、キラリと涙が光っていた。

そして、客も、悲しげに顔を伏せた。

この時の客の顔を、彌一が二度目に見ることが出来たのは、それから殆《ほと》んど一月ほど経っての後であるが、それは母親が、父の手前彌一を連れて上野の博覧会を見に行くのだといって家を出て、実は浅草の都座《みやこざ》へ芝居を見に行った時のことである。彌一は、活動写真は見たことがあるが、芝居はその時が初めてで、舞台の俳優達のやることを、何だかひどく退屈だと思ったけれど、途中で、激しく母の肘をつついた。

「母さん、ねえ、母さん！　あの時の田舎のお客さまが、あそこにいますよ！」

田舎の客は、嵐仙十郎《せんじゅうろう》という、浅草ではかなり名の知れた俳優だったのである。仙十郎は、極楽寺清心《せいしん》に扮して、稲瀬川《いなせがわ》の百本杭で、寺小姓恋塚求女《もとめ》を、過まって絞め殺したところだった。

「違いますよ。あれは、別の人です。こないだのお客さままではありません。――お家へ帰っても、芝居を見たなんて、お父さまにいうんじゃないのですよ。解ったわね」

母は、狼狽して、言いきかせた。

三

こうして偶然なきっかけで、彌一が二度までも母の秘密な客の顔を見るようなことがあってから、その同じ客は、父親が留守をする度《たび》に、殆んど必らず母親のところへ来ている様子であったが、それは彌一が案外に母との約束を堅く守って、芝居のことも、嵐仙十郎のことも、長く父親の前では、黙っていたからであったろう。

つや子と仙十郎とは、確かに前よりは、大胆になったように見えた。

次第に彌一は、自分で気が進まない時、奴凧を揚げにやらせられるというようなことがなくなり、その代りには母親が、自分で物干台へ上って行って、赤い風船の玉を、竹竿へくくりつけてくるというようなことが、屢々《しばしば》起った。仙十郎が、当時幾月か続けて出演していた都座は、根岸にある彌一の家からいうと、屋根の甍《いらか》をいくつか乗り越えて、殆んど真一文字の彼方にあったのだし、その劇場の楽屋からは、遠目鏡ででも覗いたら、根岸の空の奴凧や、赤いゴム風船のフラついているのが、じきに判ったことだろう。若しかしたら仙十郎は、同じ根岸か下谷坂本か、思いもよらぬほどの近くに住んでいて、そこから、風船と奴凧との信号を、しょっちゅう見張っていたかも知れないのであった。

もとより彌一は、子供であるとはいうものの、母と仙十郎とのことを、いったい二人でどんなことをするのか、多少、気にしないわけには行かなかった。それで、父の留守の時を見計って、三度ほど狡猾に外へ出ているふりをしながら、ひそかに我家へ立戻り、襖の隙間から、また指で穴をあけた障子《しょうじ》から、そっと様子を覗き見したこともあったが、そういう時に二人の男女は、案外取乱した風を見せたことがなく、かえってそれは、不思議なくらいの光景でもあった。そこは、前の時と違って母の居間ではなく、来客のある時にだけ使う八畳の客間だったが、母と仙十郎とは、いつもちゃぶ台を隔てた座蒲団に、キチンと膝を正して坐っていて、どちらも低い声で何かボソボソ語らってい、この母の顔が、彌一には、ひどく美しく神々しく、近づき難いほど威厳に充ちて見えたこともある。また、得もいわれず憂《う》れわし気《げ》に、重く暗く悲しみの能面のように感じられたこともある。語らっていることは、殆んど耳に聴き取れずに、一度は、彌一の名前が幾度か母の唇を洩れたようだったし、一度は、仙十郎がやや激昂した口調で、「当って砕けろです。もう、私は黙ってはおられない。堂々と正面からお目にかかって見ます！」そんな風にいったのを聞いただけだった。

仙十郎が来ないで、父が家にいる時に、母が父の手でどんな目に遭《あわ》されたかを、彌一はまだハッキリ知らない。それは母親が、そういうところを、なるべく子供に見せぬよう、随分と気を配っていたせいだったろう。ただ、彌一は、風呂へ入る時に、母の身体に妙な傷痕が出来ているのを発見した。処女と同じほど滑らかな皮膚を有《も》った母は、腕や肩や足に、むごたらしい打身や引っ掻き傷や蚯蚓《みみず》腫《ば》れの痕を、殆んどしょっちゅう作っていたし、時々は、風呂へ入らなくても判る頭だとか手の指とか耳朶《みみたぶ》とかに、黒血が痛ましく滲《にじ》むような傷をつけられていることもあった。彌一が、

「母さん。また、モモンガアにやられたの」というと、

「ええ、そうなのよ。モモンガアとても強いんですものね」母はニッと笑って、彌一の頭を撫でた。

彌一は、父が、なぜそのモモンガアを、母に代って退治してしまわないのか、直接父に訊いて見たが、さすがに父は苦笑いをして、

「よしよし、モモンガアは、今にもういなくなるさ。その前に、モモンガアより憎い奴を、一匹成敗しなきゃならないからな」

母を、ジロリと見ながらいった。

それは、実に偶然に言い中《あ》てたようなものだったが、蔵の中のモモンガアが、事実いなくなるような時が来たのは、それからもう、間のない頃である。

その年は、どうにか事もなくて暮れてしまい、恰度《ちょうど》彌一が八歳になった正月のこと、ある晩彼は、宵の口から寝てしまって、暫《しば》らくすると、何かひどくガタガタする音で眼が覚めた。

家の中は、真っ暗――。それに、

「人殺しだ！　人殺しだ！」

と、確かに二度ほど父の声。

彌一は、吃驚《びっくり》して、はね起きた。そして、ウロウロマゴマゴ、

「お父さアん！　お母さアん！」

叫び立てた。

彼は、前に述べたことがあるように、両親と離れて、陰気な三畳間に一人きり寝かされる癖がついていたので、その時、父の部屋の方で、何がいかなる順序で起ったかということを、殆んど見ることが出来なかったけれど、彼がいくら叫んだところで、誰も返事をして呉れるものはなかった。彼は、暗い寝床の真中に立上ったまま、暫らくしてまた、

「お父さアん、お母さアん――」

呼んで見たが、するともうその時に聞えて来たのが、ギャアッ！　というような魂切《たまぎ》る声、それから続いて、

「ウ、ウ、ウーム、ウーム……」

苦し気な呻《うめ》き声だった。

一瞬間、彌一の頭の中を、いろいろな考えごとが通り過ぎて行ったが、それは、第一に、父親の身の上に、何か知ら恐ろしいことが起ったに違いないのだということと、それから今この家の中には、父と自分と二人だけしかいないのだというような事柄だった。

当時母親は、どこへ行くのか知らなかったが、兎に角そんなことが起った三日ほど前からして、夜になると家を出て行き、大変遅くに、時としては、夜の明け方でもなければ、家へ帰

って来なかった。それに女中とか下男とかいうものは、間数《まかず》も相当にある家でいながら、父が母をこき使うようにしていたので、前から誰も雇われてはいなかった。彌一は、母すらもいないのだと気がつくと、そこは子供で、父の断末魔の呻き声を聞きながら、そちらへ出て行く勇気もなくワアッと声を放って泣き出したのである。

呻き声は、断続して聞え、次第にそれが細くなるようだった。そして、どこか裏庭のあたりで、バタリと木戸の音がしたようでもあった。

彌一は、長いうち、声を限りに泣き立てていて、それでもなかなか人が来て呉れなかったので、遂に自分の部屋を出て、怖々《こわごわ》父の部屋まで行ったが、見るとそちらは電燈がついていて、その明るみの中で、父親は、グッタリと畳に突っ伏している。彼は、そこらに飛び散っていた血糊《ちのり》を見て、子供ながらも、ギョッとあとへたじろいだ。そして、瞬時、声を立てることも忘れ果てて、敷居際に立ち竦《すく》んでしまい、やがて、前よりも一層激しく泣き始めた。

この泣声を、漸《ようや》くのことで聞きつけて、第一番に緒方家へ飛び込んで来て呉れたのは、緒方家の右隣り——といっても庭と塀と、塀の向うの露地とを隔てた酒屋さんのお神さんだったが、お神さんの証言によると、この時がまだ割合に早い。冬で、日が暮れてから随分時間は経っていたようでも、夜の九時になる二十分ぐらい前だったとのことである。お神さんは、近所附合を割にしない緒方家とは、先ず、最も親しく附合もし、よく出入りをしていたものだったが、それは、彌一の父が、毎夜晩酌をやったからでもあった。彌ア坊の消魂《けたたま》しい泣声で、お神さんは、やがて勝手口へ廻った。そしてそこから上って来ると、忽ち、ヒエッ！　といって腰を抜かした。這《は》うようにして、お神さんはそこを逃げ出して行き、それから騒ぎが大きくなったのであった。

近所の人が、ドヤドヤ入って来たり、巡査や医者が駈けつけて来た中で、彌一は、まだ一人きりだったが、幸いにして母親がどこへ行っているのかということは、さっきの酒屋のお神さんの口から判った。母親は、向島《むこうじま》にある実家の方へ、肉身の姉が明日をも知れぬ重病で寝ていたため、毎夜、家の中の用事をすっかりと済ましたあと、やっとこさ良人の許しを得て、看護のために赴いてい、その留守のことは、よろしく頼むといって酒屋の店へ言い置いたものらしいのである。

母親は、その頃まだ料金のひどく高かった自動車で、間もなく根岸の家へ戻って来た。そして、ボンヤリ、気抜けしたように、良人の死骸を眺め、急にフラッと、気を失って倒れてしまった。

四

隠れたる民間の篤学者、苦学力行の数学研究家緒方彌太郎は、世をすねて根岸の一角、お行の松の近くに蟄居《ちっきょ》していたが、ある夜、何者かのため惨殺されてしまったということは、無論当時の新聞にも出た筈である。事件についての新聞記事を、便宜上ここでは、極めて大ざっぱに要約すると、実のところそれは甚だ物足りない、力瘤の入れどころが、変に無くなって来るような気持を起させるものかも知れない。結局それは、所謂迷宮入りになってしまった、他のいくつかの事件と同じようなものだった。誰が、何の目的でこの殺人を行なったのか、見当が容易につかなかったのである。

殺人現場を見て、はじめに警察官達に判ったことは、犯人は、被害者彌太郎を、最初彌太郎が何気なく居間を出て、便所へでも行こうとしたのだろう、廊下へストスト歩み出したところを、ふいに横合から躍りかかって、脇腹へズブリと出刃ようの兇器を突き刺したのであろうということだった。そこの廊下に、血がついてい、廊下に沿った納戸《なんど》の唐紙が外れてい、明らかに、最初の格闘が行われた形跡が見えるのである。格闘とはいっても、この最初の兇器による一撃は、かなり深くて鋭く、彌太郎は、十分な抵抗を試みることが出来ずに、犯人の手を振り放して、ヨロヨロと、居間の方へ逃げ戻って来、犯人はすかさず、あとを追って来て、第二第三と、出刃を振り上げ、この時に、彌一の聞いた、「人殺しだ！　人殺しだ！」という、弱々しい叫び声をあげたものではなかったろうか。それからもう間もないうちに、犯人の出刃は、彌太郎の胸へ突き刺さり、また、腹部を、うしろからグサとやられて、ろくな助けも呼べないまま、ドターリと俯伏《うつぶ》せに倒れてしまったものらしいのだった。

殺害の順序を、そんな工合に想像して見ると、次に自然に抽出《ひきだ》されて来るのは、犯人は、犯行より少し前――或はまた思ったよりずっと早くから、緒方家に忍び込んでいて、廊下の暗がりに身を隠し、適当な時期の来るのを待っていたのだろうという推定だったが、この推定からは、更に二つの問題が生れて来た。

一は、被害者が犯人を見た時に、犯人を、誰何《すいか》したか否かという点である。そして他の一は、犯人は、被害者の誰何を待たずに、いきなりと、兇器をふるって躍りかかったものであろうか否かという点である。

犯人が、誰何されたため、出刃を突き刺したものとすれば、その場合は、いろいろと判断を変えて見る必要があるけれども、誰何もされず、いや或は、被害者が、そこに犯人の隠れていたことさえ知らず、真直ぐに便所へ行こうとしたところを、犯人が、無言のまま殺害の行為にとりかかったものとすると、判断は、殆んど一つに決定することが出来る。即ち後者の場合には、犯人は、被害者を殺すことのみが目的であったと見てよろしい。現実の事情について見るに、被害者が最初に受けたと覚《おぼ》しい脇腹の傷は、やや斜めに後方から、即ち、被害者が犯人の前を殆んど通り過ぎんとした際に加えられたものらしかったので、係官達は、一方に於ては、盗難品など一つもなかった事実と照らし合せて、事件は、単一なる殺人を目的とした兇行であろうということに、大体意見の一致を見たくらいであった。

殺人だけが目的であったとすると、では犯行の動機は、意趣遺恨、利慾の衝突、情痴の縺《もつ》れ等であっただろう。

その時当局が、何より先きに目をつけたのは、被害者の妻つや子が、年二十七歳、所謂近代的な明るさや潑剌《はつらつ》さには乏しいが、譬えるものなく幽遠に雅《みやび》やかに、透《す》き徹《とお》るような美しさを有った女だということだった。

これだけの女に問題の潜んでいない筈はないのである。

調べて見ると、結果としてひどく意外だったのは、彼女が実に貞節そのもののような女だということを、世間で、誰も彼も、いっていることだった。ただ一つ、問題として取上げる価値がありそうだったのは、彼女が、緒方彌太郎と結婚する前、ある歌舞伎の若手俳優との間に、一寸《ちょっと》した噂を立てられたという事実があったことだったが、その事実も、決して世間でいうほどのものではないことが、じきに判った。俳優は、つや子の実家へ出入りしていた某商人の子供で、その商人の家庭は、どこにも有勝ちな先妻の子と後妻の子との紛擾《ふんじょう》から、いつもいつも乱脈《らんみゃく》を極め、先妻の子供が可哀想だったため、つや子の死んだ父親が、その子を某名題《なだい》俳優のところへ養子に世話したというような関係で、子供は、大きくなって名題試験が通ると、つや子の実家へ謝恩の意味で、時々顔を見せていたというぐらいが、先ず確実なところだった。犯行のあった当日、その俳優は浅草の都座へ出演していた。しかも、中幕『矢の根』の五郎に扮して、「虎と見て石に田作《たつくり》かき鱠《なます》──」吉例のツラネを朗々と言立てていた時が、正《まさ》に八時三十分頃、恰度に根岸で、血腥《ちなまぐさ》い惨劇が行なわれたのと、同じくらいの時刻に当るのであった。

『矢の根』は、歌舞伎十八番のうちの荒事《あらごと》で、舞台へは、五郎時致《ときむね》、十郎祐成《すけなり》、馬士《まご》畑右衛門《はたえもん》、大薩摩文太夫《おおざつまぶんだゆう》、四人しか俳優は出ないが、中でも五郎時致は、主役である。浅黄幕《あさぎまく》の前で大薩摩の勇壮な三味線が鳴り出す頃、もう、舞台の上障子《あげしょうじ》のうちで、黒漆塗《くろぬ》りの炬燵櫓《こたつやぐら》にドッカと腰かけ、砥石で大矢の根を磨《と》いでいるという、羽子板の押絵にでもあるような形をとっていなければならない。そうして、幕の終り、青葉の大根千里の鞭を持って、すぐに行けば五十町《ちょう》、廻れば三里《り》三ケの荘《しょう》、宇佐美、久須美《くすみ》、河津の次男、曾我《そが》の五郎時致の曲馬を見せつつ、祐成の救いに工藤の館へ駈けつけるという見得を切るまで、殆んど一人舞台である。彼は、『矢の根』の前の幕では、幕切りに一寸顔を出すだけの軽い役だったが、そのあと、五郎の扮装が大変なものだったので、幕間《まくあい》一パイかかって扮装をしていたということであった。警察医の推定その他によると、緒方家の兇行があったのは八時二十分から三十分ぐらいまでの間であり、して見れば嵐仙十郎は、その時刻、絶対に兇行現場へ来ることなど出来ないのであった。

当局は、日ならずして、情痴方面の探査を投げた。

次に、意趣遺恨利害の衝突と網を拡げて、それも拡げただけのことだった。

見込みや手懸《てがか》りは、皆んな見当違いになり、事件は、有耶無耶《うやむや》になってしまったのである。

彌一は八歳。

彼は、吃驚して、自分の周囲の目まぐるしい動きを眺めた。

さすがに暫らくのうちは、何が何だかわけが判らずに、大人があちらへ行けといえば行くし、坐っていろといえば坐っていたし、仏の前で、香を焚いて手を合せろといわれれば、いじらしくその通りにして見せて、万事いわれる通りにやっていた。

そうしてしかし、母と二人きりになった時、突然にいったのである。

「ねえ、母さん。お父さまは、誰に殺されたの？」

母は、淋しげに我子を抱き寄せて答えた。

「誰だか、まだ判らないのよ。でも彌一さんは、そんなことをもう、考えない方がお利口だわよ」

「僕、お父さまを殺したのは、お母さんを苛めたモモンガアじゃないかと思うんだけれど」

「あ、そうそう、そうだったわね。モモンガアかも知れないわね」

「僕はネ、いつか僕が大きくなったら、きっとそのモモンガアを退治しますよ。ねえ、母さん、モモンガア、憎い奴ですね」

母は、涙を怺《こ》らえかねて顔を伏せたが、この時実は彌一の方では、母にすら口へ出しては言わずに、そっと、肚《はら》の中で思ったことがある。

それは、モモンガアが、ひょっとしたら、母のところへ来た、例の田舎の小父さんではなかったかということだった。

実際のモモンガアは、既に死んでしまっているが、彌一には解らない。彼が、モモンガアについての混同を来《きた》したのは甚だ無理のないところだったろう。母の前で、あのお客さんのことをモモンガアだなどというのは、不思議にも彌一には、悪いことのように思えた。そうして、黙って、あの小父さんの化けの皮を、いつか引き剝がしてやろうと決心した。

これこそ、地獄の決心だったということを、彌一は、最後の最後のどたん場で、ハッキリ思い知った筈であるが、幼い彌一の肚の中を、恐らくはまだ誰も見抜いたものはなかっただろう。

父の死んだ後、母と子とは、根岸の住居《すまい》を人に譲って、向島の実家へ帰った。

そして、この年の四月、彌一は無事に小学校へ入った。

五

小学校へ、可愛らしい服に、ランドセルを背負って通うようになってから、大体三年ほどのうちは、恐らく彌一にとって、一番いい時代であったろう。

彼は、忽ちのうちに、驚くべき神童として、その名を高く喧伝された。実際また、その喧伝に相応《ふさわ》しく、大変に出来のよい子供だった。算術は五年生に匹敵するほど出来たし、何を教えても覚えがよく、この分だと、将来はどんなに偉い人間になるか判らないと思われるほどだった。入学した年の秋に大震災だったが、幸いにして、彼も彼の母親も、無事だった。ただ住居は焼けてしまったので、母親は山の手へ小ぢんまりした借家住いをすることにし、学業の方もまたその近くの学校へ転校したが、新しい学校でも、彌一の成績は、群を抜いていた。どんな課目でも、彼には、易《やさ》し過ぎるくらいである。教師は興味を有って、正規の授業以外に、いろいろと程度の高い課目を授けて見たが、それも、彌一の頭の中へ、海綿が水を吸い込むようにして、ぐんぐん吸収されて行った。一学年の終りに、彼はもう英語を習い始め、二学年の夏、誰に教わったのか、代数の一次方程式を解いて見せ、三年の冬、三角形の垂心の問題についての疑問を、教師のところへ持って行き、教師をひどく面食らわせたりなどした。

つや子は、二十九になってい、無論まだ美しかった。良人が生きていた頃よりは、気苦労というものが無くなったせいで、かえって皮膚も艶々して来、一層綺麗になったくらいのものである。彼女は、どんなにか、彌一の生長が楽しみだったろう。彌一もまたその頃は、母の愛情のうちへ、十分溶け込んでいることが出来、それに一度ひそかに決心した、モモンガア退治のことなど、そんな怪物がいる筈はないということが解って来ると、いつしか、念頭を去っていたくらいのものであった。

ところが、昭和二年の四月、彌一をして、急に不幸にさせるようなことが起ってしまっている。

それは、つや子が、俳優の嵐仙十郎と、正式に結婚したからだった。

「ねえ、彌アちゃん。あなた、お父さまが欲しいと思うことはなくって？」ある時、母が訊いた。

「欲しいですよ」彌一は、もうかなり大人びた口調で答えた。「僕、死んだお父さんは、大そう怖い人だったと思うこともあるけれど、友達には、皆《みんな》お父さんがあって、お父さんと一緒に旅行なんかしたり、海水浴へ行って来たっていうことを聞くと、僕にも、お父さまがいたらいいだろうと思うんです」

この時の彌一は、何も新しい父親が欲しいのだといったつもりはない。死んだ父が生きていて呉れたらと考えただけだったのに、するとそれから間もなくして、仙十郎のことをお父さまと呼ぶようにと、母親からいわれたのである。何たることか。彌一は、第一に、気位が高くなっていた。将来は、日本一の大学者になるという抱負を持ち、その抱負に対しては、俳優などというものが、実に下らないものに見えた。この新しき父は、その時三十五歳だったが、代数や幾何は愚《おろか》なこと、算術の問題だって、ろくに解けそうではなかった。芸が確かで、俳優に似《に》気《げ》なく真面目な努力家でもあり、非常に温和なたちの男だったので、今は人気もあの頃に数倍していて、弟子もあったし後援者もあり、浅草ではなく、東劇とか、歌舞伎座とかへ、堂々出演しているほど、貫禄や尾鰭《おひれ》がついていたのだけれど、彌一は、この父親をひどく軽蔑したはじめ、仲々、お父さまと呼ばなかった。更に悪いことには、この時こそもうかなり大人びた詮索心を起して、今度の父が前の父を殺したのではなかったかと、疑い始め、疑いは、次に飛んでもないところまで進んだ。母はどうか？　母は、この父と相談し合って前の父を殺したのではなかったか、ふと、そんなことを考えてしまった。

寧《むし》ろそれは、そういう疑いが起きた時、直接母に向ってそのことを話し、母の口から弁明を聞き、この父と母とが今度の結婚をするまでに、どれだけの経緯《いきさつ》があったのかというようなことなども、一通り話して貰っていたら、恐らくは彌一も、何か知ら納得するところがあり、気持が楽になれたことだろうけれど、彼は、父に加えて、母までも疑うようになると、目立って、陰気な子供になった。人の前では、いつもいつも鬱《ふさ》ぎ込んだような顔をしていて、それを母が、病気かと思って心配すると、ぷいッと、黙って母の前を立つようなことが、もうその当座からして屢々起った。

母や父には、子供の急激な変化の原因が、的確には無論判らずに、今まで自分で独占していた母を、新しい父に奪われた、その憤《いきどお》りであろうというぐらいの解釈が僅かに出来た。

「連子《つれこ》やなんかした場合に、そういうことは、よくあるそうだよ。あの子には、私の来たのが気に食わないのだが、まアいいさ。そのうちに、せいぜい御機嫌をとって、私にもよく馴付《なつ》くようにするから」

父は、母にいい、それをまた彌一は、狡猾に立聴きしていて、

「何いってんだい！　誰がお前なんぞに馴付いてやるものか。先《せん》のお父さん、お前が殺したんだ。僕は、お父さんの仇《あだ》をとってやる」

ベロリと舌を出したものだった。

立聴きといえば、彌一は、日を経《ふ》るに従って、態度がコソコソと卑屈になり、機会さえあれば、いつでも父と母と二人だけの会話を、そっと偸《ぬす》み聴きしようとしていたし、夜中などに、偶然に眼が覚めると、父と母との様子を見るため、忍び足で、居間の方へ行って見ることがあった。父は、劇場から帰るのが真夜中で、それから明け方まで起きていて、内弟子に芸のことを話したり、番頭と六つかしそうな何かの相談をしたり、そのあとで漸く母と二人きりになるのであったが、ある時母は、ふっと気がついて、急にガラリと寝室の襖を開けた。そしてそこに、我が肉身の子が、逃げるにも逃げられず、真赧《まつか》な顔で彳《たたず》んでいるのを見、かつて加えたことのない打擲《ちようちやく》の手を、この子の項《うなじ》にハッシと加えた。

「彌一さん。あなた、何をしていたんです。何をここまで見に来たんです。ああ、あたしは恥かしい。我子に、寝所を、覗き見されようとは思わなかった。――彌一さん、あなたは……あなたは……まだ子供じゃないの！」

そうして、顔も得上げず、泣き伏してしまった。

彌一は、ペコンと頭を下げただけで、スゴスゴ自分の部屋へ戻ると、また、

「何いってんだい。覗かれて悪いことをする方が悪いや。鬼夫婦の人殺し夫婦め、今に、俺の前へ頭を下げて謝らせるようにしてやるぞ！」

ふてぶてしく呟《つぶや》いたのだった。

彼は、学校を、次第に怠《なまけ》るようになった。

家の中では、ひどく無口で不機嫌で、何か気に入らないことがあると、女中や内弟子に当り散らし、それが、見ていてもハラハラするほど酷《むご》たらしいことをするようになった。血は争えず、緒方彌太郎の有っていた最も悪い性質が、着々として芽を吹いて来ているのだった。

父と母とは、幾度か顔を見合せて、絶望的な溜息をついたことだったろう。

中学へ難なく入学した。その頃でも頭脳《あたま》はまだ冴えていて、入学試験など、首席だったくらいである。中学校になると、その時分に、彼は上野の図書館へ通う日が三日ほど続いたが、珍しくもそれは彼が昔通り学問を好むようになったのかと人には見え、しかし実際は学問ではなかった。

彼が図書館で借りたものは、数年前の古新聞の綴込《とじこ》みである。新聞で彼は、緒方彌太郎殺害事件を仔細に吟味した。吟味の結果は、嵐仙十郎は当局からも、自分が今考えている通り、彌太郎殺しの犯人ではないかと疑われてい、しかし、明確なアリバイがあるために、じきに疑いが晴れたということになっている。――彼は、不満足だった。暗い顔をして家へ戻り、ジロジロと薄気味の悪い眼附で、父と母との顔色を覗いた。

もう十四歳になっている彼は、早くも声変りをしていたし、その声にも顔附にも、死んだ彌太郎にそっくりのところがあった。学校は首席で入学したのを、一学期の試験に、落第点を三課目もとってしまったが、それは、家には無断で、頻々《ひんぴん》として欠席を続け、浅草の活動写真を見に行っていたからである。浅草で遊ぶうちに、エンコの不良少年と親しくなり、これはこれで、かえって一時のうち、彼の頭から、父と母との罪を探偵しようという気持を忘れさせたくらいのものだった。彼は、中学の一年を、完全に落第した。落第に驚いた母親は、自分で学校へ出向いて行き、あの子に限って、そんなバカなことはない筈だといって見たが、学校へ出ていないものは仕方がない。落第の通知があって三日目に、彌一はヒョッコリ母のもとへ戻って、

「いや、お母さん。心配しなくともいいですよ。僕は中学校なぞ、低級でバカらしくて、生帳面《きちょうめん》に通っている気がしなくなったんですよ。W大学の特別聴講生ってのへ、僕は入れて貰うことになり、今まで、わざと黙っていただけなんです。学資が、中学よりは、少し余計に必要ですが、それはお母さん、我慢して下さい。僕は、きっと今に、世間を呀《あ》ッといわすような仕事をして見せますから」

それは、もうすっかりと、成人し切った男の口調だった。そうして、ヌケヌケと、W大学の制服を作り、それを着てまた毎日外出した。身柄も大きく、顔附もマセていて、これが十五の少年だとは、一寸思えなかったほどである。その年の暮に、彼は、たちの悪い女との間に問題を起し、義理の父に遠慮した母が、そっとそれを片附けてやったが、この時義理の父の方は、母に内緒で、同じ問題のため、彌一に数百円の金をとられた。

「親父もお袋も、まア、何でも俺のいう通りになるのさ。彼等は、俺に対して、たった一つだが、大きな弱点を有っている。その弱点は、痛い痛い古傷だ。古傷をつかれたら、彼等は、自殺でもするよりほかはないのだからねえ」

彼は、得意気に、不良仲間の前でいうのであった。

六

放蕩無頼、自堕落に自堕落を重ねているうちに、彼とても時としては、己れの行状を顧《かえりみ》て、身を噛むような後悔の念を感じることもあったが、その苦しさから逃れるためには焼けっぱちで何か途方もないことをして見たくなり、すると、

「駄目だ、俺は、もう駄目だ、廃人だ！」

と、悲痛な内心の叫びを立てながら、一気にまた放埒《ほうらつ》のうちへ全身を投げ入れて行く。

こういう時が、それからは幾度となく繰返された。そうして彼は、遂に十九歳の青年になった。

その十九の年の春であったが、急に彼の不思議に思い出したことは、その頃、父親の嵐仙十郎が、ひどく金使いが荒くなり出し、方々へ不義理な借金を作ったり、無理な金の工面をするため、日夜、あちこちと奔走しているらしいことであった。

仙十郎の、蒼い顔をして、首を垂れて、長いこと身動きもせずに、じっと考え込んでいる姿

がよく見られた。それは、彌一の放埒を苦に病んで心配している時の姿とは、どことなしに違ったところのある、見るも痛々しいほどの憔悴であった。

その憔悴のもとが何であろうかと、彌一の胸へは、再び地獄の詮索癖が湧いて来たが、思うにこの現象は、約三ケ月ほど前から彼の家へ、見慣れぬ一人の中年の男が、時々訪ねて来るようになって、それからのちのことだった。その男は、名前を、若宮竹吉といい、見たところは大変に陽気な、毒のない顔附の男だった。俳優の家へ来るくらいだから、同じ俳優ではないにしても、落語家というようなものかも知れず、それが証拠にはこの男は、人の物真似や声色《こわいろ》が、ひどく上手だった。仙十郎が留守の時に来ると、女中達をつかまえて、そういう芸をして見せては、アハハハ、オホホホ、笑わせる。彼は、たった三度ほどしか顔を合せない彌一の歩きぶりや言葉附きまで、いつの間にか真似をしていて、それには彌一も吃驚してしまったくらいだった。

「どういう素性の男か知ら？　この男と父との間には、いずれにもせよ、何か秘密な取引があるらしいぞ！」

彌一は、素早く看て取った。そうして例の調子で黙って観察していた。

一方でしかし、彌一がどうも頗《すこぶ》る困る事になって来たのは、父親が金策で苦労しているくらいで、そうなると、同時に彼の方も、甚だしく小遣銭の供給が杜絶《とだ》え勝ちだった。父をせびっても母にねだっても、呉れるものは、以前の三分の一、四分の一という小額である。ある夜のこと彼は、向うで小遣銭を出し渋るなら、何か金目なものでも持出して行って質草にしてやろうと考えたので、家の者の眼を偸み、押入れへ入って長持を開けて見ると、途端にキューンと胸を締めつけられるような気がした。

長持の隅には、あの奴凧が、そっと仕舞い込んであったのである。

色も褪せていた。また紙も破れていた。

が見ているうちに、胸の底へは、ジーンと熱いものが湧いて来て、彼は、質草を盗もうという気を一時忘れた。そしてその代りに、奴凧をそっと抱くようにして、自分の部屋へ持って来てしまった。

凧を前にして、ガックリ机に頬杖をついていると、空地で清正とこの奴凧とを揚げていた頃の自分の姿が、髣髴《ほうふつ》として眼の先きへ浮んで来る。無邪気な童心が、何年ぶりかで立戻って来る。彼は、母を呼んで来て、母にも凧を見せ、あの頃の話を、繰返しして見たいように思った。そうして、立上りもせず、一時間ほどもボンヤリしているうちに、奴凧の隈取《くまど》りをした顔を、およそ百ぺんほど目で見た時に、ギクッと、予想外な思考の閃《ひら》めきを感じた。

実際、この奴凧から、そんなことに気がつこうとは、夢にも思っていたことではないのである。

「隈取りをしている。――隈取りをしたら、人間の顔は、随分変って見えるものだ。奴の隈取りは、何というのかな。髯が生えているのだから、鎌髯とでもいうんだろう。――ところで、矢の根はどうだ。矢の根は、十八番の荒事だ。五郎が隈取りをしないという筈はない。いったい俺は、芝居は好きじゃない。好きじゃないが、先代萩は見たことがあるぞ。先代萩の飯焚場《ままたきば》のあとで、床からせり上げで、節之助《せつのすけ》とか男之助《おとこのすけ》とかいうやつが、不恰好な縫ぐるみの大鼠を踏んまえて出て来やがる。この時に俺は、顔中身体中、赤い隈取りだらけになった男之助を見て、実は、人間じゃない、大きな人形が出て来たのだと思ったら、そのうちに男之助が、何とかかんとか喋り出し、恐っそろしく念の入った唾《つばき》を吐いて、ウヌも只の鼠じゃあんめえってな台詞《せりふ》を使いながら、鉄扇で鼠を殴ったので、大きに吃驚させられたことがある。――いや、いや、男之助のことじゃない。問題は、矢の根だ。矢の根が、若し、男之助みたいな隈取りをしていたとしたら、これはどういうことになるんだ。待て、待て、よく考えろ。今の親父は、あの時に、矢の根の五郎を演《や》っていたのだ。そして、そいつがアリバイだった。矢の根の五郎なんて役、隈取りですっかり顔を変えて置いて、代役は出来ないものか！」

彼は、気持を落着けていようとするのに骨が折れた。手の平へ、ビッショリと汗が出た。

猶《なお》十分ほど、強いてそこにじっとしていると、やがてバネ仕掛のように飛び上って、奴凧を鷲掴みに、力一パイ、壁へ投げた。それからズカズカ、仙十郎の居間へ行って、仙十郎がいなかったのを幸い、机や本箱を掻き廻して、若宮竹吉の名刺を見つけると、ものもいわずに外へ駈け出して行った。

若宮竹吉は、本所《ほんじょ》のHという町に住んでいて、その家は、予想したよりも遥かに立派な、成金ぽい趣味の構えだった。玄関へ行って面会を申込もうとすると、恰度に外出しようとする矢先きだったらしい、そこへ、上機嫌で、ノッシノッシと若宮が出て来た。

「若宮さん、僕は、あなたに是非訊きたいことがあってやって来ました」

玄関へ立ったままの彌一が、逸《はや》る気持を制しながら、出来るだけ下手《したて》に出ていうと、

「はアて、何でがす。あんた、仙の字の大将からのお使いですかい」

若宮は、ギクッと胸へつかえたような顔でいった。

「父の使いじゃありません。僕だけの問題です。訊きたいのは、父とあなたとどういう知合だかっていうことですが」

「ホッ、ホッホ何アんだ。そんなことですかい。あっしは、あんたの父さんとは旧馴染《ふるなじみ》でさ。十年も前からの友達でね」

「十年前、どういう友達だったんです。あなた、浅草の都座にいたことがありはしませんか。恰度、震災の前の年――」

「おっと、図星！　中《あた》りましたネ。都座ですよ。あそこにいました。あんたにゃ、いった方がよいか隠しといた方がよいか判らねいが、あっしゃ、あそこの裏方でした。ツケ屋ですよ。衣裳がかりでしてネ」

「衣裳がかりなら、父が舞台へ出る時の衣裳など、あなたが手伝ったんでしょう。矢の根へ出た時のこと覚えていますか」

「へえ、矢の根のこと？」

若宮の眼玉はギロッと動いた。

一寸押し黙って、うしろを向くと、一緒にそこへ出て来ていた細君らしい女と二人の女中と

を、奥へ戻るようにと顎で吩咐《いいつ》け、改めて、ノロノロ低い声になった。

「こりゃどうも、あんた、何か矢の根について、変に感ぐってから、あっしのところへ来たんでしょう。誤解されちゃ困るから、あっしは正直なところをいいますがネ、あっしは何も悪いことはしていねい。悪いなア、仙の字の大将と、あんたのおッ母さんとの二人ですぜ。おッ母さんも、恰度にあの晩向島の姉さんとかのところへ行っていて、家にいなかったっていいまさア。こいつが、あっしは臭いと睨んでいる。二人で言合《いいあわ》して、おッ母さんが家にいないという時を見計らって、仙の字の大将出かけたんですネ」

「話を早飛《はやとび》させないで下さい。僕は、矢の根のことだけを訊いているんです。僕の、前の父が殺された晩のことです。あの晩の矢の根は、誰が演《や》ったんですか」

「そりゃ、エヘヘヘ、仙の字の大将ですよ。世間体はね」

「白ばっくれないで、有りのままをいって下さい。あなたは声色や物真似が上手だ。あの晩の五郎は、あなたですネ」

「へえ、エヘヘヘ、そりゃ、そうでねいとも、その通りだともいえねいですよ。——が、根岸の家《うち》へ行ったのは、兎も角もあっしじゃねい。そいつは、信用しておくんなさい。あっしは、実をいや、何も知らねいでいたんでさ。あとで考えて、ハハンと訳が呑み込めたんでさ。あっしはまア、親方に相当のことをして貰ったから、ついこないだまで、大阪の方へ行ってとぐろを捲いていたんだが、誰にもまだ、これだけの話はしたことがねい。——あんたもしかし下手《へた》に騒ぎ立てちゃ損ですぜ。悪くすると、生みの親の首っ玉へ、あんたア縄を捲きつけるようなことになる」

　こうまで易々と、向うから話して呉れるとは、思えなかったほどのものである。彌一が、まさか母親の首へまで、縄を捲くようなことはしまいという考えからであろう、若宮は、もう殆んど、全部を喋ってしまったようなものだった。

「あっしゃネ、実をいや、一度、檜舞台へ出て見たかった。するていと、何を考えたか今のあんたのお父ッつアんが、内緒で、絶対秘密でなら、矢の根の型だけ、教えてやってもいいっていうんでさ。あっしの器用さを、見込んで呉れての話だと思ったから、あっしゃ、一生懸命で教わった。そいからあの晩に、急に、あっしが、そっと舞台へ出て見るってことになった。歌舞伎十八番なんていうが、都座あたりの見物にゃ、芸の本当のうま味は解りやしねい。少しばかり、変だと思っても、声が同じで型が同じで、顔だって、シラの顔でせえ、あっしも面長な方だし、どっちかといやア、兄弟といわれたって不思議でねえくれえ目鼻附の按配《あんばい》も似ているんで、代役をやりゃ、芸は下手っ糞でも、まアまア大した違《ちげ》えはありやしねえ。隈《くま》で隠したら、てんで識別《みわ》けがつかなくなるから。あの晩は、親方の部屋で、あっしと二人きり、仕度をしたんでさ。今まで、誰も知ってやしねいが、あっしの顔が出来、ツケが終ってしまうと、親方ア、そっと小屋を出て行っちまったんです。――まアね、ここまで話したからにゃ、あんたも得心が行ったろうが、あっしとしちゃ、金輪際何も知らなかったんだ。ジタバタ騒いで見たところが、あんたも、血を分けて呉れたおッ母さんの、首を絞めるってのが手柄じゃあるめえし、まア、落着いていなせえ。前の親父さんの仇討なら、あっしがまた力にもなる。あんたア、若えが、一っぱしの若者だっていことオ、あっしゃちゃんと知っているから、これだけに底を割って話したんですぜ。仙の字の人殺しを知っているなア、広い世間に、あっしとお前さんとの二人だけってことになるが、あんたは、殺された親父さんの仇討、あっしは別に一寸した恨みもある。二人で一緒になりゃ、あいつを苦しめてやる手は、いくらでもまだある筈だからネ、急いじゃいけねい。解りますかい」

悪党は悪党なりに、若宮は、彌一を手馴付けたさそうな口吻《くちぶり》で遂に洗いざらいいってしまった。

若宮は恨みがあるとかなんとかいっている。若宮と仙十郎との間に、まだどんな問題があるのだろうか、そんなことはどうでもよい。彌一は母が生みの母であることすら忘れた。己れの堕落や放埒、一生涯を棒に振ってしまった浅間《あさま》しい行状は、この憎むべき姦夫姦婦にこそ、総ての責任があると思えた。そうだ、母は、我子をして、姦夫を呼び寄せるための凧を揚げさせた。それこそは、我子をして、我良人を殺すための、手引きをさせたと同じなのだ！

七

八つの年に、既にあの小父さんがモモンガアの正体ではないかと思い、その化けの皮を引き剝《む》くことを決心してから、十一年も経っている。

自宅へ十時頃に戻ると、彌一はじっと自分の部屋へ閉じ籠っていたが、それは、やがて父が劇場から帰って、入浴をしたり食事をしたり、それからやっと、父と母と二人きり、寝室へ入るのを待つためだった。父は、十一時半に帰ったらしい、午前二時に、ゴトゴト台所で音がして、女中達が片附ものをしているのが解った。一人、来客があったようだが、それは次の月の興行について、舞台稽古か何かの打合せだったろう。午前四時、彌一は、漸く自分の部屋を出て行こうとすると、その時に、どこかで、

「ああ、あなた!」

鋭い、母の叫び声を聞いた。

ハッとして耳を澄ますと、父と母とが、何か頻《しき》りに言争っているらしく、女中達や男衆は、疲れてぐっすりと眠っていて、何も知らないのだろう、彌一は、すぐに、声のする方へ行った。そうして、奥の居間を、襖の隙間からそっと覗いて見て、そのまま身動きが出来なくなった。

父、嵐仙十郎は、寝床の上へ胡坐《あぐら》をかいて、首を項垂《うなだ》れ、蒼い顔をしている、母は、左手の掌《てのひら》を指へかけてザックリ切りさかれて、しかしそれは、何か鋭い刃物を手で摑んで、そのために切られたものだろう、その手から、血をダラダラ流している。そうして、床《とこ》の間の隅っこには、投げ捨てられた短刀が、気味悪く光って転がっているのだった。

母は、枕かけのタオルで、手の傷口を、ギュッと押えた。父は、見て、

「痛むだろう。済まなかった」ホッとしたようにいった。

「いえ、いいんです、こんなこと」母は、眼をつぶって痛さを怺《こら》えて、「でも、でも、あんまりですわ。あなた、なぜこんな短気なことをなさろうとするんです」

「短気じゃない。考えに考え抜いた揚句なんだ。お前には、本当に済まない」

「済むも済まないもありません。あたし、もう、厭です。こんな、毎晩のように恐ろしいことばっかり。——あなたは、一昨日《おととい》の晩も、首を縊《くく》ろうとなすった。そして、その三日前にも、毒薬を買っていらっしゃった……いいえ、いいえ、皆《み》んな、あたし、知っているんです。知らないのは、あなたがなぜ自殺をなさろうかとしている、その理由だけですわ」

「済まん。悪かった」

「済まないと思うなら、話して下さい。訳をあたしに納得させて下さい。何があなた苦しいのです。どうして、あなた一人、死んでしまおうという気になったんです」

母は必死の語気で詰め寄り、父は黙然として顔を伏せた。

悪少年彌一の眼の前からは、ふいに何か霧のようなものが、サラサラと吹き払われて行く、不思議な気持さえ湧いて来ていたが、それは、あまりにも予期しなかった場面、父と母との苦悩に充ち充ちたらしい内ら側の真実を見せつけられて、訳も解らずある汪然《おうぜん》たる感情が犇々《ひしひし》と彼の全身を蔽い始めたからであった。彼は、自分がそこにいることを気取《けど》られまいとするので、石のように身を固くした。息も出来ず、父と母との話声を聴いた。

「ね、訳をあなた、話して下さい」と母はまたいった。

「話したくはない。話せないことだ」仙十郎は、頭を振って答えたが、「私は、以前から、訊きたいと思っていたことが一つあるのだ」

「何です。それは——」

「それはネ、私のことじゃない。お前のもとの旦那、緒方さんのことだ。緒方さんを、お前は愛していたのか知ら？」

「愛してはいません。そんなことは、もう口が酸《す》くなるほどいった筈です。憎んで憎んで、憎み通していました」

「フム、それではあの頃に、私はお前に向って、緒方さんと別れて呉れるようにといって、幾度頼んだか知れない。それをお前は、なぜ諾《き》いてくれなかった？」

「私、自分でもそれは何度となく思いました。そうしてその癖に、緒方と別れられなかったのは彌一のためです。私は別れたにしても、そうなるとあの人は、彌一を無理にでも自分の方へ取って置く人でした。私がいない時、彌一がどんな目に遭《あわ》せられるか、それを思うと私は我慢をし抜く勇気が出ました。そうして、とても苦しい時は、あなたに来て戴けたので、どんなに慰められたか知れません。彌一は、今はあんな子になっていますけれど、その頃どんなに可愛い子供だったでしょう。あの子のためになら、私自身は緒方の手で絞め殺されようとも、構わないのだと思いました。——そのことと、今夜あなたのなさろうとしたことと、どういう関係があるんですの？」

「関係はない……私は、今、私のある秘密を握ってしまった男のため苦しめられているが、その苦しみも、お前とは絶対に無関係だと思っていい」

「嘘ですわね」

「何？」

「その苦しみと、私とが無関係だということがですわ。あなたは、私を愛して下すった。あの当時私のことを、私が緒方のところで、無益な苦痛を耐え忍んでいるのだと仰有った。私を、どんな手段に訴えてでも、あの苦しみの中から救い出して見せるとも仰有った。その救い出しの手段がいけなかったのですわね」

「…………」

「私、本当をいえば、もう此頃は皆んな判って来ています。薄々推察がついて来ています。そうしてしかし、そういう昔の恐ろしいことは、あたしが判らないふりをしていた方が、あなたが楽だろうと思っていました。なぜあなた、私に一緒に死ねと仰有っては下さらないのです」

「…………」

「私は、もう死んでもいいと思っています。彌一が駄目になってしまって、望みは何もありませんし、それに彌一は、いつか事実を知る時が来るでしょう。あんなにたちの悪い子供ですけれど、事実を知った時こそあの子は可哀想です。その時を見たくありません。――死ぬなら一緒に死なせて下さい」

彌一は、手の甲で、頬をこすり、泣声を立てまいとして、歯を喰い縛った。ある急激な感情が、ドッと胸へ押し迫ったのである。今や思い出されたのは、この母が田舎の小父さんと会っていた時、その場面が毫末《ごうまつ》と雖《いえど》も淫《みだ》りがましいものではなく、寧ろ常に憂いに充ち、悲しみに閉ざされていたことだった。母は苦しんだ。苦しんで悶えて、しかも心から自分を愛する男のもとへ走れずに、ただただ子のためにのみ、根岸の家に踏み止まっていたのだった。

彼は、もう、じっとしてそこにはいられなかった。

子供の時と同じように、母が気付いて襖を開けたら、突然母の膝へ縋《すが》りついただろう。彼は、息を殺して、襖のそばを離れると、玄関脇の部屋へ行って、ぐっすり眠っていた男衆を起し、奥の居間をずっと見張っているようにと吩咐《いいつ》けた。そうして、そのままぷいッと家を出て行ってしまった。

その翌朝のこと——。

仙十郎の家のものが、第一に何だか変だと思ったのは、仙十郎夫妻がその日に限って、ひどく早起きをし、ニコニコと家中のものに機嫌がよく、急に思い立ったので、夫婦して旅行に出かけるからと男衆、女中、内弟子達、全部のものに言渡したことだった。

その旅行の仕度で、仙十郎夫妻は、かなり手間をとったようである。箪笥《たんす》や押入れの中のものを、一々調べ、何か書いた紙を挿し挟み、まるでそれは、自分のお形見を、区分してあとに残して置くような恰好だった。

正午《ひる》頃、客が来たが、客には会わなかった。

一時半、仕度が出来たと見えて、自動車を呼ばせた時である。

そこへ彌一の不良仲間らしい若者が一人、頼まれたのだといって一通の手紙を持って来た。

手紙は、裏に「彌一」と書かれ、表が「父母上様」となっている。

折も折、彌一がどんなことをいって寄来したのだろう。何か知ら、尋常《ただ》ならず胸を騒がせて封を切ると、

――父母上様。昨夜僕は、大変つまらないことで喧嘩をして、その相手を殺してしまいました。相手は若宮竹吉です。あんな奴、殺したからにはもう何事も口を利く心配はないけれど、あとが面倒だと思って、このまま姿を隠すことにしました。どうか父母上様、共におたっしゃでいて下さい。これまでの不孝お許し下さいますよう。私は、母上を愛しています――

という簡単な文句。

顔を寄せて、一緒に手紙を読んだ夫婦はポトリとそれを膝へ落して、無言のまま、顔を見合った。

仙十郎が、

「…………」

頬をピクピク痙攣《ひきつ》らせて、何かいおうとしてもいえずにいると、母親は、

「……彌一が、彌一が……あなたを救おうとしているのです……」

カッパとその場へ泣き伏してしまった。

× × ×

あとで母親が、彌一の部屋へ行って見ると、破れてクシャクシャになった奴凧が、机の上に載せてある。母は、それを抱きしめて、長いうち放心したように、じっと一つところを見詰め

ていたのだった。

不思議な母

「ほんとに不思議だよ。ぼくにも、わかんないんだ。母さん、気が狂ったんじゃないかなア」

そういっているのは鉄也で、

「それにね、お母様ったら、靴買ってもいいっておっしゃるのよ。こないだまで、あたしのこと、ぜいたくだっていって、叱言《こごと》おっしゃっていらしたくせに」

波津子もまけずにいった。

あたしは、唐紙《からかみ》のかげで聞いていて、思わずふきだしそうになったが、考えると、鉄也も波津子も無理はない。長い長い歳月のうちで、今日このごろのあたしほど、きげんのよかったあたしはない。いいえ、そうじゃない、十年も十五年も前から、あたしが、こんなに安心しきった気持になれたことはない。そうして、その理由が、あの子たちにはわからないのだから、だしぬけに写真機を買ってきてやったり、だしぬけにヴァイオリンを買ってきてやったりするこのあたしを、気が狂ったんじゃないかなんていっているのだ。

わけを、話して聞かせようか知ら。

いいえ、よしとこう。

鉄也は、やっと中学生だし、波津子にしても、この話は少し早すぎる。といって、あたしとしては、時がたち、感動がうすれてくると、あの子たちに話して聞かせようにも、いまのあたしの気持を、隅から隅まで、わかってもらえるようには、話せなくなるにちがいないのだから、けっきょく、文章はへたでも、書いておくのが賢明だろう。それに、鉄也はともかく、波津子には、結婚の時期がきた時、あたしの書いといたものを読ませた方がよいのだ。男と女との結びつきがどういうものだか、それを書くのがあたしの第一の目的ではないけれど、自然に波津子にはそのこともわかってくるはずなのだから。ただ、すべてをありのままに、わが子たちの手まえ、気まりのわるいような事がらも、かくさず憚《はば》からず記録するのは、ずいぶん勇気のいることだけれど、その勇気は、出さなければならない。聡明なあたしの子供たちは、彼等の愛する母について、十分な理解をもってくれるにちがいないのだ——。

※

忘れもしない。

あたしが、あの地獄の苦悶のうちに陥《お》ちこんだのは、鉄也をあたしが生んだ、その直後のことであった。

もう春が近いというのに、雪がしんしんとふりつもっている夜だったが、鉄也の父であり、波津子のためには継父であり、そうしてあたしのためには良人《おっと》であるあの人は、なにかの宴会へ出ておそくなり、ほとんど十二時をすぎる頃になって帰宅した。

「あら、いいごきげんね」

「うん。ウィスキイと日本酒とのちゃんぽんでまいっちゃった。お前、どうだった？」

「今日はとてもいいのよ。さっき、三十分ほど横になってたけれど、あとはずうっと起きていたわ。二三日したら、もう大丈夫ね」

「そうか、そいつは、ありがたい。どりゃ、ごほうびに」

産後のひだちがよくなくて、久しいうち良人の愛撫から遠ざかっていたあたしに、ふざけたようにして近づけてくる良人の唇が、うれしく懐しく倖せだったが、

「しかし、服をぬいで来ような」

「ええ。——でもそこへおぬぎになってよ。おそいから、ねえやさんも眠そうだったし、あたし、始末しますから」

「そんなことして、大丈夫かい」

「ずうっと起きてたって言ったじゃないの。もう、どんなことしても平気よ」

いかなる愛撫にも堪《た》えられる身体になっているのだということを、笑っていってからあたしは、なにか身のうちが暖まってくるような幸福感のうちに、次の部屋へ行き、洋服かけを持ってきたが、それへ良人の服をかけようとしたとき、とんでもないものを、見つけてしまったのである。

良人は、葉巻などをすったとき、そのすいかけを、じかにポケットへ、投げこんでおくくせがあった。それを思いついたから、あたしがポケットへ手を入れると、一枚の葉書がはいって

いる。ひっぱり出して何気なく表を見ると、正確にいえば、その瞬間からして、あたしの不幸が、始まってしまった。

「あら、この葉書、どうしたんですの」

「え、なに？」

「文代さんから来たのね。久坂文代と書いてあるわよ。それに宛名は……」

自宅へではない。京橋の事務所になっていて、久富繁樹さま、と書かれている。それだけでも、あたしを怒らせるには十分な値打ちのある葉書だった。裏の文面は簡単で、時候見舞の挨拶があり、そのあとへ、良人から何か送ってやったものがあるらしい。それが先方へ届いたことを知らせる礼状だったが、あたしは、血がかあッと頭にのぼってくるのを意識した。

「ひどいわ、あなた、あなたは……」

「うむ……」

「どうしてあなた、こんなことをしていらっしゃるの。あたし、くやしい！」

「オイ、伊津子。お前、おれを誤解して……」

「いいえ、いいえ、誤解じゃありません。あたし、下品なやきもちなんかじゃないんです。——これはあなた、やきもちの問題とは違いますよ。ああ、あたし、知らなかった……」

ほんとうに、やきもちなどではなかった。文代さんという人は、ことさらに悪くいうつもりはないし、また決して悪い人ではなかった上に、醜婦とはいえないまでも、男の眼につくような美しい人ではなくて、その点では、安心していていいのだったが、問題はもっとずっと複雑で深刻なものだったのである。

見る眼も明らかに良人は狼狽していた。

あたしの哮《たけ》り狂うのをもてあまし、いくどか口を開きかけては中止し、そのあげくに、ともかく次のように弁解した。

「イヤ、まア、気をしずめてくれ。……実はな、お前には今まで話さずにいたのだが、久坂の細君と子供とのことを、おれが、ずうっと世話してやってきたのだよ。久坂はあんなにして行方不明になってしまったし、あとに残された細君は、じつに気の毒なものだった。見ていられないからおれが、月々いくらかずつの生活費を送ってやっていたわけだ。なアに、大したことをしたんじゃなく、また会って話すなんてことも、ほとんどしたことはないんだが、それについて細君から、礼状をよこしたというだけのことなんだよ」

ところが、この弁解が、あたしの気持をしずめるのに、少しも役立つものでないことは、それを言っている良人自身、よく知っていたはずだとあたしは思うのである。

あたしは、許さずに良人を追究した。

「だめ！　よしてちょうだい。あたし、いまやっと、わかったことがあるんです」

「うん、なんだい。何がわかったんだい」

「白ばっくれたって、あたし、だまされませんよ。第一、あたしにかくれて文通していたんですもの、これが知れた時には、あたしがどんな風に思うかってこと、百も二百も承知していたはずじゃありませんか。ハッキリ言えば、あなたはあたしを踏みつけにし軽蔑し、それからあたしのしたことを、文代さんともいっしょになって、非難していたんですわ」

「待て待て。そりゃ違うぞ。なにもおれ、お前を非難したなんて……」

「非難でないというなら、何だというんですか」

「そりゃ、さっきも言ったろう。久坂の細君が気の毒だから」

「ええ、そうでしょう。気の毒だからといって仕送りをしていた。そのことはあたし、あなたと文代さんとの間に、何かあるなんて考えなくってもいいんです。ですけれど、気の毒だと思ったという、その気持の裏には、あたしを非難する気持があったのに違いないんです」

「わからんな。も少し、わかるように言え」

「言いますとも。言わずにはおきません。――あたし、今日という今日までは、あたしが風見のことなんか言いだしたら、あなたが面白くないだろうと思って、注意に注意をしてきたんだけれど、こうなったらもう、遠慮しませんよ。風見が死んだ時のこと、あなただって、よく覚えていますわね」

「うん、そりゃ……」

「覚えていればこそ、文代さんの生活費など、仕送りをしているんですわ。あたしとしては、あの時のこと、思い出すのもいやなんだけれど、風見は、もちろんただ死んだのじゃなくて、殺されたのでした。そうして、その殺したのは誰だったかということになると、あたし、久坂さんだということを、誰よりも先きに言い出したのでした。あたしが言い出したから、結果として久坂さんは、すっかりと世間からもうとまれて、勤めもやめたし、東京にも居たたまれなくなって、ふっと、どこかへ行ってしまいました。しかも、そのまた結果が、あなたのおっしゃるところだと、気の毒で見ていられないという、文代さんの窮境になったわけですわ。簡単にいえば、あたしが種をまいたから、久坂さんの奥さんと子供は、その日の暮らしにも困るようになってしまったのです。――ええ、そうでしょう。あたしが、悪かったんでしょう。警察でしらべても、久坂さんには、べつに怪しいこともなくて、無罪になってしまいました。あたしがあの男を疑ったのは、あたしの間違いだったということになりました。そのあたしの間違いをあなたは非難して……」

「違う、違う、絶対に非難じゃない……」

「いいえ。非難です。でなくても、あたしへのつらあてです。つらあてに、あたしにかくれて、文代さんを助けてやっているんです。あたしが間違ったことをした、その償いという意味ですわね」

「うん……そう……その償いというような解釈をしてくれれば……」

「ああ、だからあなた、あなたはあたしを、踏みつけにしているというんですわ。あたし、償いなんかして戴きたくありません。ほんとを言えば、今でもあたし、間違ったことをしたとは思ってないんです。久坂さんが、やはり風見を殺したのだと信じています。波津子の父風見研介は、久坂章二のために殺されました。証拠があってもなくっても、そのことだけは確かです。確かだからあたし、償いをしてもらいたくありません。文代さんに、仕送りをするのだったら、文代さんが久坂章二のような悪い男を良人にもっていた、そのことが気の毒だったという意味にして下さい。そうしてそれは、あなたがしなくてもいいことです。あたしが仕送りをしますから」

　書いて見るとこれだけになってしまうけれど、あたしはもっとひどい言葉をつかって良人をなじった。まだ健康が十分でないし、神経も鋭くとんがっていたのだろう。良人が何を言ってもなっとくせず、はげしく言いつのったのであった。

　良人は困却しきっていた。

　それから、言いわけが立たないので——少くともあたしには、そう見えた——しまいにはいらいらと腹を立てたらしい顔つきになり、するとあたしは、なおもっと腹を立てさせてやりたくなったから、あたしが良人と結婚したことは失敗だったと言い出したり、風見がどんなにあたしを愛していたか、ということを言ったり、いっそ死んでしまった方がましだなどと、口から出まかせをいってやったりした。

「もういい。わかった」

「いいえ、よくありません。あなたには、まだ、わかってません」

「バカ！　わかったといったら、わかっとるのだ。病気のあとだと思って、やさしくしてやればつけあがって……」

「やさしいからつけあがるのじゃないんですよ。あなたが、あんまりひどい人だから……」

「フン、おれがひどい人間だと思うんなら、今後もその通りに思っていろ」

「思いますよ。あたし、もうあなたのところになんかいたくない。これから、あたし出て行きますから」

あたしは、それこそ、気が狂ったようになった。

立上ると、良人に見せつけるようにして着物を着かえ、しかし良人がなんとか言ってあたしを止めるだろうと予期していたが、良人は黙っているばかりだったから、そのまま家をとびだしてしまった。

東京には珍らしい大雪で、一尺ほどもつもった雪の中を、門から一町ほども行ったであろうか。あたしは、乗物のない時刻だし、どうしたらよいのか困ってきた。それに身体がガチガチふるえだし、おなかが痛く、ああこんなことをしなければよかった、と後悔しはじめた。

「いいわ。凍《こご》え死んでやるから」

かまわずにあたしは、雪の中へペタリと坐ってしまったが、気がつくと良人は、ちゃんとあたしのことを心配し、あとをつけてきていたのだった。良人は、じきにあたしのそばへきた。そうしてあたしをかるがると腕の中へ抱きあげた。

「もういいかげんにしよう。ナ、おれが悪かったんだったら謝るよ、オバカさん、だだをこねるのは、止めとこうな。ほうら、お前、雪だるまになってしまったじゃないか」

やさしくされて、あたしは泣きだし、抱かれたままで家へつれもどされたが、さてそのあとであたしは、気持もようやくおししずまったものの、考えるとやはりわからないのは、なぜ良人があたしにかくしてまで、文代さんの世話を見ていてやったか、ということについてであった。生計が苦しいから気の毒だという、それも理由にしては有り得ることだけれど、どうしてもそれだけでは肚《はら》の底からなっとくできないような気がする。良人の寝顔を見ながら、あたしはあれこれと思いまどっているうちに、ふいにギョッとして、良人の顔を見なおすような気持になった。

風見を殺したのは、久坂章二だとばかり、思っていた。

けれども、実はそれが今のあたしの良人、久富繁樹だったかも知れぬではないか。久坂さんが犯人としての証拠が何もなかったと同様に、良人が犯人でなかったという証拠もないような気がする。それに風見が死んだ時、風見が血で鉄板に書きのこした文字は、あたしが判断して『久』の字だと読んだ。その『久』の字は久坂と久富に共通の頭文字だったではないか。

眼の前には、とつぜん、大きな暗黒がアングリと口を開いてしまった。あたしは、腕や胸の筋肉がぶるぶるとふるえ、息をするのも苦しいような気がした。良人が文代さんに同情しているのは、あたしの過失の償いではなくて、良人の罪を久坂が負い、そのために文代さんが苦境に陥ちたからのことである。あたしにそれをかくしていたわけも、これで明瞭になってくる。良人には、あたしの眼が恐ろしかった。文代さんのことを知られたら、やがてはあたしに、風見を殺したことを気づかれると思い、でも久坂に対しての償いだけはせずにいられなかったのである。

あたしは、眼をとじても眠られなくなった。

死んだ風見のことを思いだし、風見を殺した仇《かたき》のことを考えた。

仇は、いま、あたしのそばに、安心しきって寝ている。そうして、鉄也は、その仇とあたしとの間に生れた子供ではないか！

※

十九年の昔になった日を、いま、あたしは思いだしてみる――。

その日の朝、あたしは風見をあたしたちの小さな家から送りだした。そうしてそれが生きている風見の顔を見る最後になった。家を出がけにあたしたちは、その日がちょうど土曜日だったから、勤めの帰りを、いっしょに映画を見たり銀座を歩いたりしようということにし、あたしは、午後二時までに、風見の会社へ行く約束をしたのだったが、約束に従ってあたしが、赤ん坊の波津子はねえやに託し、タクシーをひろって会社まで行くと、その時もう風見は、あの大怪我のため、命を失っていたのである。

初夏の陽射しが、ようやく濃くなってきた頃だった。

あたしは、S通りの角でタクシーをのりすて、パラソルをひろげてMビルに沿って歩いて行ったが、Mビルから二つ目のHビルの二階に会社の事務所があったから、事務所への階段をのぼりかけようとしたときに、会社のそとで何か事件があったのだと気がついた。Hビルの前の空地に新しいビルの建築がはじまっていて、鉄骨の組立作業が進んでいる。その空地に、顔見知りの会社の人たちが多勢出ていて、何かガヤガヤと騒いでいるのを、ふと、目にとめたのだった。

風見の同僚で、風見がよくうちへひっぱってきたNさんAさんの顔が見えた。それから久坂さんの顔も見えたのである。

あたしは、ひょっとしたらあの中に風見がいるかも知れぬと思い、階段をあがるのはよして空地の方へ進んだが、すると誰かがいちはやくあたしの姿を見つけ、皆に注意したのだろう。人々はいっせいにこちらへ顔を向けたが、その時あたしは、なんという馬鹿だったろう、きっとそれは皆さんが、風見を迎えにきたあたしを、ひやかしたりからかったりするのだと思い、遠くからわざと笑っておじぎをしておき、さて近づいてから、

「あら、たいへん。ないしょで迎えにきたの見つかっちゃったわ。風見はいましょうか」

先手をうつつもりでいったものである。

はじめ、誰も返事をしなかった。

ずっとあとでNさんは、イヤ、ありゃ、へんな感じでしたよ。風見君が死んだその直後――五分か十分しか、たってやしない、その直後へ、だしぬけにあなたがやってきた。パッと眼のさめるような色合の着物で、パラソルを持ってましたね。ハンドバッグ抱いてニコリと笑って、花の咲きこぼれたようにして立っていたから、僕なんか、困っちゃったですよ。何か僕らが悪いことして、それを見つけられたといったような、イヤ、そうじゃない、それだけじゃ表現が十分じゃないが、ともかく、すてきに場違いな、こっちがばつの悪くなるみたいな、とてもへんてこな気持でしたよ、といって説明して下すったが、ほんとにそれもあっただろうと思う。会社の人たちは、硬ばった表情で、しばらくあたしを見つめていた。そうしてそのあとで、人々の肩を押し分けるようにし、久坂さんが出てきたのだった。

久坂さんは、風見と中学時代からの友人で、あたしともよく顔を知合っている。

「ああ、奥さん。よく早くきましたね。知らせがもう行ったのですか」

「ええ知らせって……べつに何も、あたし、約束してあったものですから」

「ほう」

久坂さんも、困ったような顔になったが、ちょっと思案してから、

「どうも、実は、とんでもないことが起ったんですよ」

といって、うしろをふり向き、鉄骨だけのビルディングの上の方を指さした。

「風見君が、怪我したんです。いま、あそこに寝かしてあります。——医者がもう来るころだと思うんですが」

死んだ、とは言わなかったが、その眼つきや態度がとても厳粛で、風見の怪我というのが、並たいていの怪我でないことを、ハッキリあたしにも分らせるようなものがあった。あたしは、腰や膝のあたりの関節が、カクンと音を立てて外れたような気がし、ヘタヘタとそこへ坐ってしまいそうになった。

風見は、建てかけのビルディングの第四階目の床へ張った鉄のビームの上を渡り、そこから墜落して二階目の床のコンクリートをこねあわせるために置いてあった鉄板の上に落ち、それと気づいて人が走りよった時には、まだかすかに生きていて、何か言いたそうにしたけれど、じきにもう死んでしまったのである。

あたしは、しっかりしていなければならぬと、自分で自分をはげました。

風見の倒れているところへ、すぐに行こうと思い、人々が、それはあぶない、まだ鉄骨だけのビルディングだから、女の身では行かぬ方がよいというのを、むりに頼んで行かせてもらった。そうしてしかも、午後二時のつよい初夏の光線のもとで、鉄板の上へうつ伏せに倒れて、首すじのあたりから夥《おびただ》しく出血している風見の姿を見ると、あなたと叫んでかけよったまま、フラフラと失神してしまった。

会社の人たちは、あたしを抱きおこし、あたしをその恐ろしい場所から遠ざけるため、手とり足どりして会社の事務室までつれてきて、口を割って気つけのブランデーなど飲ましてくれたそうだが、あたしはやがて正気づくと、また風見のそばへやってくれといってせがんだ。

「今度は大丈夫です。ごめいわくかけないようにします。お願いですから、やって下さい。――きっと、きっと、あたし、しっかりしてますから……」

眼に涙をためて頼むと、その時も、あたしのそばにいたのは久坂さんで、ほかの人たちは、まだあやぶんでいて、あたしを腕力でおさえつけても、そこへ引留めておきたそうな気配だったが、けっきょく久坂さんが、

「まア、いいだろう。僕がついて行くから」

そういって、再びあたしを用心深い態度で、つれて行ってくれたのだった。

二度目に、血みどろな姿を見て、あたしは、ああもうだめなのだ、とハッキリわかった。

それは魂のない肉塊だった。

日毎にあたしへの熱烈な愛を囁《ささや》き、あたしもまた全身全霊をもって愛していた風見は、もう

そこにはない。風見は、ことに精神的な男で、一商事会社の事務員をしていても、つねに深い思索にふけり、哲学書などを読むことが好きだった。風見と愛し合うことによって、あたしの精神的な面が、どんなに高められたことかわからない。富裕な下町商人の家の娘として生れて、あたしの知っていることは、自分を美しく見せるための服や帽子や着物のがらを見立てたり、歌舞伎俳優の門閥《もんばつ》を知っていたり、京都や箱根ではどこが一流の旅館だかを知っていたりする、ということだけだった。読書といえば、娯楽雑誌のうちの、題や絵の面白そうな小説を読むだけで、新聞も社会欄だけを見たり見なかったりした。風見は、このあたしを教え導き、時にはあたしを白痴美に近いなどといって怒らせもしたが、また、君は本質的にはとても聡明なんだよ、環境のせいでその聡明さに磨きがかけられずにきたのだ、などとおだてながら、だんだんにあたしを鍛えてくれた。良人であるとともに、風見はあたしの精神的な母であったとも言えるだろう。そうしてその母であり良人である風見は、永久にいなくなってしまったのである。

医者がなかなか来なくて、医者より先きに警官がきた。

変死だから、それは当然のことだろう。

警官は、来て見てすぐに、風見がどうしてこんな死方をしたかということについて疑問をもち、会社の人たちにわけを訊《き》いたが、第一にその説明をしたのが、やはりまた久坂さんだった。

「ええ、これはね、風見君も実にバカなことをしたものだと思うんですよ。三日ほど前のことだったが、外交の久富君の机の前で、僕らが四五人集ってむだ話をしている時、S君と風見君との間に議論が始まりました。子供のような議論だが、隣りのビルの鉄骨を、工事関係者たちが、平気で渡り歩いている。あれがどうだろう、普通のものに出来るか出来ないかというのでして、鉄骨には相当の幅があるし、柱と柱との間は、長くても四米《メートル》ぐらいしかない、だから理窟で言うと出来ないことではないというのが風見君。S君は、慣れなくっちゃ出来ないという主張で、けっきょくのところ、二人で賭けをやりました。土曜日の午後、すなわち今日ですが、風見君がそれを試してみる。そうして首尾よく風見君が、四階のビームを、柱から柱まで渡ったら、S君が風見君の判こをあずかって、一カ月間、風見君の出勤の判をおす、また風見君が、出来ないといって降参したら、お盆のボーナスでS君に、ビールを一ダース進呈する、ということになったんです。前いったようにバカらしい議論で、まさかそれを、ほんとうにやってみるんじゃないような気がしていましたが、あんがい風見君は本気だったんですね。——イヤ、今思うと、今日は午後一時半頃までに、風見君のところへ客がくるという電話がありましたよ。電話は、風見君がいない時にかかってきたから、僕が代りに聞いといて、あとで風見君に伝言したんですが、その客が来ていたら、風見君もあんなことをせずにすんだかも知れませんね。一時半まで待っていたがお客さんは来ない。そこでビーム渡りにとりかかったわけで、運が悪いともいえるんですよ」

聞いていてあたしは、腹の立つほどのものだった。男というものは、女にくらべると、たいへん無思慮なところがあるもので、お伽話《とぎ》と同じような空想で夢中になったり、つかってはならないお金をひょいとつかってしまったり、おだてには乗りやすく、節度は守れず、損だとわかってるのに殴り合いの喧嘩をするし、子供が、ただもう、大きくなっただけのようにしか見えないことがよくあるのを、あたしも、あとでだんだんに知るようになったけれど、風見がそれほどバカなことをするとは思わなかった。口惜《くや》しかったり情なかったり、恥ずかしくなってしまった。

あとでわかったが、その子供っぽいバカらしい賭けのことは、久坂さんの話してくれた通りだったのである。一つだけ、大切なことをつけ加えておくと、その説明のあとで久坂さんは、

「ねえ、久富君、そうだったろう。君の机んとこでビームを渡る話が出たんだ。君、おぼえてるね」

と、その時はまだあたしと、それほど深くは知合っていなかった久富に話しかけたが、久富は、

「イヤ、どうだったかね。僕は、その賭けの話も、今日それをやることになっていたというのも、よく知らんぜ。そうだな、渡れるか渡れないかってことは、話していたようだったな。しかし、僕は、新聞読んでたんじゃなかったか知ら。どうも、よくおぼえていない……」

と答えた。

その問答を聞いても、あたしはべつに何も思わず、ただ聞き流しにしてしまったけれど、それはそのあと間もなく、あたしが別室へ呼びだされ、警察の人からとても意外なことを聞かされたからである。

警官は、あたしとさし向いになるといった。

「実はね奥さん。だしぬけな質問かも知れませんが、あなたの旦那さんは、誰かの恥辱をうけ

ていたようなことがありやしませんか。あるとしたら、そっちょくに話してもらいたいんですが」

ほんとにだしぬけだったから、あたしはちょっと返事ができず、しかし、すぐに諒解した。警官も、またつづけて説明してくれた。

「どうも、過失で墜落したとばかりは見えないふしがあるんですよ、鉄骨の上に、小さなボールベアリングの球《たま》が一つ、おちていました。鋼鉄でつくった小さな球で、廻転する機械やなんかの軸のところへ入れて、摩擦をふせぐためのものなんです。――が、こういうものがあったとすると、靴の下へそれをふみつけると、悪くすれば足がすべるし、でなくても、身体の平均を失ってしまうことは有り得るんです。警察としては、ボールベアリングの球を発見すると、ほかにもまだありはせんかというので探しましたが、あともう一つだけ、これは一階に材木が寝かしてある、その材木のところへおちて挟まっているのが見つかりました。たんねんにやったら、まだ出てくるかも知れんが、ともかくこれでみると、どうやらあなたの旦那さんが渡ったビームには、この鋼鉄の球が、数十個、ばらまいてあったということが考えられるんです。もっとも、ビルの工事をやっている人たちにも訊いてみました。しかし、そんなものについては誰も覚えがない。せっかくの工事を血でけがされて縁起くそが悪いといって怒ってる始末で、こうなると、球をまいたのは、故意でやったこととしか思えない。そこで、誰がそれをやったかという問題が起ってきたわけですが、ええと……なおそれにつけ加えて、あなたの旦那さんが、四階のビームから二階の鉄板へ墜落した時、まっさきにそこへ駈けつけたのは、賭けをしたSという男です。そのSの申立てだと、あなたの旦那さんは、駈けつけた時、まだ息があって、ノタリノタリと手足をうごかし、何か言いたそうにしたが、口が血でいっぱいでしゃべれない、そうして、その代りに鉄板の上へ手をのばし、何か書くような恰好をしたというのです。

そう言われてみれば、鉄板には、流れた血を指でなすくったような痕《あと》がついていまして、これがしかし絵だか字だかわかりません。みみずののたくったような形なのでして……」

人を殺すとか殺されるとかいうことは、新聞の社会欄にあるだけで、あたしたちにとっては、まったく無関係なことのような気がしていたのに、思いがけずにそれは、こんなにもあたしの身近で起ったのである。説明が全部終らぬうちに、あたしはこれが、夢でもなくでたらめでもなく、真実起ったことなのだと理解した。風見は殺されたのである。そうしてその加害者は、どこかあたしの近いところにいるのである。

重大なことを、ついでになお一つつけ足《た》しておくが、それは警官とあたしとが二人きりでいた時、そこは会社の小使室《こづかい》だったが、とちゅうで久富が、ひょいと部屋へはいってきたことである。久富は、あたしたちがいたので、ちょっとびっくりしたという顔つきだった。そして失礼しました、咽喉《のど》がかわいたから、お茶を飲みにきたのです、と言いわけをしてから、壁の棚にあったコップだけ持って出て行った。警官は、ジロリと、久富のうしろ姿を見送っていたようである。ただあたしは、久富のことなど、ほとんど考えなかったと言ってもよい。あたしは風見が殺されたのだと知って強い衝撃をうけ、その心の動揺のうちにも、いま、いそいで見極めねばならぬことがあるという気がし、一心に、ある一つのことばかり考えていた。その考えは、簡単に口へ出して言うのが恐ろしく、言ってしまったら取返しがつかぬぞと意識し、しかし、いくどか思案しなおしたあとでけっきょく言わずにはいられなくなった。

あたしは、風見を恨むものがあったとしたら、それは久坂さんであるということを告げたのである。

風見がいっていたことがあったが、それによると、久坂さんは、貧困の家庭に育った人で、頭脳はたいへん明晰だが、何かにつけて卑屈なところがあり、中学時代から、友人が少なかったそうである。大学時代は、家庭教師などして学資を獲《え》ていたのだともいうし、ことにあたしが知っていたのは、久坂さんがある時、会社の会計に穴をあけ、それを風見が他人には知らせず始末してやったが、それ以来久坂さんが風見の前へ出ると、先輩に対する後輩のような極めていんぎんな態度をとるので、それを風見がひどく嫌っていたことである。あいつ、口では僕に感謝しているといっている。しかし、いつも弱点をおさえられているみたいで、不愉快なのに違いないな。昔の卑屈さが残ってるんだ。こっちも、時々あいつの顔を見ると不愉快なんだが、それにあいつ、妬《ねた》みがつよいし、僕が君のような金持の娘を貰ったのは、とても羨《うらやま》しいなどといいやがった。子供の時からの友人だが、将来待遇がよくなって、誰にも引け目を感じないという時がくるまでは、あいつの根性、なおりそうもないよ……風見はある時、久坂さんのことで面白くないことがあったと見えて、そんな愚痴をこぼしたこともあるくらいで、あたしは、それらのことを、急にかためて思いだしたのであった。

しかし、警官も、ただそれだけの話では、すぐに久坂さんをどうするということも出来ない風だったし、あたしも言ってしまってから、もしかしたらあたしは、とんでもない見当違いをしているので、久坂さんに対し、とても申訳のないことになるのじゃないかという不安があったりしたが、さてそれも、急にあたしの信念として、久坂さんを犯人だと思うようになったのは、のちにあたしが、三度目にあのビルディングへつれられて行って、風見が血で書きのこしたらしい、絵か字かわからぬものの形を見せられてからである。

なるほどそれは、指でなすくったものに違いなかった。そしてよく見ると、平がなのくの字を、たてに二つならべて書いたもののようでもあり、しかしそれは、『久』の字を書こうとして、その形が崩れたものだと判断できた。自由に動かぬ手で書くと、『久』の字は変体がなの『〱』になるとも言えるし、くの字を二つつづけて書いたものにもなる。風見は、墜落してから、ある隠れた理由によって、自分が誰に殺されたのかを知った。そうしてその名前を書き残そうとして、完全には書き残すことができなかったのである。

形勢は、急に改まったものになった。

久坂さんが、警察へつれて行かれたということが、すぐ会社中に知れわたった。しらべると、久坂さんの取扱っている最近の帳簿で帳尻の合わぬものが出たりなどした。そうして、あたしばかりじゃない。誰でもが久坂さんを、犯人だときめてしまった。

※

あたしの子供、波津子と鉄也とのために、あたしは風見の死んだ時のことについて、こんなにも詳しく書く必要はないような気がしてきた。

もっと、切りつめて書いてもわかるだろうし、――でも、書いた分は仕方がない。あとを切りつめて、その代りに、もっと大切なことを書くとしよう。――

前に書いてきたようなわけで、久坂さんは風見研介殺しの犯人として嫌疑をうけ、それは嫌疑だけのことで終ってしまった。

というのは、証拠が不十分だったからである。長いうちかかって当局は、事件の解決に努力したが、久坂さんは飽くまでも無実の罪だと主張した。また鉄骨上で発見された鋼鉄球は、出所がどうしてもわからなかった。それに久坂さんがその球を撒《ま》いたとしても、いつ撒きに行ったかという点で、久坂さんが事件発生前にビルへのぼったのを見たものもなく、けっきょく、ただ一つの落度は会計の帳尻の不始末だけで、ほかに十分な証ひょう力となるものがない。会社では会計の不始末については、たしか三千円なにがしのことであって、告訴をせぬときめた。そうして久坂さんは、証拠不十分の無罪となって放免されたのである。

あたしは、それでも、信念を変える気になれなかった。

法律では、証拠不十分がイクォール無罪ということであっても、実際に犯罪があったら、それは無罪ではないのだといっていきまき、

「いいわ。それなら波津子の父のため、いつかはあたしが自分の手で、あの憎い男の証拠を見つけだしてやるから」

かたく心に誓いを立てたほどだった。

久坂さんが放免されたら、いつもその行動を見張るようにし、だにかよりも執念ぶかく、根気ずくで証拠を見つけてやろうとあたしは考えたが、しかしそれは考えただけで、ほとんど何も実行できなかったのは、二つの理由があったからである。

理由の一つは、かんじんの久坂さんが、放免されたとはいえ、会計の不始末から信用を失い、会社からは馘《くび》にされたし、あげくのはてに、ふいにどこかへ身をかくしてしまったことだった。

そうしてそのもう一つの理由は、鉄也の父のことである。久富は、事件後あたしに目立って接近した。あたしがまだ風見のことで頭の中をいっぱいにしている時に、久富は久富一流の無鉄砲なやり方であたしに求愛し、それでも二年はかかったよ、とあとであたしに笑っていったが、波津子が三つになった年の冬、へんな言方だけど情容赦もなくあたしを自分のものにしてしまったのであった。

波津子は、こういうことを知っていい。

男は無思慮なものだということを先きにあたしは書いたが、無思慮であるために、とても出来そうもないことを、平気でやりとげてしまうことがある。それに女は、その男の無思慮無分別、乱暴で非紳士的で常識外れなのを、却《かえ》って好もしく思い愛することがある。普通にそういう場合を、女が弱いものだからといっている。でも、弱くて負けたというのは世間ていで、ほんとうは、しまいに女が自分から身を投げて行くような気になる。投げた結果がよいかわるいか、それは運次第だといってもよくはないか。親たちが娘を結婚させ慎重に相手の男の素性や家柄をしらべてあっても、結婚してからでないと、男のほんとうのことはわからない。けっきよくは、やはりそれも運なのだから――。

多勢で雪の高原へスキーに行く約束があり、定めの時間に停車場へ行くと、久富が一人で待っていて、ほかの人たちは一汽車早く出かけたといった。それから、あたしが久富と二人で目的地へつくと、そこへは誰も来ていなかった。久富は、うそをついてあたしをその淋しい高原へつれ出し、二人きりになったのである。あたしは、騙《だま》されてくやしくなり泣きだしたが、すぐに東京へ帰るわけにも行かず、たった一軒きりしかない宿屋へ行って泊り、そうして世間ていで言えば、あたしが負けてしまった。東京へ帰ってきてから、久富は悠々とあたしの実家へきて、結婚の申込みをしたのだった。

結婚は、その年が暖かくなってきた春だった。二年間、風見のことを時々あたしも思い出しながら、何事もなく過した。そうして、鉄也を身ごもった。

ところが、先きに書いておいたあの雪の夜に、あたしは気がつかずにいた方が、どんなによかったか知れない久富の秘密、――事件以来ずっとつづけて久坂の留守宅に仕送りをしていたという事実を発見してしまったのである。

大きな疑惑のうちに、あたしはとじこめられた。

久坂さんを犯人だときめていた信念は、土台からぐらつき、考えれば考えるほど、いまの良人こそ、先きの良人を殺した犯人であることが明らかになった。

風見が死んだ日の久富の言動が、ひとつずつ思いだされる。警官とあたしとが小使部屋にいた時、久富は何も知らぬ顔でコップをとりにきた。しかしそれは、当局のしらべがどんな方向に進んでいるか、気になってたまらなかったのである。自分の机の前で、判ことビール一ダースの賭け事がきまった。新聞を読んでいてそれを知らなかったといったのは、知らなかったから、計画的な犯罪をたくらむはずがない、という弁解をするためだった。それに違いはない。計画は実に綿密にたてられ、久富は、ビームを渡る日のくるのを待ちうけていた。しかもすべては彼の期待した通りに進行し、むしろ期待以上のものになった。『久』の字を、あたしが久坂さんの頭文字だと思いこんだからである。そうして久坂さんが、いっさいの嫌疑をひきうけてしまったのである。

ただ一つ、あたし以外の人だったら、わからぬかも知れぬと思われることは、久富が風見を殺したその動機だろう。

でも、動機は簡単だ。

久富は、このあたしが、欲しかったのである。

三度くりかえそう。男は無分別で常識はずれなことをする。

それに久富は、とくにそうした傾向のつよい男だということを、あたしはいくつでも例をあげて話すことができる。スキーにあたしをつれだしたのが、もうその一つの例だ。そうして意志はびっくりするほど強くて、これと思い立ったことは、石にかじりついてもやり通すのであった。はじめの会社は、結婚すると共にやめたが、そのあとは商人になった。すると、見ていてもハラハラ心配させるような商法をやり、時には莫大な損失を招いたこともあったらしいが、しまいにはきっと成功した。資産は増し、後年になると、自分で今度はゴムや紙や人絹の会社を設立し、しかも工場をとほうもなく安く売りとばしたり、新しい石炭の山を買ったりした。職業的にはいつも敵をつくり、その敵はこっぴどくやっつけた。家庭としては、つねに経済的にめぐまれていたが、戦争前まで生きていたあたしの実家の父は、久富のすることを見ていると、あまりにやり方が無計算で怖くなるといったくらいである。

こうした久富が、あたしを欲しいと思ったのだから、風見を殺すことぐらい、平気だったと言うことができる。あたしは、それとなく訊いた。雪の夜のことがあってから、数週間ののちである。

「ねえ、あなた。今まであなたに、ハッキリ訊かずにきたことがあるわ。あなた、あたしのこと、いつから好きになったの」

するとと良人は、

「うん、そいつは、少し気まりがわるいな。じつは、風見君の結婚式に、友人として招待された晩からさ。あの晩の君は、実にきれいだったな。おれは顔見ていて、ボンヤリしてしまった。世の中に、こんなにも美しい生物がいるものかと思った。それから、もう君のこと、忘れられなくなったんだ。風見君が会社へ結婚後にはじめて出た時、初夜の感想を語れといって、みんなで風見君をいじめたことがある。しかしおれは、その場を逃げだしたもんだ。聞かされたら、風見をおれは殴るかも知れんと思ってね。風見の家で同僚を招待する。が、それにもおれは行くのを避けた。君の丸髷姿《まるまげすがた》なんか見せられたら、おれ、何をするかわからんからな」

あたしは、あたしの胸に秘めた恐ろしい疑惑を、一言も良人には語らなかったから、良人は、質問の底意を気づかずに答えているのである。しかし、あたしはそれでまたわかった。良人は、久坂さんよりも、もっと根深く風見を羨しがっていたのである。

が、さて、これまでわかってきた時に、あたしとしては、どんな処置をとるのが正しかったのだろう。

波津子にはそれを訊いてみたい気がする。

ありていを言えばあたしは、何一つ変ったことをしなかった。昔風に考えたら、良人を殺しあたしも自殺する、というようなことが、世間を感心させるかも知れない。でもあたしは、そうやって世間を感心させるようにするのが、よいかわるいかという判断より先きに、それが出来なかったのだといった方が正しいと思う。

なぜそうだったのか、子供たちには恥ずかしいけれど、ハッキリ言っておこう。

あたしは、風見を愛していたけれど、久富をも愛せずにはいられなかったのだ。

風見を殺し、風見との幸福を奪った久富は憎い。でも、実際問題としては、どうしても憎むことができなくなっていた。久富は、風見とくらべて、ずいぶん性格が違っていた。従ってあたしを愛する方法も、まるっきり風見とは別なものだったが、その強さ激しさは、あたしの久富を憎むなどという感情を、一気にどこかへ吹きちらしてしまうものだったのである。一人でいる時に、あたしは、上品で精神的だった風見を思いだし、涙がとめどもなく流れてきた。心はいつも苦しくて、自分がどんなに罪の深い女だかということを考えた。そういう時に、今度こそ良人の面前に立って、良人が風見を殺したことを指摘し、せめて良人を詫《わ》びさせてから、離婚をしようかなどと考えて見ながら、あたしはまた泣き崩れた。一方には鉄也がいた。鉄也の立場はどうなるのであろう。また、波津子は父を殺され、その父を殺したものと同じ母との間に生れた鉄也と、姉弟である。絶体絶命、あたしにはこれをどう処置してよいかわからない。この家は、恐ろしい罪悪の坩堝《るつぼ》になった。しかも、そんな子供たちのことは言わないでもよい。あたしは、久富なしでは、生きていられぬ女になってしまったのだ。

苦悶に顔も蒼《あお》ざめたろうし、良人と世間話をしている時など、自分だけの考えにうち沈んで、良人にとんちんかんな返事をしたことなど、いくどかあった。

「おかしいね。お前、少し変だな」

「あらそうですか。べつに、なんでもないのよ」

「身体が弱っているのだろう。うん、おれが少し乱暴するせいかも知れん。しばらくのうち、おれ、部屋を別にしてみようよ」

「でも……」

「でも、どうしたんだい。……別にするの、いやか」

顔をのぞいて、急にあの人は、あたしを抱きしめたりした。そしてあたしも、無茶苦茶になってしまった。

考えていることを、あの人に知られるのが恐ろしく、ある時はあの人が、酒を少し飲んだ方が身体のためになると言い出したのを幸い、少しずつ酒を飲んでみたが、するとそれはあたしを大胆にした。風見のことは、忘れていても許される気がし、いつもよりはげしく良人の愛情に甘え、しかしあとでは死ぬような疲労に襲われて、そういう時は、一人きりいる部屋のうちで、風見に対する申訳のなさで、いっそこのまま死んでしまった方がよいなどと思った。

不思議なこの妻の立場。

そうして不思議なこの母の立場は、結果としてどこへ落着くのであったろう。

鉄也は成長し、波津子は、あたしの少女時代より、はるかに生き生きとした美しい少女になった。

しかも二人ともに聡明なたちで、その聡明だということが、あたしをまた新しい恐怖へ追いこんだが、それは波津子が、いつかこの母の秘密を知る時がくるのではないかと思われたからだった。あたしが溜息《ためいき》をついている時に、波津子は心配して顔を覗き、お母さま、どうなすったのと訊いたが、年とともにあたしは、そういう時の波津子の視線が怖くなった。それは、風見の、あの透徹した理知的な瞳と同じ色の瞳だった。かくしても、嘘を見抜かずにはおかぬ視線だった。もし、秘密を知ったなら、波津子はこの母をどう思うのであろう。いえ、波津子自身、破廉恥《はれんち》な母を恥ずるあまり、どんなことを仕出来《しでか》すのだろう……。

あたしの苦悶は、どこまで書いても切りがない。

誰にも明《あか》せぬ苦しみの日は長くつづいた。

そうしてそのうちに、戦争がはじまった。

その戦争中のことは誰でもが知っている通りだったが、さて戦況が極度に悪化してきた昭和二十年一月、世の中がどんな情勢になったところで、自分だけは大丈夫だといって豪語していた良人は、ある日会社の社長室にいて、爆死をとげたのであった。警報が鳴りひびき、社員はあわてて防空壕へはいったのに、あの人だけは、なアに、おれの工場なんかやられるものかといって、泰然自若《たいぜんじじゃく》窓から空をながめていたのだということを、あとであたしは人から聞いた。人々はお悔みを述べ、強情すぎたからだともいったけれど、なにかあたしはホッとしたように思った。いかにもあの人らしい死方をしたのである。それに、あの人としての罪は消えたのだ、とあたしは考えた。のこるところは、あたしだけであった。波津子にも鉄也にも、恐ろしい過去を知られぬうち、あたしがうまく死ぬことができたら、それで万事は済むような気がする。

戦況は更に更に悪化してきた。

あたしは、じっとそれを見まもった。

疎開もせず東京にとどまり、やがてあたしへの救いのくる日を待っていた。

※

八月十五日の敗戦――。

そしてそのあとの慌しい世の中の変化と混乱。混乱のうちから生れようとしている新しい秩序――。

あたしは、思いがけず家も焼けず命も無事でいたが、敗戦後の気ぬけしたような数カ月を過ごすうちに、子供たちのために、まだまだ生きていなければならぬのを知った。鉄也はまだ少年だ。波津子も結婚には早い。そうして少なくとも波津子だけは、風見のために、最も倖せな一生を送れるようにしてやらねばならない。せめてこれだけは、完全な母としての任務を果したいと思ったのである。

波津子も鉄也も、この一年有余の月日を、あたしがどんなにしてすごしてきたか、眼で見て知っているだろう。だからそれについては、ことさらに書くこともないと思う。書いておかねばならぬことは、近ごろのラジオで、尋ね人の時間というものができたことである。混乱した日本では、引揚者と戦災者とか、親と子とで、妻と良人とで、互いにまだ生きていながら、生死のほども知り合えずに、希望のない灰色の日々を送っている。あたしは、そのラジオを聴くたびに、他人のことながら胸のうちがキリキリと痛むような気がした。そうしてしかしある日の朝、思いがけぬ人の名を聴いた。

それは、北支から引揚げた久坂章二さんから、もと東京の世田谷にいた久坂文代さんへ、久坂章二さんが、いま名古屋の川田さんという人のところにいる、と知らせたものだったのである。あたしにとっては、古い深い傷を、また新しくうずき立てさせるようなこの名前は、あたしの全身を電気のような鋭さで打った。まるであたしは狼狽してしまった。そして、すぐに名古屋へ出発したのである。

訪ねあてた川田さんという人の家は、あとで聞くと、久坂さんが北支である程度の成功をし、その時久坂さんの世話になった川田さんが、戦争の初期内地へ戻ってはじめた洋服屋さんで、一度罹災はしたが、バラックの店をつくったのだという。久坂さんは、帰ってくると、そこへ身を寄せた。それから、文代さんの居所を探しているうち病気になり、もうほとんど恢復の見込みはなくなったが、その時川田さんが、ラジオの尋ね人を思い出したのだそうである。

そのラジオで、あたしがだしぬけに訪ねて行ったのは、どんなにか意外なことだったろうと思う。はじめにあたしは、文代さんと間違えられた。それから、奥へ通され、久坂さんに会った。見れば久坂さんは、げっそり痩《や》せほそって寝ていて、あたしがそこへはいるやいなや、むりに起上ろうとして蒲団《ふとん》をはねのけ、しかし、起上るだけの力がなかった。

「おお、奥さん。あなたがきて下すったのですか。ああ、有難い」

久坂さんは、寝たままで枕に頭をおしつけたが、伏せた顔を上げた時、涙が眼にたまっていた。

「文代はまだ来ません。しかし、生きていたら、奥さんと同じにして、来るということもあるでしょう。イヤ、文代が来なくとも、奥さんにお目にかかれたら、私も、半分は肩の重荷がおりた気がします。私は、機会があったら、お詫びをしなくてはならぬと思っておりました。どんなにか奥さんは、私のことを憎んでおられることでしょう。私は、罪人です。あなたの旦那さんを殺したのです。――いえ、許して貰いたいのではありません。それを言ってしまいさえすればよいのです。証拠不十分だったのは、御存じですね。しかしまた、証拠不十分でも、私こそ、その犯人だったということを、奥さんは、ちゃんと見ぬいておいででしたね。私は、卑怯にも逃げました。そうして、やっと戻ってきました……」

あたしは、驚き呆れ、うけこたえも出来ず、久坂さんの顔を見ているうちに、弱りきった声でしゃべる久坂さんの言葉が、慈雨のようにあたしの身体中にしみわたり、力を入れ張りつめていた筋肉が、クタクタとゆるむのを感じた。

「雨戸についている戸車から、私は、ボールベアリングの球を抜いたんです。前の晩に、そっとビルへ這《は》い上り、そいつをばらまいておきました。贋《にせ》のアリバイをつくっておき、夜中にビルへ這い上ったことは、誰にも知られぬように工夫しました。それに、もう一つ、これだけは警察でも全然気がつかずにいたのは、私が鏡を使ったことです。私は、風見君がビームの上を渡りかけた時、会社の二階の机にいました。多勢のものが、外へ出て、風見君の軽業《かるわざ》を見物している。しかし私は、前にもう用意しておきました。小さな鏡を、ビルの四階へ向けて、角度を合せ、合せた角度に対して窓枠にナイフで刻み目をつくり、その刻み目へ鏡をはめこみさえすれば、反射された太陽の光線が、キッチリとビームの上を歩く人の、眼の高さになるようにしておきました。誰かに気づかれてはならないと思い、前の日の金曜日の午後、その角度を合せる準備をしたときには、ずいぶんと用心をし、もし誰かが気づいて、何をしているのかと訊いたら、もうそれだけで殺人の計画は中止するつもりだったのですが、幸か不幸か、少しもそれに気づいたものはありませんでした。しかも、時間が狂うと、反射光線の位置が違ってくるから、風見君の軽業は、午後二時少し前にやらせるよう、私はいろいろと工夫をし、じつはこれもほとんど怪しまれずにすんだことですが、あの日私は風見君に、オイ君、今日は電話があったよ、午後一時半ころに、名前はよくわからなかったがお客様がくるらしいぜ。一時半まで待っていてくれ、そうしてそれまでに行かなかったら、都合で行けなくなったのだと思ってくれ、なんでも老人らしい声だったが、さっき君が机を離れた時にそういう電話があり、代りに僕が聞いといたんだよ、そんな風にいっといたのです。うまく行くかどうか不安だったが、万事はあまりにも好都合に進みました。二時に奥さんが見えるという約束だったのは、あとで私もはじめて知ったことですが、風見君は、それ前に軽業をやってしまう気になったのでしょう。一時半になっても客は来ない。そこで、ビルへのぼって行きました。私の方は、一瞬間だけ鏡を使うつもりで、手のひらのうちへ鏡をかくし、風見君の姿がビームの上へ現れ、柱から両手をはなしたとたん、鏡を、窓枠の刻み目へはめこんで、手のひらをパッとどけたので、光線はまっすぐに風見君の顔を照らし、眼がクラクラとしたものに違いありません。イヤ、もしかしたら、光線は眼にあたらなかったかも知れませんが、反射光のため、風見君がハッと思ったことは事実です。なぜなら、風見君は、反射光を発しているこちらの窓をチラリと見ました。そうして、あたしが鏡でいたずらしているのを認めたのでしょう。のちに、鉄板へ、私の頭文字を書き残しました。私は、実に恐ろしいと思い、あとで冷汗が出たくらいです。何か言いたそうにしたそうですね。言えたら、もちろん、私の名前をハッキリ告げたことでしょう。風見君の代りに、奥さんが、鉄板の上の字を、すぐ私の頭文字だといって指摘されたそうですが……」

時々息を休ませながら、でも詳しく久坂さんは話して聞かせた。

すべて、思いあたることばかりだった。あたしは、罪人の告白を聞くというような気持でなく、いいえ、それどころか、何か甘美な物語でも聞くような気持で、じっと耳を傾けていた。

長い年月を経ているので、殺人罪でも、もう時効になっているかも知れない。それに、久坂さんは病人だった。あたしは、やがて暇《いとま》を告げ東京へ戻った。いそいですることが二つあると思ったのである。その一つは、文代さんを探しだすことだったが、これは思ったよりうまく行った。文代さんへの仕送りは、あの雪の夜のことがあって以来――というより、あたしが久富を犯人だと思うようになって以来、あたしの手でつづけられ、空襲がはげしくなるまで絶やさずにきた。それで文代さんが、もう世田谷にいないことは知っていたし、本気になってしらべると、区役所や町会の力をかりて、間もなく居所がわかったのである。

文代さんは、急いで名古屋へかけつけた。

そうしてあたしは、Hビルの二階へ十九年ぶりで行ってみた。

そこは罹災を免れている。あの問題の鉄骨を使ったビルディングも、いまはKビルとよばれて、六階建の堂々たる威容を示している。但し、Hビルの二階にあった会社は変っていて、ある雑誌の編集室になっていたが、あたしは、わけを話して中へ入れてもらい、やや不確かながら、風見や久坂さんの机があったあたりに見当をつけ、さてそこの窓枠をしらべてみた。

見当は違っていて、はじめはなかなか見つからず、でも、次の室との仕切りがある窓のところで、ついに発見したのは、久坂さんがナイフでつくったという刻み目のあとだった。それは、ペンキが剝げおちたため、腐りかけていた。けれども、明かに何か小さなものを、少し斜めに上へ向けてさしこむように、窓枠の隅のところを刻みこんだものだったのである。

光線の角度を測り、鏡の位置を固定したという証拠が、歴然としてここにある。

久坂さんの告白は、全部そのまま信じていい。

あたしは、嬉しくて、真向いのKビルの四階のあたりを見上げながら、人目がなかったら、その場で、子供のように声をあげて泣き出したかった。

何もかもこれでよかったのである。久富は犯人ではなかった。怪しいと思われたことは、すべて偶然ばかりだった。文代さんへの仕送りも、真実気の毒だと思ってやったことで、ただあたしが文代さんを憎んでいるかも知れぬと思い、それであたしにかくしていたまでのことなのである。ああ、しかも、あたしの最初の考えは正しかった。やはり風見を殺したのは久坂さんだったのである。

あたしの躍《おど》りだしたいほどのこの喜びを、子供たちも同じ彼等の喜びとしてくれることを母は信じる。

かえりみれば母の苦悶は、まったく無駄なものであったけれど、母はそれだけに生きぬいてきた嬉しさが大きい。波津子は、よい素質を父からうけた。鉄也も父に似て男らしく、行く末が頼もしい。そして二人ともに安心しておくれ。お母さんは、決して気が狂ったんじゃないのだからね。

危険なる姉妹

一

オヤ、私にですか。

お気に入るお酌もできないのに、すみませんこと。そのうちには、お約束したとおり、雪ちゃん静ちゃんの姉妹もくることでしょうし、まアしばらくのうち私でがまんしておいて下さいまし。ええ、そりゃあ、私だって、たまには酔ってみたいような気にもなるんですけれど、なにしろこう薄ぎたなく世帯やつれしてたんじゃ、相手をしてくれる人がありませんからね。さア、御返盃！　お酒だけは、少し吟味してあるつもりですけれど、お口に合いますかどうですか。

……あら、御無理！　そんなには私、いける口じゃありませんもの。さア、もうお一つかさねて召し上れ。旦那のような方だったら、喜んで介抱したがるひとが、そこいらにいくらでもおりますわ。私はだめですってば！　第一、私なんて、ちょっぴり酔いがまわったとなったら、とても始末の悪い癖を出してしまうんですから。

私の悪い癖っての、いいえまさか、安達ケ原の鬼婆もどきで、人をとって喰うなんてのじゃありませんけれど、ひょっとしたら旦那を、口説いてしまうぐらい、やりかねませんよ。私になんて口説かれたら、それこそ怖くなって寒気がして、マラリヤでやられたみたいに、ガチガチふるえ出すことでしょうね……アラ、イヤだ。お世辞おっしゃってもだめですよ。まだ若くて美しく見えるなんて、とんでもないことですわ。これでもう、旦那のお姉さんだといってもおかしくない年になっているんですもの。昔は昔、今は今というじゃありませんか。それはもう昔の私だったら、旦那みたいな方、だまってほっときゃしませんけど、今の私じゃ自分の値打ちを、ちゃあんと知っているんですわ。粉屋のでっち小僧みたいに、お白粉《しろい》ぬって年をかくしていても、やっぱり若いということには、とてもかなわないと思っています。そういえば、お雪ちゃんとお静ちゃん、何を手間取っているんでしょうかねえ。早く来てくれればいいのにぐずぐずしているから、なんだか旦那に嘘いっているみたいになって困っちゃいますわ。いいえ、きっとその二人をお目にかけますよ。お雪ちゃんが姉さんでお静ちゃんが妹、二人とも、とてもべっぴんで色っぽくて、男が見たら誰でもトロリとさせられてしまう。……オヤ、そうでしたか、そのことはもう汽車ん中でお話をしてしまったんでしたかねえ。

汽車といえば、あんなに空いている汽車、この何年にも、私は乗ってみたことがありませんでしたよ。それに、あの急行だけかも知れないけれど、ラジオがついているのには感心しましたわ。お弁当も、御飯がついていないだけのことで、シウマイだの蒲焼《かばやき》だのオムレツだの、好きなものを買えるようになりましたし、もうじきに、マッチにタバコ、ビールに正宗《まさむね》……ていう駅売りを聞くことができるようになるんじゃないでしょうか。空いてるのは、もっとも、汽車賃がとても高くなってしまったせいもあるでしょうけれど、あんな風に楽に旅行してきてみると、どうやらこれで世の中もいくらかずつはよくなって行くんじゃないかと思ってしまいますわ。いろんな点で、ひどい戦争のあとだから、泣いたり悲しんだりしていらっしゃる方がたくさんある。そりゃ私たち――ではない、私だって、裏にまわってみれば、人様には知られぬ苦しいことが、山のようにたまっているんですけれど、でも、でーんと腹の底の覚悟をきめてしまって、さアもうぜったいぜつめいギリギリのどたん場という時になったら、かまやしない、命ごと軀《からだ》ごと賭けてやるのだと思いこんでいると、窮《きゅう》すれば通ずの諺《ことわざ》で、なんとか新しい道のひらけることもあるのですし、世間へのおていさいだの、よくよく考えてみるとそういうものは、半分以上は無駄なもので、ふり捨てられるだけ自分の身からふり捨てるのがいいとわかってくるから、気持がすうっとして楽になって、それだけでも大きな息を、のびのびと吸ったり吐いたりできるようになりますわ。

あらッ、すっかりとお酌を忘れてしまっていて……。

ごめんなさい。じきにばあやが、おかんの熱いのを持ってくるでしょうから……。おビールよろしければ、おビールにしましょうか。こんな田舎の町の小さな宿屋でもビールぐらい用意してありますわよ。用心していて下さいまし。私、汽車ん中で、旦那がこちらへははじめての御商用だと伺って、どうでもこの私の家へつれてきて、酔いつぶれさせてしまおうって決心したんですから。いいえ、ほんとうですの。つい半年ほど前にはじめたばかりで、それにこんな手ぜまな家でしょう。前の川からは河鹿《かじか》の鳴くのが聞えてくるし、ほら、かっこう鳥の声がしてますわ。静かなだけが取柄ですから、おなじみのお客さんてものも、まるでまだついていないんですよ。ほんの素人屋を少し建て直しただけのことですけれど、旦那のお気に入りましたら、またちょいちょいとお越しになって下さいませよ。古くて小さくて不便な代りに、サーヴィスは一しょけんめいでやりますわ。お約束のお雪ちゃんやお静ちゃんも、私なればこそ呼んでくることができるんですよ。なにしろ昔は、れっきとした大商人のお嬢さん育ち。教育も英語やフランス語の本が読めるっていうんですからね。ぜったいにふつうの芸妓なんかとは、寸法が違ってできたひとたちですよ。

オヤオヤ、蚊がひどいこと。

ばあやも何をしているのか知ら。

お待ちになって下さいましね。いま私が下へ行って蚊やりとお酒を持ってまいりますわ。それから、お雪ちゃんたちの事、もう少し詳しくお話をしておきましょうよ。あの姉妹のこと、よくわかってしまってからお会いになったほうが、旦那もきっとよけい興味がお湧きになりますわ。

二

お雪ちゃんとお静ちゃんとのことは、そうですわね。まだ戦争なんか起らなかった時分、お父さまの鹿島丈太郎さまがまだ御存命で、お母さまの方はもうお亡くなりになっていましたけれど、そのお父さまがお雪ちゃん姉妹をとてもとても、可愛がっていて、商用での御旅行にも、しょっちゅう二人をお連れになっていらしたんですが、ええと、岐阜へ行って鵜飼《うかい》見物をなすった、あの時のことからでもお話をはじめましょうか知ら。

鵜飼をごらんになったことありまして？

長良《ながら》川という川は、とても美しい、みやびやかな川ですわね。金華山という山があって、その山のてっぺんに稲葉城というお城がありましたけれど、お城は乞食かなんか焚火をしたそそう火で焼けてしまったと聞いていますわ。川はその金華山の麓《ふもと》をゆるくうねって長良橋のとこへ出てきますが、その橋のたもとにあるお料理屋さんだの舟宿だのが鵜飼の時刻が近づく夕方になると、二階のお座敷いっぱいに灯を入れて、それが御存知の岐阜提燈ですわ。川の水は、大雨が降った時など、近くにある木曾川がまっ赤に濁っても、この川だけはめったに濁ることがなく、なにかお酒でも入っているんじゃないかと思うような、こくのある青い澄んだ色をしてゆったり流れているのですが、それにその岐阜提燈の火が映る美しさったらないですのよ。

お雪ちゃんお静ちゃんは、その舟宿の前につないであった屋形舟へ、お父さまといっしょに乗りこみました。むろん貸し切りの舟で、お客はみんなで十二三人、鹿島商会と取引きのある土地の商人や、お料理持込みの舟ですから、お酌をするための土地の芸妓が三人ほど。それから言いおとしてならないことは、鹿島家の遠い親戚が名古屋にあって、その親戚から、いっしょに鵜飼をというので連れてきてやった義っちゃんという男の子がいたことでしょう。義っちゃんは、名古屋の中学の一年生で、とても成績のいい子だったそうですが、気性がたいそう強くって負けぎらいで、学校でやる陸上競技などでも、自分の体力がとても及ばないのに仲間に入って、息が切れてぶっ倒れるまで、やってやってやりぬくたちだったそうですわ。お雪ちゃんお静ちゃんは十五歳に十三歳。義っちゃんと似かよったかの年ばえで、でも義っちゃんとは、つうんとはなれた顔をして舟に乗っていました。親戚の子ではあっても、身分が違うってこと知ってたんですの。義っちゃんにはろくに口も利いてやらないような始末でした。

その日その日の月の出ぐあいで、鵜飼のはじまる時刻も場所も違うんですけど、その晩は長良橋から六七町ほど川上へ舟を持って行って、そこで鵜飼の下ってくるのを待つことになっておりました。

舟一艘にお船頭さんが五人ほど。棹《さお》と岸辺づたいの引綱とで、舟がおきまりの場所まで行ってみると、もう先着の屋形舟が何艘かそこについていて、今も昔と同じにやっていることでしょう、この屋形舟の中では、鵜飼のくるのを待つ間、飲んだり踊ったり唄ったりお酒盛りがはじまります。面白いことには、舟が浅瀬について錨《いかり》でとめてありますから、ジャブジャブ水の中を渡って歩いて、新内の流しや声色《こわいろ》屋さんが、舟ばたのところへやって来たり、花火屋さんが小舟を漕ぎよせたりしますので、子供でもちっとも退屈しません。雪ちゃんと静ちゃんとは、とくにお父さまのお好みで、トランクの底に入れてきた振袖の長い着物に胸高の帯、キチンと白い足袋をはいて、舟のみよしに近いところへ、肩をならべて坐って線香花火などパチパチやっておりましたが、その美しさというものは、京の祇園《ぎおん》から舞妓はんを呼んできて坐らせても、とてもこれほどにはいくまいといって、お客さんのお酌をしながら芸妓たちが、眼を細めて見とれてしまったくらいですの。その時ちょっとおかしかったのは、舟のともの方の手すりのところに、さっき申しておいた中学生一年坊主の義っちゃんが、ちょこなんと一人はなれてかけていたのでしたが、その義っちゃんの視線は、まるで吸いよせられでもしたかのように、みよしにいる雪ちゃん静ちゃんの方にばかり向けられていましたから、たまに誰かが言葉をかけても、返事をするのは上の空、とんちんかんなことを答えますし、その顔つきも眼の色も、何か一心に思いつめているとでもいった風で、それに気のついた芸妓の一人が、ああ坊やは、あの東京から来たお嬢さんに惚れているのだわね、といってからかうと、見る見る顔をまっ赤にし、バカ、何いってるんだ、違うよ違うよ。ぼくは、あの女の子たち、大嫌いだ。といって、すっかりと機嫌が悪くなったことでしたが、さてそれからのちしばらくすると、川の上手の方の空に、ボーッと紅をうすく溶いたような赤味がさし、誰かが、さア来たぞ、来たぞ、といってどなりました。

六人の鵜飼の乗りこんだ六艘の舟が、それぞれ十二羽の鵜を使いながら、かがり火を焚いて流れを下ってくるのです。

鵜舟が来たとなると、屋形舟の船頭さんたちも、サッと緊張した顔つきになって、錨を上げ、かいがいしく棹をにぎって、舟を川の中心の深いところへ漕ぎ出しますし、そのうちにもう鵜舟のかがり火のはぜる音が間近に聞え、と思ううち古風な装いをした鵜匠の姿まで見えるようになります。そうして屋形舟と鵜舟とは、並んで川を漕ぎ下りながら、その間にかがり火の下へ集まる鮎を鵜が啣《くわ》えあげては咽喉《のど》の奥へ嚥《の》みこむ、それを屋形舟の客が見物するというわけですの。

お謡《うた》いの鵜飼では、その時の面白さを、罪もむくいも後の世も忘れはてて面白やと、謡っておりましたわね。まア、旦那もお謡いをおやりになる？　いえ、私は、ほんの少し聞きかじりにおぼえただけで、だめなんですよ。……あ、ばあや、なんだねえ、そんなとこで顔隠して、もじもじしていなくってもいいじゃないか、おかんをもっと熱くしてどんどん持ってきてちょうだいよ。ついでに旦那に、おしぼりを固くしぼって持って来て。それから、そうだわ。御苦労さまだけれどね、お雪ちゃんたちのとこ……いいえ、いいえ、わかってるじゃないの。何いってるのさ。みんなあたしが心得ているのだから、だいじょぶよ。よけいな心配しないでいいから、あんたは一走り、お雪ちゃんたちのとこ、行って来てちょうだい。お客様がお待ちかねで、それに、とてもりっぱなお客様だから、そんなに気をもませないで早く来てくれるようにってね。いいでしょ？　わかったわね。

――ほんとにあのばあやったら、甘い顔こっちでしていると、すぐ骨惜しみするから困りもんですけど、でも、ほんとうは人の好いもので、ほかに世話の見手はなし、行くところもべつにないというわけですからね。ええと、お話は、どこまで致したんだったでしょうか。さア、お一つ。旦那はずいぶん、おつよくていらっしゃること。

鵜舟と屋形舟とが、鵜を使いながら、せり合いの形で川を下る時になると、なにしろ、川幅いっぱい、その十数艘の舟がならんでしまって、流れが相当に強いものですから、悪くすれば舟と舟とがぶつかり合うし、でなくても、屋形舟のお客さんには、鵜使いがよく見えるようにしなくちゃなりませんから、船頭さんたちはいっしょけんめい、向うの舟とこっちの舟とで、何か大声にわめき合いながら、はげしく棹をあやつっていますし、お客さんは夢中になって舟ばたから身を乗りだし、鵜匠のあざやかな綱さばき、咥え上げられてピチピチはねてる鮎、かがり火で赤く照りはえる水面の鵜などを眺めています。

ふいに、あらッ！　といったのはお雪ちゃんで、お雪ちゃんは、帯にはさんでいたお扇子が、ぬけ出していたのに気がつかず、そのお扇子がポトリと川の中へ落ちてしまったのですわ。

小さな可愛らしい、菊の花がいっぱい猫いてあるお扇子でしたが、骨が象牙で、それに金銀の飾りがついていて、お雪ちゃんがとてもたいせつにしていたものです。

折りたたんだままの、ふつうよりはだいぶ重みのあるお扇子。

お扇子は、水の中を白くキラリと光って横に流れて、それからすぐに川の底へ沈んで行ってしまいました。

鵜舟に気をとられていて、大人たちは誰もそれを知りませんでしたが、お雪ちゃんが、あら困ったわと思ってふりむくと、いつの間にそこへ来ていたのか、れいの義っちゃんが、お雪ちゃんの肩のうしろに、胸をすり合せるほどの近さで立っているのでした。

お雪ちゃんが泣きだしそうな顔をしているのに、義っちゃんの瞳は、燃えるように輝いておりました。

「何かおとしたね」

「ええ、お扇子よ。困ったわ」

「だいじなものなんだね。うん、よし。ぼく、とってきてやる！」

そうして義っちゃんは、引き止める間もありません。それでも学校の帽子だけぬいでそこへ投げつけるようにしましたけれど、詰襟《つめえり》に半ズボンのまま、みよしの手すりをふみこえて、どぶーんと水の中へとびこんでしまいました。

あとで聞くと、水泳がけっしてへたじゃなく、クロールなんかおとくいなくらいだったそうですから、自分じゃ、なに、わけはない、すぐに扇子をひろって来るつもりだったのでしょう。

義っちゃんがとびこんだあとで、お雪ちゃんが、それからいっしょにお静ちゃんも大声をあげて騒ぎ出し、舟をとめてくれといったんですけれど、舟は、あとからあとからと漕ぎ下ってきて、ぶつかったらたいへん、怪我人ができるかも知れないし、舟がひっくりかえることだってないじゃありません。それにそのあたりは、流れが渦巻いているとか、とくにはげしいとかいうのではなく、土地の子供たちの泳ぎ場所もじきと近くにあるくらいですから、船頭さんたちにしてみれば、なに子供がとびこんだくらいで、そう騒ぎ立てることもあるまいと、たかをくくってもいたのでしょう。舟は、そのまま、漕ぎ下ってしまいました。そしてしかし、いちばんおしまいに、鵜舟のからみというものがあることになっていて、そのからみの場所の少し手前で、お雪ちゃんたちの舟だけが、ようやくほかの舟の間をぬけて、岸の土手の下へつくことができました。それから船頭さんが二人、岸伝いに川を上って行きました。

お扇子をおとした場所は、金華山の麓の道のそばまで川がうねりよったところに、田へ水を引くための水門があって、それより少し下手だったとわかっていましたから、むろん、そこまで行ってみれば、お扇子はむろん拾えまいけれど、義っちゃんがもう川からあがって、濡れた服のまま、そこらにいることだろうと考えたからです。

ところが、だめだったのですよ。

船頭さんは、ずいぶん舟のお客さんたちを待たせたあとで、一人だけ帰ってきました。どうもわからない。暗いせいもあるが、義っちゃんの姿がどこにも見つからないということで、さアそれから騒ぎは大きくなり、お雪ちゃんたちのお父さまをはじめ、みんなして、岐阜提燈や手《て》提《さげ》電燈をもって川岸をさがし廻り、また小舟を三艘も出したり、しまいに鵜舟のかがり火を借りるというようになったのですけれど、夜っぴてそんなことをしたあげく、けっきょくはその夜の明け方になって、それもお雪ちゃんたちの舟をとめたじきそばに、崩れた蛇籠《じゃかご》の根もとが残っていて、その根もとへ義っちゃんの死体が、抱きつくようにして引っかかっているのを見つけたというわけですの。

肌が冷たくなり、脈もすっかりこと切れてしまっていた義っちゃんの顔は、おでこに深い傷がついていました。

舟ばたから、ダイヴィングの姿勢で、とびこんだものだから、思いのほか浅かった川底の石でゴツンとおでこをぶったんですわね。それっきり、気を失ったのでしょう。そして、船頭さんが岸伝いに水門まで引返して行った頃には、もう川底を流れ下って、蛇籠の根もとへ引っかかっていたのかも知れません。それと気がついたら助け上げて人工呼吸でもして、死なせずにすんだところでしょうに、お扇子をおとした近所ばかり探していたので、助かるはずのものを助からなくしてしまったことになりますわ。

お雪ちゃんは、いっしょにお静ちゃんも、お父さまのお申付けで、無理に宿へ帰らせられ、でも気になって眠られずに、夜が明けるのを待ちかねて川べりまでやってきた時、義っちゃんの死体があげられ、それでも念のためにというので、藁《わら》火を焚いて身体をあたためたり、人工呼吸などしているところを眺め、ワーッと声を立てて泣き出しました。

お扇子をとってくれといったのじゃありません。

義っちゃんが自分で勝手にそう言い出したことだったのですけれど、全責任が自分にあるような気がするから、どうしたらよいのかわからない。泣いて泣いて、泣き死にたいほどに思うのです。

お父さまが、向うで見つけて駈けてきて、なんだ、こんなとこへ、この子をよこしちゃいけないじゃないか、といって腹を立ててどなりましたけれど、抱きあげるようにしながら帰そうとすると、お雪ちゃんは、お父さまの腕をはげしくいやいやをしてふり放し、土手の草の上へペタリと坐って、まだゲクゲクと泣きつづけています。

その時、よせばよいのに、屋形舟でもいっしょにいた鹿島商会の番頭さん——これは、中年の頭の禿げたいやらしい男で、でも鹿島商会にとってはたいへん腕利きな、なくてはならぬ番頭さんのようでしたが、その番頭さんが、お雪ちゃんのお父さまに向って、

「しかし、子供でも一心てものは怖いですね。この死んだ子は、船の中で芸妓にからかわれていましたけれど、お嬢さんのこととても好きだったらしいですよ。だから、扇子をとってやる

つもりになったんでしょう。死んでからも、お嬢さんのそばをはなれません。こっちは燈台下《もと》暗しで川上の方ばかり探していたが、当人はちゃんと舟に喰っついてきて、舟のそばの蛇籠の根もとへ引っかかっていたっていうんですからねえ」

本気でか冗談でかそんなことを言ったものですから、泣きながらそれを聞いていたお雪ちゃんの顔は、さあッと青くなってしまいました。そうして、眼を上げて番頭さんに、何か不服を言いたそうにしながら、でも唇をきっとかみしめたまま、一言も口をきくことができませんでした。

番頭さんの言ったことは、これじゃまるで因果ばなしか怪談みたいなもので、まだ小娘のお雪ちゃんやお静ちゃんの将来を考えてみると、ここでこんな因果ばなしをつくりあげてしまったということは、可哀そうだとお思いになりません?

しかもそれが、その時かぎりのことじゃなかったんでございますもの。

それは、だんだんにお話をして行けば、よくわかっていただけることですけれどね。……あら、ウッカリしていて、お銚子《ちょうし》がもう空《から》になっておりましたわ。およろしいじゃありませんか、もう一本召し上れな、ばあやはいないし、私行ってつけてきましょう。ついでに?……ハイハイ、わかりました。塩気のものでお口に合いそうなものっていうと、そうだ、雲丹《うに》がとってありましたから、それを召し上っていただこうか知ら……。

三

鵜飼のことがあった頃、姉さんのお雪ちゃんは高輪《たかなわ》のMという女学校へ通っていました。つづいて妹のお静ちゃんはS学院の女学部へ入学しましたが、どちらもその学校では評判の美しさで、それにお父さまの丈太郎さまが、娘可愛さで、二人にはどんな望みでも叶《かな》えさしてやろうというようなお気持でしたから、一時のうちこの姉妹は、たいへん倖せな月日を送りました。

いいえ、鵜飼の話は、あれでもうおしまいです。子供の頃に、そんなことがあったと覚えていて下さればよいのですわ。これからお話は、雪ちゃん静ちゃんが、もう子供じゃなく、もっともっと美しさを増し女らしくなり、それといっしょに世間のことも、いろいろと知らねばならなくなってからのことに移るのですよ。

二人とも、音楽や茶の湯のお稽古をし、それから家庭教師が来て英語とフランス語を習いましたし、ことに妹のお静ちゃんは絵が好きで、洋画の青木東作という人について、油絵を習いはじめたのでした。

この青木東作という先生のことでは、何か旦那は御存じじゃありません？

釣竿師の東作なら知っているって……イヤですわ。違いますわ。画壇でも相当に認められた方ですから、御存じじゃないかと思ったんですよ。……いいえ、よろしいんですの。御存じがなければないで結構ですけど、それだったら青木先生のことも申上げておいた方がよいでしょうねえ。

かいつまんで、荒筋だけを申しますが、青木先生はもう相当の御年配で、でもフランスへはいくどもお出かけになったことがあり、私に絵はわかりませんが、絵の具の使い方に変ったところがあって、印象派とかなんとかいう絵では、日本よりもかえってフランスで評判がよかったのだと聞いています。

ところがこの方は、お静ちゃんがお弟子になって、一週間に二度ずつ、アトリエへ通いはじめてから八カ月目、秋の展覧会へ出品なすった「日向葵《ひまわり》の下の女」という絵がいつもに似ず不評判で、というのが、その絵はまるで小学校の生徒が描いたように稚拙なもので、ことに色の配合がまるでペンキ屋の絵のように俗悪だということが言われたのですが、するとその展覧会が終ったとたん、先生は自殺なすってしまいました。そしてそのことが、お静ちゃんにとっては、まことにめいわくな噂を立てられるもとになったのですわ。

先生は、秋の高原の紅葉を写生に行くのだが、いっしょに行かないかといってお静ちゃんを誘い、お静ちゃんも喜んでそれに同行するつもりだったのですけれど、先生は、約束の日より二日ほど前に出発してしまい、そうして紅葉に包まれたあの山の中で、木と木との間へハンモックをつり、そのハンモックの上で毒薬をおのみになったのです。お静ちゃんは何も知りませんでした。先生が何かの都合で先きにお出かけになったのだと思い、でも、行先はその高原のHという谷間の温泉だとわかっていましたから、二日おくれてから町へ行ったのですけれど、するとその時がちょうど先生の死体が発見された直後で、しかも悪いことには先生の遺書というものがただの一通きり、お静ちゃんにあてられたものがあっただけで、スケッチブックへ写生用の軟かい鉛筆で、ぐいぐいと走り書きにしてありましたが、その一部がのちに新聞にも載せられてしまったのです。

遺書の全文を、私はいくどかお静ちゃんから聞いておぼえちゃいました。それは、詩のような歌のような、へんてこりんなものですの。

不思議な生物だ君という女は
君がいると空気は香ぐわしくなり
風が喜びの声を立てて木の枝をゆする
君が私の前に現われて以来
私が描き出すいかなる美も
君の美しさには及ばぬのを知った
私はパレットを持ちキャンバスに向い
ひたすらに君を想いつつ
ぶきっちょな日向葵の花のように
恥かしくなって首をかしげ
そうして死ぬことを考えるのだ
君は腕の未熟な芸術家のために

幸福な死神をつれてきてくれた
美しい君の肩ごしに
死神が手をのばして道を教えてくれる
ではさようなら美しいお嬢さん

というのです。

これでみると先生は、お静ちゃんを想っていて失恋し、それから絵の方も行き詰りになって自殺をなすったのだろうということが、一おうわかるにはわかるのですが、お静ちゃんは先生のそんなお気持など、まるっきり気がつかずにいたのですし、もちろん責任は誰にもあるわけのものでないけれども、困ったのは、遺書のうちのおしまいにある文句でした。

死神をつれてくるなんて、誰でも言われたら、いやがりますわね。

お静ちゃんの言うところだと、先生はたいへん正直な気の小さな方で、だからべつに悪意があってのことじゃなかったろうというのですが、それでもこちらが迷惑なのは同じことです。

意地悪く地方新聞では『死神をつれてくる令嬢』という見出しで、この事件を大げさに書き立て、おまけにお静ちゃんと青木先生との間には、もしかしたら軀《からだ》の關係もあったのじゃないかということを思わせるような記事まで書きました。それで世間へもパッとそのことは知られてしまうし、お静ちゃんが泣いたり怒ったりしてもどうにもならず、でもどうやらそれからは日がたって、青木先生とのことも、大分噂が薄らいだと思う頃、同じ年のうちに、また一つ悪いことが重なって来てしまいました。

お父さまの丈太郎さまが、旅行先きの急病でお亡くなりになったのです。

肺炎だということでしたが、お雪ちゃんお静ちゃんの姉妹が、驚いて汽車でかけつけた時にはもう息をお引取りになったあとで、遺言さえもろくにない始末。しばらくのうち姉妹は、ポカンと気のぬけたようになってしまいました。その上に、あとで調べてみると、鹿島商会の屋台骨というものは、丈太郎さまが生きていたればこそもちこたえてはいたものの、実は事業上の失敗が重なっていて、もうがらがらに崩れかけていたことがわかったものですから、これまで甘えほうだいの、したいざんまいでいた二人の娘は、木から落ちた猿も同然、これからをどうして生きて行ったらいいのか、途方にくれるといった有様でした。

お葬式と財産整理と、それから鹿島商会の解散——。

ここんとこは、あまりくわしく話すとたいくつするから、できるだけかんたんにしときましょうね。

お雪ちゃんとお静ちゃんとは、すっかりと整理がすんでみたら、身のまわりのものわずかばかりが残っただけで、家屋敷なんか、もちろん人手に渡すことになってしまったんですもの。

もっとも、丈太郎さまの全盛時代、恩をうけた株屋さんがあって、その株屋さんがお嬢さまたちを困らせちゃ申訳がないと言い出したものだから、ひとまず株屋さんの家で二人の世話を見るということにはなったのですけれど、行ってみると、そこの家の一人息子が、実は大へんな息子でした。

少し頭が足りなくて、中学を途中で退学したままブラブラしている。お雪ちゃんたちより年は下で、でもニキビだらけの顔をしていて、これがもう夢中になって、お雪ちゃんたちのあとを追いまわすのです。

行くともう最初の日に、お静ちゃんの靴下が片一方盗まれ、二日ほどのちに、おせんたくでとっといたお雪ちゃんの肌のものが、また一枚盗まれました。バカ息子が、それを自分の部屋へ持って行って、指先きにしみがある靴下や、うつり香がする肌のものを、ペチャペチャとなめて楽しんでいるのです。それも、まだそれくらいのうちはがまんができましたが、だんだんバカ息子は図々しくなって、姉妹以外に誰も人がいないところだと、どんなことをするかわからなくて、二人は自分たちの寝る部屋へ、内側から戸じまりしたり、びろうなお話ですけれど、おしもへ行く時だって、とても気をつけていなくちゃならないほどになってしまいました。

やりきれないから、二人は、とうとうそこを逃げ出しました。

そして今度は、丈太郎さまの弟……つまり二人から言うと叔父さまが、あるお役所の局長さんで、かなりよい暮しをしてましたから、そこへ行ったのですけれど、その時もう、親戚や知合いの間では、あの雪子静子の姉妹についてはろくなことが起らない、あれは死神をつれてくる女だと言われたくらいだ、姉の方だって、子供の頃に岐阜の鵜飼で、親戚の男の子を一人死なせている、鹿島商会の没落、父親の急死、それもこれも、縁起のわるいことだらけだ、まアまア、近づけない方がいいだろう、というようなことを、誰いうとなくいいだしていましたから、さア叔父さまの局長さんのところでも、やはりそれを気にしないというわけには行きません。

二人は、ある晩、叔父さま夫婦が、そのことではげしく言い争っているのを聞きました。むろん、叔母さまの方がごへいかつぎで、姉妹を家におきたくないというのです。けっきょく、二人はそこにも居たたまれなくなってしまいました。

え?……

二人は、美しいんだから、どこかへお嫁に行ったらよかったんじゃないかって?……

ええ、そりゃそう。旦那のおっしゃるとおりですわ。

ところが、それがそう思うようなぐあいに行かなかったというのは、ほんとはお嫁にほしいといってきたところもかなりあって、でも、話が少し進みかけると、誰の口からともなく、死神の話や鵜飼の話が出てきてしまうのです。見合いがすんで、先方はぞっこん気に入って、結《ゆい》納《のう》のとりかわせまで行ってから、急に破談になったのが、お雪ちゃんは一度、お静ちゃんに二度もありますわ。

バカらしい話で、嘘みたいな気がしますけれど、こういうことは理窟じゃなくて、気持の上の問題だから、どうもしかたがありませんわね。

……オヤ、足音がしたようですね。

お雪ちゃんたちが来たんじゃないか知ら。

ちょっと、私、見てきますわ。

話の途中ですけど、しつれい……。

四

……だめでしたのよ。

あの気の利かないばあやが一人きりで帰ってきましたわ。

いいえ、来るには来るっていってるんだそうですが、何か珍らしく手のはなせないことがあるから、もう少し、待っていてちょうだいって言ってるんです。私だったら、四の五の言わせず、腕をねじあげてでも、つれて来ちゃうんですけれどね。ええ一人だけじゃだめ。姉妹二人いっしょでないと来ませんわ。二人して世の中を苦しめられてきたから、とても仲がよく、いつだって二人いっしょなんですのよ。

……まアまア、しんぼうして下さいな。その代りに、とっておきのウィスキイ、持ってきました。ジョニオカの黒ですよ。こんなの、今時、どこへ行ったってありません。はばかりながら、この田舎の町の私の家にだけあるんですから、さア、お一つ……。

ええと、ところでお話は——そうそう、姉妹二人が親戚にも見放され結婚もできず、当惑してしまった、というところまででしたわね。こんな場合に、旦那だったらどうなさる？

え？　パン助になるのがいちばん手っとり早いって……。

あらあら、いくらなんでもパン助じゃ、少し可哀そうですわよ。まさか、その時分で、まだパン助というものができる前でしたし、それになるわけにも行きませんが、でも、中《あた》らずといえども遠からず、旦那は相当なところをおっしゃってますわ。実は二人は、それから間もなくして芸妓になったんですの。姉妹二人のうち、妹のお静ちゃんが、名前はお静ちゃんなんていって古臭いのに、しんになかなか勝気なところのある娘でした。あたりまえだったらこんな時に、女としては教育もあり、学校の先生の口を探すとか新聞社や会社へ勤めるとか、もっと遠い将来まで考えて、女のお医者さんになる勉強でもはじめるとかするのが、まアよかったのかも知れませんけれど、お静ちゃんの考えは別でした。どうもバカらしいことばかりだ。あたしは腹が立つ、これであたしたちが、まじめに自活の道を立てたところで、まっとうな結婚なんてできそうもなし、またそんなことはもうごめんだ。それに、そんな風だったらあたしたちは、一生涯をオールドミスで終ることになるだろうし、エイ、ひとつ、思い切った生き方をしてやろう、やけッぱちだって言われるだろうが、それも平ちゃらだ。親戚中の人がびっくりするように、そうだ、芸妓になっちゃおう……というんでした。お雪ちゃんが、これはおとなしいから反対し、でもお静ちゃんは、強引にお雪ちゃんを説きすすめ、けっきょく思ったとおりのことをしてしまったわけですの。

二人が、芸妓でおひろめをしたのは新吉水という家からでした。

そして、なにしろ、美しくて上品で教育があって、しかも正真正銘のおぼこ娘。そこへもっていって、身分や経歴なんか、どうにでもごまかしのきく世界ですから、二人は、ある大政治家の落しだねだというふれこみでしたから、そのおひろめがすむと、土地ではたちまち一流の人気ものになってしまいました。

お静ちゃんの狙いは、図星だったわけです。

二人は、今までのきゅうくつな世間をはなれてみて、急に倖せになったような気がしました。言い忘れていましたけれど、それはもう戦争がはじまってからのこと、ああ、そうだ、日本がもう敗けるときまってしまった頃だったということにしときましょう。時期を、そう勝手にきめるなんて、少しおかしいけれど、ちょっと都合があるから、そうしとくんですわ。

——戦争がどんな風になっていたところで、その頃の花柳界というものは、今の裏口営業なんかとちがって、とてもあけっぴろげで盛大なものでしたわね。待合やお料理屋さんの塀の外には、毎晩自動車がずらりと並んでいました。お役人と重役、重役と軍人さん、軍人とお役人とが、いつもいっしょになってきて、はめをはずした大騒ぎをするのです。とてもりっぱな、地位もあり実力もある大実業家が、自分の子供のような若い中尉とか少尉とかの軍人に、おべっかを言いお説教を聞かされ、ペコペコしながら御ちそうして、しまいにその軍人を、自動車でどこかへ送って行きました。肥《ふと》った赤い顔の陸軍少将が、いく日もつづけて待合へやってきて、そのお勘定書きは、どこかの会社へ届ければよいのでした。女中も芸妓も、世の中なんてずいぶんでたらめなものだと思い、でも、そこは稼業でお金が面白いほど入るのだから、お客さんといっしょに、浮いた浮いたで日を送り、時には世間への申訳に、防空訓練に出てみたり、戦傷病者の慰問旅行をしたりなど、うまい世渡りをしていたものです。

ある政治家は、ドライキス……あら、御存じないんですか、唇と唇とを軽く合せるだけのキスをすると二十円、もっとたっぷり一分間のキスだと五十円、芸妓にくれました。いいえ、その頃は、五十円で、レディメイドの背広が買えたんですものね。それから、この政治家などはまだよい方で、第一線から内地勤務に更《かわ》ったばかりだという軍人さんは、もっともっと下品で気まりの悪いことを芸妓に要求し、それをきかないと軍刀をぬいて、お座敷であばれまわったものだから、むろん、軍人さんのうちだって、とてもまじめで、しかたなしにそういう所に来るという人だっていたでしょうけれど、その戦場帰りの軍人さんだけは、誰でも毛虫のように嫌っていたものです。

ただしですよ。ことわっときますけど、お雪ちゃんお静ちゃんはみずてんじゃないんですから、まさかそういういやらしいお客の人身ごくうにはなりませんでしたわ。

もっとも、お静ちゃんの方は、気性が気牲でパッとしているから、だんだんこういう雰囲気に慣れてくると、お酒も平気で飲み、はしゃいで浮かれて、あげくに、慾徳ずくのお客さんもついたし、またないしょで、歌舞伎の役者なんかと浮気したことだってあるようですわ。それにくらべるとお雪ちゃんはまじめです。一度、ある大臣がお雪ちゃんのことすっかり気に入って、ポンと大金を出したんですけれど、お雪ちゃんは、最後の大切なとこで、逃げ出しました。蒼い顔して待合から、車がもうなかったから、はだしで帯をもって走ってきて、新吉水のお台所でバッタリ倒れ、かあさんあたし、だめよ、とてもがまんできないの。あのお金、返してしまってちょうだい！　泣き声で言いますから、ちょうどそこにいたお静ちゃんが、ああお姉さまには気の毒した、あたしはあたしでよかったけど、お姉さまは、芸妓じゃ、とてもやってけないひとだったのだ。お姉さま、すみませんでした、と心で詫びをいったこともあるくらいですの。

大臣は、頭をかいて笑って、イヤよしよし、じゃ口説くのはやめるが金は返さんでもええ、あの子にやってくれと、たいそう太っ腹なところを見せたそうですが、このおぼこ娘の気性が、まだぬけきらずにいたお雪ちゃんが、たった一人だけ、身も心も入れあげて惚れたのは、日本橋の田所という大きな薬品問屋の息子さんで、英一郎という人です。

慶応出の少し神経質らしい顔つきの、しかし今のはやり言葉でいったらとてもハンサムな、映画俳優にだって、そうざらにはないようないい男でした。どこのお座敷でいつからそうなったのか、その点ハッキリしませんけれど、それはお雪ちゃんが、はじめのうち英一郎さんのこと、お静ちゃんにすらだまってかくしていたからです。あるぐうぜんなことからして、箱屋さんが第一にそれを嗅ぎつけました。それから新吉水のかあさんが知り、つづいてお静ちゃんにも、はじめてそれがわかったのですけれど、その時もうお雪ちゃんは、おなかに赤ん坊ができていたのです。

……あら、旦那！

話がたいくつで、眠むたくおなりになったんですか。

ほんとは、面白いお話は、これからなんですのにね。それにお雪ちゃんたちも、今度こそもうすぐに来るでしょうに。……いいえ、よろしいんですよ、横になって、楽にして聞いて下さいな。ええ、ええ、お雪ちゃんたちが来たら、きっと起しますとも！

おなかに赤ん坊まであり、そんな深い仲の恋人ができていたのだと知ると、お静ちゃんは腹の中で、ばんざいばんざい、これでお姉さまも一人前の女になったぞなんて考えましたが、なにしろ妊娠したんじゃすてておけず、お静ちゃんと新吉水のかあさんとが相談したあげく、ともかく二人で先方へかけあいに行くことになりましたが、さて行ってみて、先方の田所さんの御両親、旦那は英助とおっしゃるのでしたが、この御両親のものわかりのいいのにはびっくりしたものでした。

御両親は、一も二もない、伜《せがれ》は一人息子で、その伜が好きだという女がいるならすぐいっしょにさせてやりたい。金はいくらでも出すからよろしく頼むというんですの。

お静ちゃんは、帰りの電車の足がのろくて、かんしゃくを起したくなったと言います。すぐとってかえしてお雪ちゃんに、これこれこうだと話しましたが、するとお雪ちゃんは思ったほど喜びもせず、いいえ、それはだめ、実はあたしは、あたしたちの身にからみついているあの縁起の悪い話だけは、英一郎さんにも話してない。それを話したら、英一郎さんだけは私を愛していてくれるから、多分大丈夫だと思うけどもちろんお父さまやお母さまが承知しまい。だから、この話はこれでおしまい。どうか先方へも、かくさずにみんな話してしまってちょうだい。あたしは、英一郎さんが、どこかほかからお嫁さんを貰ったら、一生涯蔭の女で過すつもりでいるのだから――そういって悲しそうな目付をしているのでした。お静ちゃんも、言われてみてドキッとして、でも、当ってくだけろというつもり、おりかえして田所さんのところへ出かけましたが、すると田所さんの御両親は、さすがに少しばかり困った顔色になり、しかし、けっきょくは、お内儀《かみ》さんの方がしっかりした気性で、いやですね、今時そんな迷信なんてはやりませんよ。なにもかつぐことないでしょう。そのお雪ちゃんていうひと、あたしもすぐに行って会いますよ。そうして話をキッパリとめでたくきめちゃいますよ、とおっしゃるのでした。

お静ちゃんは、天にも昇る心地でした。

知らせを聞いてお雪ちゃんも、涙をこぼして喜んで、お静ちゃんの手をしっかりとにぎり、ありがとう、ありがとう、お静ちゃん、あなたにあたし、いくら感謝してもしきれなくってよ。と言うからお静ちゃんが、あらイヤだ、あたしに感謝なんてお門違いじゃない。英一郎さんのお父さまとお母さまとに感謝しなさいよ。ほんとに、あんなに気持のいい人たちって、あたし見たことがないわよ。と答えたら、お雪ちゃんは、そうよ、きっとそうだとあたしも思っていたの、だって、英一郎さん、とても親切でやさしくて男らしくて、だからあたし好きになっちゃったのだけれど、その英一郎さんのお父さまやお母さまですもの、悪い人やなんかでありっこないとあたし考えてたの、と言って目を細めてウットリした顔つきになる始末。お静ちゃんは、アラ、アラ、こいつはお安くないぞ、妹に向って手ばなしのおのろけ言うなんて、お姉さま、あすからは竹葉とすし幸《こう》と千疋屋《せんびきや》とモナミと資生堂とを、毎日おごらなくちゃいけなくってよ、と言ってやったものでした。

話は、とんとん拍子で進みました。

それから、吉日をえらんで式を挙げ、戦時中とはいえ、披露宴もうんと盛大にやろうということにきまりました。

ところがこの時に、思いもよらず英一郎さんへは、召集の赤紙が来てしまったのです。英一郎さんは、とても近眼で、おまけに検査の時に軽い肋膜《ろくまく》をやったあとだったから、第二乙とか丙《へい》とかではねられて、召集なんてないはずだと思っていたのに、時も時の赤紙で、誰もそれにはびっくりしましたが、中でも可哀そうだったのはお雪ちゃんでした。

まるでそれは、倖せの絶頂から、暗くせつない奈落《ならく》の底へ、一気に蹴おとされたようなものですわ。何かの手違いか、わざとしたことか、赤紙が来てから入隊までの間が、東京にいながら、たった十八時間しか間がありません。英一郎さんからは、お雪ちゃんにそれを知らせにくるだけの時間が、やっとあったくらいのものだったので、しみじみと別れを惜しむひまもなく、お雪ちゃんはまるで気が狂ったみたいになりました。入隊の日の朝、お雪ちゃんは、田所さんのお店へ、許されて暇乞《いとまご》いに行き、さて新吉水へ帰ってくると、畳に喰いつくようにして声を上げて泣き、それからお静ちゃんに言ったものです。

「やりそこなったのよ、あたし!……あの人、兵隊にとられたのは、みんなあたしのせいだったわ。今になって思いあたることがあるの。あたしを、このごろ、しつこくつけまわしている陸軍さんがあったわ、その陸軍さん、少佐で佐久間っていう男だけれど、あたし、虫が好かないからいくら口説いてもはねつけている。ところが、どこでどうして聞いたのか、あたしと英一郎さんのこと、ちゃんともう知っている風で、ある時あたしが、いつものとおりはねつけてやると、ウフフフって気味悪く笑って、おぼえているがいい、君の大切な英一郎君は、殺すも活かすも自由になるよ。同じ軍人でも、おれのやる仕事は、葉書一本で人の子を、戦場へつれ出して機銃掃射の目標に立たせる、その大元締の仕事に関係しているのだ。いいさ、おれをあんまりそまつにするとあとで何が起るか知れないよ、って言うのよ。あたし、イヤなおどかしだと思ったけど、そんなことで負けられるもんじゃなし、それっきりほったらかしといたら、それが、今度の赤紙になったんだわよ。いいえ、そうだわ、それにちがいないわ。あの佐久間少佐がやったことよ。ああ、あたし、バカだった。今の日本で、そんな自分だけの都合や勝手で、とくべつな誰かを兵隊にとるなんて、できることじゃないと思ってたけれど、それがあの男にはできたのよ。ちきしょ！　あいつ、咽喉へ喰いついて殺してやりたい。ねえ、お静ちゃん、あんたなら、もっと偉い軍人さんにも、おなじみの人があるんでしょう。そういう人にたのんで、なんとかしてちょうだいよ。ね、ね、お願い！」

お静ちゃんにも、はじめてわけがわかったんですけど、さてわかったところで、どうなるものでもありませんでした。

たとえば陸軍省あたりへ行って抗議を申立てても、そこは佐久間少佐が、手ぬかりなくやってあることにちがいなく、何喰わぬ顔で、おれはそんなこと知らんぞと言ってしまえばそれまでの話。ことにまたその頃は、兵隊にとられたら、イヤでも大喜びの顔つきをしていなくちゃならない時でした。そこへ芸妓が出しゃばって男の兵役を免かれさせようなんてしたものなら、日本中での物笑いになるにきまってます。さすがのお静ちゃんでも、これだけは、手のほどこしようがなかったんです。

……イヤですわ、旦那。

いっしょけんめいで私がおしゃべりしているのに、今度こそ、ほんとに眠ってしまいましたわ……いびきもかかず……まるで死んだようになって——あら、蚊が二匹もとまって血を吸ってるのに、それも感じないんですか。

ああ、イヤだ、イヤだ……。

イヤだけど、でも、しかたがないわ。しかけた話は、ともかく、おしまいまで続けましょうねえ。それに、これからこそ、このお話の眼目なんだから、旦那も、できるのでしたら、眼をさましていて聞いた方がよかありませんか?……

英一郎さんは、ばアん死おそれず敵状を……という、あのぶっきら棒な軍歌で送られて入隊しました。

しかも、それから三カ月のちには、輸送船が撃沈されて戦死したとの知らせが来たんですの。むろん、遺骨も何もありやしません。はじめにある筋から内報があり、そして公報も来たのです。

田所さま御夫婦のお歎きはもちろんのこと。それでも御夫婦は、身重《みおも》になっているお雪ちゃんに、ふいにそれを知らせたら、驚きや悲しみのためお雪ちゃんの身に、何か間違いでも起りはしないかというので、はじめにお静ちゃんをそっと呼びよせ、お静ちゃんの口から、のちに時期を見てお雪ちゃんに話させるという、こまかく行きとどいた心づかいをなすっていらっしゃいましたが、その時いっしょにお静ちゃんに、一冊の貯金通帳をお渡しになりました。

「イヤ、これはね、お産の費用としてつかってもらいたいのですよ。英一郎は戦死しました。

歎いても悔んでも追いつかぬこと、この戦争の犠牲として、しかたのないことだとは考えますが、なにしろ私たち夫婦にとっては、ただの一人しかない伜だったから、泣いても泣いても泣ききれぬ思いがしますし、まア夫婦相談の上で、雪子さんさえ承知してくれたら、雪子さんが身二つになった時、その赤ん坊をこちらへお貰いしたいという事になったのです。よかったら、雪子さんもこちらへ引取ってしまいたいが、それではまだ若くて先きがある雪子さんを、英霊の未亡人だなんてことにしてしまって、どうもかえってお気の毒なような気がするから、それは遠慮することにして、赤ん坊をぜひお貰いしたいのです。英一郎の形見だから、私たちの気もちも、それでいくらかは慰さめられます。それに雪子さんも来たい時は、いつでも来てよろしい。いっそ、乳ばなれするまでのうちだけでも、こちらへ来ていてくれるんでしたら、私たち夫婦としては願ってもない幸いだと思うんだが、まあそれはそれで、雪子さんの都合にまかせましょう。とにかく、あなたは雪子さんの身に間違いがないよう、気をつけていて下さい。そうして、無事に赤ん坊を生ませて下さい。お金の要ることがあったら、かまわずこちらへ言ってきて下すって結構。私たち夫婦は、雪子さんがよい赤ん坊を生んでくれるかどうか、それのみに望みをかけていますよ。よろしいか。くれぐれもあなたに頼んでおきますぞ！」

勝気で、どうかするととても男まさりなところのあるお静ちゃんが、その時は、ボロボロ涙をこぼしてしまいました。ああ、親子の情というものは、こんなにもせつないものなのか。それにまたこの田所さんの御夫婦は、なんという物解りのよい方たちだろう。これで英一郎さんが死なずにいて、そこへお嫁さんになって来たとしたら、お姉さまは世界中でいちばん倖せな女になれるのに、戦争だ、戦争がいけないのだ。戦争が男や女や、親や子供の倖せを、みんな奪いとってしまうのだ。そう考えてお静ちゃんは、がむしゃらに、何か大きな声をあげて叫び出したいような気持になってしまいました。

お雪ちゃんが、やがてお静ちゃんから、すべてのことを知らされた時、どんなに歎き悲しんだか、それはもうあまりくだくだしくなるから申しますまい。

眼を泣きはらしたあとでお雪ちゃんは、ああやっぱりあたしたちにはあのいやな因果ばなしがつきまとっているのよ。いつも死神をいっしょにつれて歩いているのね。といって淋しそうに笑いましたが、それでもじきに気を引き立てなおし、できるだけよい赤ん坊を生んで、田所さん御夫婦を喜ばせようと決心しました。

だんだんに日も迫り、赤坂のSという産院へ入って、生みおとしたのは英一郎さんにそっくりの玉のような男の子です。

その子には、英一と名をつけました。

そしてその可愛いい英ちゃんは、約束どおり田所さん御夫婦のところへ引取られました。

どうやらこれで、英一郎さんとお雪ちゃんとのことは、一おうけりがついたみたいにはなったのですけれど、さて、それから後しばらくすると、もう東京はあの恐ろしい空襲騒ぎです。

お雪ちゃんお静ちゃんは、田舎の町へ疎開しました。そのあとで、新吉水もこんがりと焼けましたし、日本橋の田所さんのお店は、それより前にもう焼けてしまっていました。

慾得のことも思うひまがなく、命にだけ、しがみつくようにしているうちに、やっとこさ戦争は終りましたが、……あらだアれ？……だれか、梯子だんのとこへ、来ているんじゃないの？……私の話、立ち聞きするようなことしないでいいんですよ。……ばあやね。ばあやだったら、かまいませんから上ってきてちょうだいな。

いいえね、ばあや……。

ばあや、ばあやって、とんだばあやにしてしまって、ごめんなさいね。

ほんとは、もうだいじょうぶ。お姉さまって呼んだっていいんだけれど、このお客さまに、話を面白く聞いていただこうと思って、お姉さまのこと、とても気の利かないばあやにしてしまったんですよ。お姉さまとあたしとのこと、少し若くして年をごまかして話をしたから、つじつまの合わないとこなんかできてしまって、とても骨が折れちゃったのよ。ええ、御心配御無用。もうもう、とてもぐっすりと眠っちゃったわ。何を話しても聞えません。

え、そうですか。

仕度ができたからお出かけになる?

それじゃ、行っていらっしゃいな。そうね夜行の汽車に、今からでちょうど間に合うわね。あたしからも、どうぞよろしくっていってちょうだいな。それから、お姉さまのいちばん心配なお金のこと、前からあたしがいっているように、すぐに工面ができますからね。そのことも忘れずに田所さんのお父さまにおっしゃっといた方がいいですよ。いいえ、いいえ、ちっとも無理なんかしやしません。できるあてが、ありすぎるくらいにあるんです。お姉さまが、この家を三十五万円でお売りになる。あと十五万円ぽっちのお金、あたしに、まかせておいて下さいよ。

……あら、びっくりした！

寝ているお客さん、手をうごかしはしなかったか知ら？……

そうオ……そんなことなかったって？

じゃ、あたし、安心したわ。お姉さま行ってらっしゃい。道中気をつけて、そして、英一にも、静子叔母ちゃまからよろしくっていってね……。

五

さア、旦那。

この家には旦那とあたしと、二人きりになってしまいましたわ。ほかに誰もおりません。そして、旦那のお待ちになっているような若くて美しいお雪ちゃんとお静ちゃんも参りません。約束破ったみたいですみませんけど、でも、もうおわかりになったでしょう。お雪ちゃんとはあのばあやのこと、それからお静ちゃんはこの私ですわ。約束を、まるきり破ったんじゃない、来ただけはたしかに来たんだから、それでかんにんしてちょうだいよ……。

オホホホ、オホホホ、ああ、おかしい。

そうだ、あたしもお酒をいただくわ。

とっておきのジョニオカはどうだって？　イヤよ、そいつだけはごめんこうむるわ。おかんざましでいいからお徳利のを。そうね、大きいのでぐういといっぱい！

ああ、あたしね、今思い出しているのは、ずっと前に読んだアメリカの小説、風と共に去りぬ、のことだわ。あの中に、勝気な娘スカーレット・オハラが、自分の家へ侵入して来た兵隊を猟銃かなんかでうち殺す場面が、とても上手に書いてあったじゃないの。スカーレットは、あとでその兵隊の死体を、庭へ穴を掘ってかくしてしまう。そしてその時は、聖書の中のマリヤみたいにおとなしいメラニーが、死体をかくすのを手つだうのね。……あたしは、誰もお手つだいがない。だって、あたしのメラニーお雪ちゃんは、英坊に会いたくてたまらなくて夜行で東京へ行っちゃったんだもの。それに、メラニーには、ぜったいに今夜のこと、知らせるわけにはいかないんだもの、万事はあたし一人の胸。あたしだけが、何もかも心得て黙っていれば、お雪ちゃんも英坊も、あの田所の御隠居さんたちも、どうやら倖せになれると思うわ。

ねえ、旦那。

旦那には、もちろんこれだけ話してあげても、ハッキリとわからないところがあってお困りでしょうねえ。

いいわ。ついでだから……いいえ、さっきの続きになるのだから、全部あたしが打明けるわよ。旦那は、汽車ん中ですっかり気をゆるして、近頃たいへん景気がいいことや、この町へ隠匿物資の取引きできたことや、だから現金をうんとこさ持ってることや、みんなあたしにしゃべっちゃった。お礼にあたし、とっておきのジョニオカを飲ませてあげたし、お話も、あれっきりでおしまいの尻切れとんぼじゃ、どうもお義理がすみませんからね。

――待ってちょうだい。もういっぱい、飲みっぷりのよいとこ、見せてからにするわよ。

――ウーイ……ああ、やっといい心持ちになってきた。何が何だっていってるのさ。うごかずに、眼だけ半分うすくあけて、じっとこっちを見ていたって、ちっともあたしは怖くないよ。アハハハ、オホホホ、アハハハ、どう？　旦那、起きてもう一度お飲み直しなすったら？

あたしは、ほんとはね、世の中が戦争ですっかりと変っちゃったけれど、その中でいちばん憎いのは、その変り目につけこんでずるいことして金儲けする奴、まア早くいえば旦那みたいに、隠匿物資の横流しなんかで金儲けして、自分だけがのん気にぜいたくに暮らす奴。そういうのを見ると、ムラムラとかんしゃくの筋が立ってきてしまうのよ。そうして、それにひきかえて正直でずるいことができないばっかりに、だんだん生活を追いつめられて行く人を見ると、とてもたまらない気持になってしまうんだわ。

いえ、実は、田所さんの御隠居さんたち、それがその正直で損をする人の、見本みたいなものだったのよ。

御隠居さんたちは、終戦後田舎に行っていらっしゃるうち、旦那さまが御病気になったりなどして、すぐには東京へお戻れにならず、その間に、石鹼工場をつくるとか、蚊取線香の本物の安いのがたくさんあるとか、うまい話をもちかける人があって、それにだまされたものだから、資産をすっかりとおなくしになり、日本橋のあとも、暴力団みたいな男に、とても安い権利金で借りられてしまい、さて東京へ戻ってくると、小さな貸間をやっと見つけて、細々暮らしを続けるよりほか、しかたのないようなことになってしまったの。

お雪ちゃんは、せっせと東京へ通いました。お米を運んだり、野菜を持って行ったり、それに田所さんの大旦那ときたら、根が大どこの旦那で口がおごっていらっしゃるのに、配給のタラやホッケばかりじゃお気の毒だといって、見つけしだいにうまいものを持って行ったり、御隠居さん御夫婦は、すまないすまないといって、涙をこぼしてお喜びになっていましたが、そこへ最近、とても口惜しいことが起りました。

御隠居さんは、M駅のじき近くで、とてもよい空店をお見つけになったの。そこだったら将来発展の見込みも十分にあり、昔が薬品問屋だから、その信用で昔の店をはじめたいというお考えで、聞いてみるとその店は百万円で譲るという話。

御隠居さんは、百方苦心してとびまわって、焼け残りの家作が少しあるのを売り放したり、高い利息の金を借りたりして、できたお金が五十万ばかり。空店の持主に交渉して、ともかく即金でその五十万、あとは月々のなしくずしで支払うという風に、うまく話が進んだのですけれど、そこへ、思いもよらぬ邪魔な奴が出て来ちゃった。そいつは百万円をすぐに投げ出して店を買い、カフェーとかキャバレーとかを作るんだっていう。即金で買うのだから、むろん店の持主が、御隠居さんとの話は打切りにして、その闇成金に売りたいというのは人情でしょう。でも、御隠居さんにしても、ことにまたお雪ちゃんの身になったら、とてもそれががまんできないわけというのは、邪魔に出て来た闇成金が、見ず知らずの男じゃない、あの佐久間という憎い男だったからです。

戦時中は軍人でいばっていた。

そして戦争が終ると佐久間の奴、軍にあったダイヤでもごまかしたのにちがいないわ。その佐久間が、偶然だろうけれどM駅前の同じ空店へ目をつけて、田所の御隠居さんと張合いの形になっちゃったのよ！

相手が佐久間だとわかった時、あのおとなしいお雪ちゃんが、眼をキリキリとつり上げて、あたし、死んでも佐久間に、そのお店渡せないって言ってどなったっていう。あたし、よくその気持がわかるのよ。むりないわ。誰だってこれじゃだまってひっこんじゃいられなくなるわね。

こっちは五十万円足りないから、お雪ちゃんは、着ている物みんな売ることにしました。それから、ここの宿屋は、その頃の空襲騒ぎで安かったから、田所の御隠居様から英坊を生む時いただいたお金の残ったので買ったものだし、これも売ることにきめちゃった。でも、それでやっとできるのが三十五万円しきゃないでしょう。そして佐久間の奴、めかけのような女をつれまわし、自動車でしょっちゅう乗りつけてきては、百万円の現金を眼の前へずっしり積みあげて見せて、店を一日も早く譲れといって交渉している。こっちは、気が気じゃなくなってきた。歯がみをして口惜しがっても、もう、どうにもならないギリギリのどたん場へ来ちゃったのよ！

……オヤオヤ、もうお酒がありやしないじゃないか。

ジョニオカはごめんだし、あ、あったあった、まだホラ、このお銚子、残ってるわ。

ウーイ……さア、矢でも鉄砲でも持ってこいだぞ。え？　旦那、すまないけど、驚いたでしょう。旦那の鞄あたしがちょうだいしますからね。お雪ちゃん、お客さんが酔いつぶれたんだと思っていたようだけれど、アハハハハ、アハハハ、アハハハハ……あたしはね、ちゃんと計画立ててあってよ。スカーレットとメラニーとがしたように、死体はちゃんとかくしてしまうし、あすの朝か晩、あたしが旦那の服を着て、駅から汽車へ乗りこむのよ。そしてどこかで降りて服装を変えて、ここの家へ帰ってくるの。そうすると、あとで旦那のこと調べられたにしても、旦那は、ヘイ、たしかにこの宿へお泊りになりました。そして翌日汽車でおたちになりましたって、あたし平気で嘘つけるんだもの。

でもね、むろんあたしは、喜んでこんなことしたんじゃない。

せっぱつまっていたところへ、隠匿物資の横流しで、旦那が眼の前へ現れたから、ついやってしまったのよ。ごめんなさい。ほんとにごめんなさい。生きかえるなら、今生きかえってちょうだいよ。ねえ、旦那。もうほんとうにだめですか?

ああ、河鹿がうるさく鳴いている。

長良川の鵜飼の時にも、河鹿が鳴いていて涼しかったっけ。あの頃は、お姉さまもあたしも、苦労というもの少しも知らず、楽しいことばかりだったのにねえ。けっきょくあたしたち、やはり世間から言われたとおり、何か因縁のついた姉妹だったかも知れないわ。ことにあたしは、死神をつれて歩いている。とうとう、こんな大それたことまでしてしまって……。

いっそあたし、このジョニオカを飲んじゃおうかしら。

そうしたら、あたしは気楽になるけれど、あとで雪子お姉さまが困っちゃうわねえ。

……まア、ひどい蚊だ。けど、いいわよ。さア、その死人のなんかよして、たんまりと、あたしの血を吸いなさいよ。アハハハ。オホホホ。アハハハハ……。

螢

一

品村由紀は、その日の夕方学校から帰ると、姉の糸子と母の八重が、茶の間でやりあっているのを聞いた。

「だってお母さま、それはお母さまの思いちがいよ。糸子、心外だわ。自分の簞笥《たんす》を、お母さまにかきまわされるなんて」

「かきまわすのじゃありませんよ。もしかしたら、ここにあるかと思って、捜しているんじゃないの」

「捜すなら捜すで、糸子にことわってからにしていただきたいわ。なによ、まるで糸子がどろぼうしたみたいに」

いつものことで、何かつまらないものをしまい忘れて、そのあげくの口喧嘩にちがいない。間にはいって仲裁してやれないこともないが、ほったらかしておくことにきめた。そうして二階へ上って自分の部屋へはいり、ノートや教科書を投げだした。

気がつくと、ノートの間から、白い封筒がはみだしている。

手にとってみて、

「ばかだな。ラブレターよこすなんて」

中身も読まず、くしゃくしゃに丸めて紙屑籠に投げ入れてしまった。

通っている高校で、由紀は不良だと思われているらしい。ボーイフレンドの数も多く、そのボーイフレンドたちと、スケートへ行ったり、ジャズ喫茶へ行ったりする。男の子は、手を握ったり、由紀のからだに触れようとした。由紀は適当にあしらっている。このラブレターも由紀の知らぬうちに、ノートへはさみこんだものだろう。そんな幼稚な男の子を、相手にする気は全然なかった。

ベルを鳴らし、ばあやさんを呼んだ。

「どう、お風呂、わいている」

「はい。ちょうどいま、どなたもはいっていらっしゃいませんから」

「そう。じゃ、行くわ。仕度しといて」

風呂は、もとは、父親がはいらぬうち、ほかのものが誰もはいってはいけぬことになっていた。そういう封建的なしきたりに断固反対したのが由紀である。由紀だけは、意地ずくでも、父親より先きに、風呂へはいってやろうと考えている。父親時太郎は、まだ会社から帰っていなかった。

風呂から出たら、今夜は八の日の縁日で、弟の成一と螢《ほたる》を買いに行く約束がしてあった。それには服でなく、浴衣《ゆかた》に着かえていた方がいいと思いついたから、茶の間の箪笥へ行き、好き

な水玉模様の浴衣と赤い帯とを取出してきたが、途中の廊下で姉の糸子とすれちがい、

「あら、由紀ちゃん、もう帰ってたの」

「ええ、さっき。お母さまと、またやったわね。どっちが勝った？」

ときいたが、糸子は煮えきらず、

「いやね。そんなこと、聞くもんじゃないわ。あなたのお母さまの悪口、あたくしには言えないじゃないの」

と答えただけである。

時々それはあることだが、「あなたのお母さま」という言葉は頭に残った。湯殿へ行き、はだかになって、湯を肩から胸へかけて浴びるときも、

「あなたのお母さまか……」

と思わず口へ出た。

姉の糸子、自分、そして高校一年生の弟成一。その三人のうちで、糸子だけは腹違いだった。父時太郎の先妻の子である。その先妻は病没し、一年とたたぬうちに、自分たちの母親八重が父と結婚したのだと聞いている。八重は、糸子に対し、そうひどくわけへだてをしているようには見えない。けれども、はたからでは、はっきりそれとわからないようなけじめがあるのだろう。どうも八重と糸子との間はしっくりしない。ともすれば、小さな感情のささくれが、立居振舞の間にも、それと感じられることがあった。

由紀は長湯の習慣で、ことに今日は髪を洗ったから、一時間近くも湯殿にいた。

そうして出てみたら、意外な事件が起こっていた。

「ねえ、たいへんよ、成ちゃんが」

と糸子がいった。

弟成一は、今日は学校を午後サボッて、自動車の運転を習いに行っている。まだ年齢が足りないから、免許は小型しかとれないということだったが、練習は最近はじめたばかりで、たいへんというのは、その練習で事故でも起こしたのかと思ったが、そうではない。

「さっき、成ちゃんから、電話があったわ」

「へええ」

「そうしたらね、成ちゃんは誘拐されて、どこかわからないところへ監禁されているっていうのよ。由紀も、じょうだんじゃないって、あたしいったんだけれど」

由紀も、じょうだんじゃない、といいたかった。赤ちゃんや幼稚園通いの子どもが誘拐される話はある。しかし、成一は、高校生だった。高校生が誘拐されたなんて——。

「へんな話ね。まるで、ウソっぱちみたい」

「あたしも、そう思ったのよ。ところが、成ちゃんは、あたしじゃ話がわからないっていうの。そして、お母さんが出たわ。そうしたら、身代金三百万円、出してくれっていったそうだわ」

由紀も、顔が青くなった。

母親が、父にかけている電話が聞えてきた。

「すぐお帰りになってください。成一のことで、心配なことができました。いえ、電話口では、その話はできないのです。成一が、殺されるかもしれないのですよ」

そういって、またすぐ、

「ですけれど、絶対秘密ですよ。警察へなんか、話さないでください。そうして、ともかくすぐにお帰りになって……」

と言い足している。

二

高校生品村成一は、学校の成績もよかったし、おとなしかったし、いままで、両親に心配をかけたことなどはいちどもない。

それでいて、二人の姉のあとへ生まれた男の子だったから、両親の可愛がりようは一通りでなく、それだけに品村一家への衝撃は大きかった。

父親時太郎が、会社の宴会の席から帰ってきてから、一同は額《ひたい》を集めて相談した。

「ばかなことになったものだな。わしは、まだ信じられない気がする。誰かが、わしたちをおどかすつもりで、いたずらしたんじゃないのかな」

「お父さんは、のんきなことをいってらっしゃる。それどころじゃありませんよ。あたくしが、糸子ちゃんに代って電話に出ました。ところが、たしかに声は成ちゃんの声です」

「ふうん。それで……」

「声がふるえているのですよ。そばに誰かがついていて、合口《あいくち》か何かをつきつけているのじゃないでしょうか。身代金、三百万円出さないと、殺されるっていうんです」

「成一以外に、誰かの声がしたのか」

「しません。しませんけど、電話が時々とぎれて、その時は、誰かが成一としゃべっているようでした。それに成一は、眼かくしされているんですよ。自分でそういいましたから」

眼かくしされていたのは、その場所をわからせず、またそばにいる脅迫者の顔を見せぬためだったと思われる。電話で成一は、詳しい話をしなかった。それは、できない立場だったかもしれない。身代金を届ける方法は、のちに改めて通知するといった。そうして最後に、この事件は絶対に警察へは届けないでもらいたい、届けたら、すぐに自分は殺されるのだということを、くりかえしいった。

由紀が気がついて、ばあやさんの部屋と自動車運転手の部屋を覗きに行ってきた。

ばあやさんにも運転手にも、まだ成一のことは話してないから、何も知っているはずはない。もしかして、二人の挙動に怪しい点があったら、事件につながりがあるのだ、と思ったからである。

ばあやさんは、雑巾を縫っていた。

運転手は、場外馬券が道楽で、競馬の予想新聞へ、赤鉛筆の丸をつけたり、線を引いたりしていた。

べつに変ったところはない。

帰ってくると、身代金の話になっている。

「三百万円というのは、少し大きいな」

「大きくても、おできにならないことはないでしょう」

「それはできる。できるけれども、やっぱりこれは、警察へ届けた方がいいんじゃないかな」

「そんなことをあなた。成一の命の方が大切ですわ」

「それはそうだな」

「前に、幼稚園の子どもが誘拐されて殺されてしまった事件があるでしょう。警察は頼みになりませんわ。犯人がわかってからでも、その犯人がつかまらなかったんですもの」

たしかにそれは捜査当局の黒星になっている。その幼稚園の子どもの事件では、犯人が要求したとおりに、金を与えたにしたところで、子どもが助かったかどうかはわからない。犯人は金だけ受け取り、そのあとは子どもの口から、自分の人相などが暴露されるのを恐れて、やはり子どもは殺したのかもしれない。そういう心配はいつでもある。この場合もそれと同じではあるが、やはりいちおうは、先方のいうなりにした方が、成一を助けるということにはなりそうである。

由紀の頭の中に、何か割り切れぬものがあった。

警察の手を借りるのが、果して悪いかどうかわからない。彼女は、

「ちがうわ。由紀は、犯人のいうなりにしたらだめだと思うな。警察へ、こっそり頼んだ方がいいんじゃない」

そういってみたいのを、もしそれがまずく行った場合には、自分の責任になることだと考えて、口へ出すのを遠慮してしまった。

「金は今夜だと困るね。あすだったら、信託の分をおろすけれど」

「届ける方法は、あとで知らせるといっていましたわ。とすれば、そんなにいそいでいるわけじゃないのでしょう。あすで、きっと間に合いますわ」

両親がそういったとき、それまでほとんど口を出さずにいた糸子が、

「ねえ、お母さま。あたくしは、やっぱりこれは、警察へ話さなくちゃいけないと思いますけれど……」

と、由紀がいえずにいた意見を持ち出した。

「どうしてよ。そんなことしたら、たいへんだわ」

母親八重がおどろいてふりむいた。

「警察へは、成ちゃんからの電話のこと、かくさずに話したらいいじゃない。そうすれば、警察へ届けたってこと、犯人には知らせないような手段をとってくれると思うわ」

「でも、犯人のやつ、どこでどんな風に、こっちのすること、見張っているかわからないじゃないの。気付かれたらおしまいよ。きっと成一は殺されるわ。あたしは、成一が無事で帰ってきて、それから警察に話せばいいと思うわ」

「成ちゃん、無事で帰るでしょうか」

その言葉は冷酷に響き、一瞬、誰も返事ができなかった。

「ひどいこと、いわないで。母さんは、それをいちばん心配しているのよ。糸子さんは、まるで局外者みたいな顔をしてるのね」

八重はそういって、訴えるように時太郎と由紀に視線を投げ、それから激しく泣きだしてしまった。

八重が泣くのを、慰めることができない。不安が、いっそう大きくふくれ上った。

由紀は、壁の時計を見た。

成一が帰宅していたら、約束に従い、縁日へ螢を買いに行く時刻だった。でなければ、野球のナイターが始まっている。成一がテレビにかじりついているのだったろう。

それから二時間あまり、おちつかず、暗澹《あんたん》たる気分ですごした。

そうして、十時二十五分、電話のベルが鳴った。

父親が受話器をとり、それから洩れるかすかな声を、一同息をつめて聞いた。その声は明らかに成一であり、成一は、低いふるえを帯びた声でいった。

「ああ、お父さんですか」

「そうだよ。心配しているのだ。お前、いまどこにいるのだ」

「わかりません。ずっと眼かくしをされたなりです。お金を、お父さん、出してくれますね」

「出すよ。母さんやみんなと相談した。あす金策する。三百万円、現金で用意するよ。しかし、届けるのは、どうすればいいのだ」

「簡単です。あすの晩の八時三五分に、上野駅から宇都宮行きの列車が出ます。その列車の、前から三番目の車室へ乗って、前から三番目の、ホームよりの座席の上の網棚へ、青い風呂敷に包んだ金をのせといてください。のせたら、列車が赤羽駅へついた時、金包みをそのままにしておりればいいんだそうです」

「わかった。八時三五分発の宇都宮行きだな。そのとおりにして届けるよ。しかし、お前は、そうすれば、無事で帰れるのか」

「帰してくれる、といっています。けれども、金が手にはいるまでは、ぼくを帰さないのだそうです。そうして、それからなお二日の間に、ズキが廻るようなことがあったら、やっぱりぼくを、消すのだといっています。警察には、だから、金を届けてから二日たたないと、事件を話しちゃいけないってことになるんですよ」

「よしよし。全部いうとおりにする。こっちは、お前が助かりさえすればよい。犯人がつかまるかつかまらないか、それは問題にしないことにしよう」

「そうしてください。ぼくのぐるりには、いま、多ぜいいるんです。みんなで警戒しています。二日のうちに、もし一人でもつかまったら、ぼくは殺されるのです」

「安心しろ。絶対警察へは届けない。糸子が届けたほうがいいといった。しかし、みなでそれに反対したのだ」

「そうですか。それは困ったな」

「なんだ。どうしてだ。何が困るのだ」

「金を上野駅へ持ってくるの、誰にしたらいいかってこと、ぼく考えたんです。そうして糸子姉さんに、その役目をしてもらいたいって思いました。予定では、糸子姉さんが一人きりで持ってくることにしてあります。みんなは、それでいいといっています。糸子姉さんの特徴を話し、片足少し、びっこだってこと、いったんですけど」

「待て。それは変更できないのか。網棚へおいてくるだけなら、誰が行っても同じだろう。わしが行ってもいいのだぞ」

そうして、そこまでで電話は切れてしまった。

ふりむいた時太郎の顔が狼狽している。

三百万円はとられるものと覚悟して、その代りには、成一を助けることができそうだという気がしてきたのに、思いがけぬ支障が起ったという感じである。

由紀も八重も、糸子の顔を見るのが怖かった。

しかし糸子は、少しも取乱さず、平然としている。

「いいのよ心配しなくても。あたくしの足のこと、成ちゃんが話したって平気だわ。事実そのとおりだから、しかたがないでしょ。だいじょぶ、あたくしが行くわ。こうなれば、相手からの命令どおりよ。警察の見張りなんかないほうがいいわね。一人きりで行ってくるわ」

と彼女はいった。

三

翌日午前中に、時太郎は三百万円をこしらえてきたが、それからのちはいろいろのことが、かなり目まぐるしく起こった。

三百万円という紙幣は、一万円札だと、そう大したかさはない。

父親がそれをカバンから出して見せたときに、糸子が眼を輝かせた。

「お父さま、それはあたしが持って行くのよ。もう、あたしにわたしてちょうだい」

「うん、わたしてもいいが、どうしてだい。まだ時間が早いじゃないか」

「考えがあるのよ。とにかく、あたしにまかしといて」

父親がいぶかしそうな顔をしているのもかまわず、奪うようにしてその札束を受取った糸子は、そのまましばらくのうち、自分の部屋へ引きこんでいたが、

「さア、できたわ。成ちゃんを誘拐したやつ、きっとじきにつかまってよ」

といって茶の間へ出てきた。

「へええ、何ができたの」

と由紀がきくと、

「お札の番号、全部書きとったのよ。それからね、どのお札の隅にも印しをつけたわ。針で三つずつ穴をあけたの。だから成ちゃんが帰ってきてから警察に話して、そういうお札を使ったやつをつかまえればいいわ。人を誘拐して身代金を取るっていう犯罪、結局はどうしても成功しないのだってこと、犯人に知らせてやらなくちゃね」

と常に似ず、いきいきした口調で説明している。

それは名案だと、誰にも思えた。

またいつもは陰気で、しんねりむっつり、ひねくれたところのある糸子が、この事件では、急にひどく頼もしい存在になった気がした。

それだけの準備が整うと、定められた時間のくるのが、むしろ待ち遠しいほどだった。由紀は、

「でもね、お姉さまも気をつけてよ。相手はきっとヤクザもんよ。今夜のところは、言われただけの役目をしてくれれば十分ね。網棚へおいた風呂敷包みに、誰が手をかけるのか、そんなこと、見とどけずに帰っちゃったほうが安全だと思うな」

と注意してやり、

「そうね。それは、あたしも思ってるのよ。赤羽で列車をおりたふりをして、風呂敷包みを持って行くやつを見張っていれば、少なくともそいつの人相はわかるはずね。あとでつかまえるとき、役に立つことだと思うけれど、あたしだって怖いもん。すぐ、帰ってきてしまうわ」

と糸子は答えている。

やっと夕方の六時になった。

品村家は国電駒込駅のすぐ近くにあり、そこから上野までは眼と鼻との間だったが、指定された列車の指定された席を取るためには、なるべく早く上野へ行ったほうがいい。糸子は、その六時になるやいなや、もう家を出かけてしまった。

由紀は、姉について行きたいのをがまんしていた。

そうして、八重や時太郎といっしょに、まるで時計と睨《にら》めっこするようにして、それからの時間をすごした。

「さア、いま、宇都宮行きが出たとこだ。赤羽へは、二〇時四九分、つまり八時四九分にとまる。あと十四分で、勝負がきまるぞ」

と時太郎がいったとき電話が鳴り、一瞬三人が顔を見合せてから、由紀が立った。

「もしもし……」

期待にたがわず、それは成一だった。

「ああ、成ちゃん。こちらはあたし。わかるでしょ」

「わかるよ。どうした、糸子姉さんは」

「出かけたわ。いま、上野駅から宇都宮行きが出たとこだと思うの」

「そうかい。じゃ、よかった。ぼくは、今夜のうちに帰してもらえるかもしれない」

「あら、ほんと?」

「ほんとだかどうだか、金を受取ってみなければわからないんだよ。金を受取っても、二日間は、まだぼくを帰さないっていっていた。けど、何か予定が狂ったんだってさ。だから、金がきさえすればいいんだよ。糸子姉さん、間違いなく、やってくれるだろうな」

「ええ、だいじょうぶよ。もうすぐだわ。あと、五分とないでしょう。――あなたは、まだ眼かくしされているの」

「そうさ。何も見ることはできないんだ。帰ってから話すよ。じゃ、さよなら」

あとで思うと、それが成一の声の聞きおさめだったが、こっちはそれに気がつかない。成一が、前とちがってふるえ声でなく、元気な調子でしゃべったから、逆に明るい希望がわいた。三百万円を損しただけで、ともかく成一は助かるのだろうと誰も考えた。

問題の八時四九分は、何事もなく過ぎた。

それから三十分とたたぬうち、

「ただいま……」

内玄関で声がして、糸子が帰ってきた。

「お帰りなさい。御苦労さま！」

と八重が、いつになくねぎらいの言葉をかけた。

「怖かったろうね、あなたも」

「ええ、いっしょけんめいでしたから、そんなじゃありません。列車はとても混んでいて、席を取るのがたいへんでしたけれど」

「それで、三番目のホームよりの席がとれたのね。誰かへんな人、見なかったの」

「見ません。また、見えても見ないほうがいいと思ったんです。出かけるとき、それは由紀ちゃんも注意してくれたし」

由紀はうなずいている。

そうして、混み合う列車に乗り、汗まみれになったからといって、湯殿へからだをふきにはいった糸子のあとを追いかけ、糸子の留守中に、成一から三度目の電話があったことを話した。

「そうだったの。よかったわ。それだったら、あたしがお使いに行ったの、十分役に立ったわけね。成ちゃんさえ帰ってくれれば、文句なしというところじゃないの。——いや。そこをしめといてよ。あたしの足のところ見ないでよ」

「ごめんなさい。——ほんとよ。お父さまが三百万円損したけど、あたしたちには関係ないわ。由紀、成ちゃんが帰ってから、いったいどんな風にして誘拐されたか、それを聞くのが楽しみになったわ」

「高校生が誘拐されたなんて、滑稽ね」

「由紀もそう思うの。学校の成績がよくっても、どこか左巻きのところがあるのよ。これからは、成ちゃんを、しょっちゅう、とっちめてやれる」

茶目っ気が出てきている。

由紀は、明るく笑い声を立てて、ちょっとのうち、テレビでも見ようかなと考えたが、実のところそのときの事態はそう楽観すべきものでなかったことを、その夜のうち、家人は知らされたのであった。

午後十一時すぎ——。

成一が、帰るとすれば、もう帰ってもいい頃だという期待が大きくなってきたとき、最初は家の外で、誰か喚《わめ》き声を立てたようだった。

そのあと、平素は静かな土地がらなのに、夜の遅い空気をかき乱して、何か騒然たる気配がした。

人の走る足音がする。

しまいに、救急車らしいサイレンが聞え、そのサイレンは、品村家の門前を通りすぎて行った。

ばあやさんが、八重のところへ、

「いやですね。近くで何かあったらしいですよ。みんな、線路のほうへ駈けて行くようでございます」

といってきたが、それから十分ほどのちに、様子を見に行った運転手の音《おと》さんが、顔色を変えて駈けこんできた。

「たいへんです！　陸橋の下で、坊ちゃんが死んでいます。いま、死体を線路からかつぎ上げたところです」

という報告だった。

四

現場は、六義園《りくぎえん》といって徳川時代からの名園があり、その近くの、国電駒込駅前の都電通りから、斜めに曲りこんだ道路のところだ。

運転手は陸橋という言葉を使ったが、橋が高くなっているわけではない。それは染井橋と呼ばれていた。下の国電の線路が、かなり深い堀割の底を走り、その上に橋がかかっているわけである。近所には、商店はほとんどない。住宅か、でなければ、温泉マークの旅館があった。昼のうち、駒込から巣鴨方面へぬけるタクシーなどがよく走るが、夜はその小部分の区画だけが、ひどくひっそりとする。品村成一の死体は、そこの国電の線路わきに、横たえられていたのであった。

救急車がきたものの、もう手当てのしようはなかった。

のちに検視で、死因は青酸加里をのまされているとわかった。腹中の分析で、死の直前にチョコレートを食べたと認定され、そのチョコレートに、青酸加里が含まれていたのだろうということになった。チョコレートだったら、道のはたに立ったまま、口に入れることは十分有り得る。毒の分量はかなり多く、すぐ死んだのであろう。死ぬと倒れて、その死体を、犯人が線路へ投げおとしたのかもしれず、また、自分が、ころがりおちたのだとも考えられる。自殺ではなかった。附随して品村家の者からの申立てがあった。はっきり他殺と断定された。

誘拐監禁し、身代金を受取り、助けて帰すといったのに、殺されてしまった。

「こんなくらいなら、やっぱり警察へ届けたほうがよかったのですね。娘がそれを言いました。しかし、前例もあることで、警察が立上り、世間へおおっぴらになると、結果がよくないかと思ったのです。だから、いちおうは、先方のいうなりにしてやろうと考えまして」

父親時太郎は、男泣きに泣いて係官に訴え、係官も暗い顔をした。果してこれは、はじめから警察が乗りだしたとしても、成一を助けられたかどうか、自信がない。ただ、少なくとも、身代金だけは奪われずにすんだろうと思われるだけだった。

「しかし、へんなところがあるね。赤んぼじゃない。高校生だ。高校生が誘拐されるなんてこと、めったにないな」

係官は、すでに糸子や由紀が述べたのと同じ感想を口に出した。

「できないこっちゃないだろう。自動車の練習に行っていたんだ。そこを、不良かギャングの一味が目をつけていた。ふいにとりかこんで、ナイフでも押しつける。それから、目かくしさせて自動車にのせて、監禁場所へつれこんでしまう。電車の中で暴力スリが乗客をとりかこんだのと同じだろうな」

「監禁場所へ行ってからは、絶えず威嚇《いかく》され、そして目かくしされていたものと見ていい。しかし、帰るときになって、一味の誰かの顔を見るとか、場所がどこだかを知ったという、そんなことがあったんじゃないかな」

「つまり、約束に従い、助けて帰すつもりだった。けれども、顔を見られたから、殺したということになるのか。そう考えても悪くはないが、青酸加里をチョコレートに入れてのませたのはへんだよ。毒入りのチョコレートなんか、そうとっさにできるものじゃない。前から準備しておいたものだ。準備してあったとすると、はじめから、生かしては帰さないつもりだったのさ。まるっきり安心させておいて、金を受取る最後の瞬間にまで電話をかけさせて、さて殺したのだ」

推察はいろいろについたが、協議の結果は、主要な捜査方針を二つたてた。

一つは、自動車の練習場で、被害者に接近をはかった不良のグループがありはしないか、それを探索すること。

他の一つは、渡した三百万円に印しがついている。それは糸子の手柄だったといっていい。隅に針の穴が三つある一万円札を使ったものを逮捕すること。

それだけやれば、この犯人はつかまえることができるはずで、捜査はわりに容易であろうという見込みだった。

五

新聞は慎重な態度をとった。

前に幼児誘拐の同種事件があり、そのときは新聞が、あまりにも詳細に事件の内容を書き立てたため、追いつめられた犯人が、苦しまぎれに誘拐した幼児を殺したのだ、という非難がわいた。事実上は、そういう非難が正当であるかどうかわからない。犯人は、追いつめられなくても、また要求したとおりの身代金を受け取っても、その幼児を殺したかもしれない。しかし、今度は同じ非難を蒙《こうむ》るまいとした。結果として、捜査当局とよく打合せをし、たとえば、奪われた三百万円についての特徴なども、はじめ三日ほどのうちは、記事の中へそれを書かぬことにした。

書けば、民衆からの協力があり、犯人がすぐつかまるかと思われる。けれども犯人が記事を見ると、その紙幣を使わなくなる恐れもないではない。気がつかずにそれを使うだけの余裕を与えるため、三日間はその記事を伏せることにした。

記事が出た日に、品村家では成一の葬儀がすんでいる。

時太郎が、由紀に、

「さア、もうこの記事が出たからには、犯人はつかまるね。成一の仇がうてるぞ」

といったが由紀は、

「そうね。ある程度の期待はできるわね。だけど由紀、その記事を読んでいて、へんなこと考えちゃったわ」

と答えた。

「なんだい。そのへんなことって？」

「ええ、それは、まだいえないんです。いってはいけないことなんです」

そうして由紀は、二階の自分の部屋へはいり、かなり長いうち、そこへ閉じこもってしまった。

誰もまだ気づかず、由紀の態度が少しずつ変ってきたのは、それからのことだった。

翌日と、その翌々日と待ってみて、まだ犯人の目星はつかなかった。

捜査当局は、商店とか酒場とか、そういうところから、隅に三つの針の穴がある一万円札を発見したという届けがありはしないかと、首を長くして待ったけれども、まだ全然あの記事の反応はない。

由紀は、事件以来、学校を休んだなりでいる。

そうしてある夜、

「あたし、お友だちのところへ行ってくるわ。休んだから、ノートがたまっちゃっているのよ。写しに行くの」

と母親八重にいっておいて家を出かけたが、行った先きは実は友だちのところでなく、上野駅だった。

彼女は切符を買い、八時三五分発宇都宮行きに乗った。降りたのは赤羽である。赤羽から、電車で日暮里《にっぽり》まで引返し、日暮里から駒込へくると、その間に腕時計をいくどものぞき、そのあとすぐに家へは戻らずに、六義園わきの陸橋のところへ行って、ぼんやりそこに佇《たたず》んでいた。

帰ったとき、時太郎も八重も糸子も、夕飯がすんでしまっている。

由紀だけが、ばあやさんにサンドウィッチをこしらえてもらって食べた。

そのとき、ばあやさんと話した。

「ねえ、成ちゃんが、生きているとき、チョコレートが好きだったこと、ばあやさんは知っている」

「ええ、それは」

「まるでばかみたいに、チョコレートが好きだったわ。あたしが買ってくると、横から取っちゃうのよ。好きだったから、毒入りのチョコレート食べさせられたのね。食べさせるつもりだったら、ばあやさんでも、成ちゃんに毒入りのチョコレート、食べさせることができたと思うわ」

「いやでございますよお嬢さま。わたしは決してそんな恐ろしいことを……」

「ごめんごめん。気にしないで。ばあやさんが、そんなことしないのは知ってるわ。ただね、成ちゃんのチョコレート好きを知っている人だったら、誰でもそれは、できたはずだって思うのよ。テレビ見ているときでも、勉強しているときでも、それから、ブラブラ歩いているときでも、成ちゃんたら、食べなさいって出してやれば、すぐそのチョコレートを食べちゃったわ。線路の上の道で、立って待っているときだって、それは同じだったにちがいないわ。——ああ、でも、この話、ほかへはしないでちょうだいね。あたしがこんなことといったなんて、口へ出したらいけないわ。よくって」

　なぜ由紀がこんな話をしたのか、むろんばあやには、わからなかっただろう。

　翌日、由紀は糸子に話しかけた。

「ねえ、お姉さま。昨夜は由紀、どこへ行ったか知ってらっしゃる」

「さア……」

「お母さまには、お友だちのところへ、ノート写しに行ったってことになってるの。ところがほんとは上野駅へ行ったわ。そしてね、八時三五分発の宇都宮行きに乗ってみたの」

「あら」

「お姉さまが、お金を持って乗ったのと同じ列車よ。お姉さまは、あの列車がとっても混んでいたっておっしゃったわね。指定された三番目の車室の三番目の、ホームよりの席を取るのがやっとだったって」

「ええ、そう。そうだったのよ。改札口から駈けて行って、やっとそのお席がとれたわ」

「ところが、由紀の場合は、がらあきなのよ。三番目でも四番目でも、好きなとこへ坐れたわ」

「それは、日によってちがうでしょ。とにかく、あたくしが行ったときは、団体旅行なんかもあって混んでいたわ」

「弁解なさらなくてもいいのよ。その列車に団体客があったかどうか、それは駅で調べればわかることだわ。由紀は、べつにお姉さまを疑っているのじゃないですから」

言葉はおちついていたが、刃先きのように鋭いものがあった。

糸子の瞳に、怒りが湧いてきている。

「失礼ね、由紀ちゃんは」

「なによ。どうして失礼なの」

「あたしには、あなたが何を考えているか、わかる気がするわ。あなたは、あたしがその列車へ乗らなかったのだって、いいたいんじゃない」

「あら、あら、おどろいた。お姉さま、どうしてそんなことおっしゃるのよ。あたしは、ただ成ちゃんのこと思いだして、その列車に乗ってみたくなっただけよ。——そうね、それは考えれば、お姉さまが、ほんとはその列車に、乗らなかったという場合もあり得るわね」

「ということは、つまり、どういう意味になるの」

「お姉さまが、網棚へ、お金の包みをおいてきたのは、ウソだったということになるわ。意地悪く考えれば、そのときお姉さまは、上野駅へなんか行かなかった。そうしてどこかほかの場所へ行った、とも考えられるわ」

「へんね。ほかの場所って、どこよ」

「そうね。それは、成ちゃんのいたところへ行き、そうして成ちゃんに、家への電話をかけさせた、と考えたっていいでしょう。そのあと、成ちゃんは、大好きなチョコレートを食べたのよ。お姉さまだったら成ちゃんがチョコレートには目がなくて、いつ、どこでも、出してやりさえすれば、食べることを知ってたわね」

疑いの眼をもって見れば、そこまで由紀に言われたときの糸子の瞳は、冷たく陰気に燃え上るようだった。そういう瞳の色を、由紀はどこかで見た気がし、しかし、それをはっきりと思いだすことはできなかった。

「由紀ちゃん。お電話ですよ。お友だちからだわ……」

と八重の呼ぶ声がした。

あとまだ言いたいことがあったし、聞きたいこともあったのを、こらえて由紀は電話に出た。それは最後のはげしいいさかいを避けるのに、ちょうどよい時であったかもしれなかった。

六

由紀は、姉の糸子に、疑いの眼を向けていたのである。

しかし、いまのところは何も証拠がない。そして姉を犯人だとすると、成一が誘拐監禁されたことと、どう結びつけていいかわからない。その点で、解釈のつけにくいものがあったから、偵察のつもりで、姉に言いがかりをつけ、その反応を見たのであった。

反応は、あったようでもあり、ないようでもあった。不思議なのは、糸子が、それほどにもひどいことを由紀に言われて、それを父親にも母親にも訴えずにいたことである。結局それは、反応があったと見てよいのであろうか。由紀に、看破された。言い抜けができないから、黙っているのかもしれない。由紀はそう考え、次には抜き差しならぬ、警察用語でいうならば、きめ手というものをつかまえて、さてその上で、糸子を犯人として指摘してやろうと思っている。

当局の捜査は、はじめの予期に反し、はかばかしくなかった。

まだ手懸《てがか》りはつかめない。

特徴のある一万円札についても、一向に手応えがなく、係官はがっかりしてしまった。

そういうときに、由紀は久しぶりで学校へ出て、帰ったら、糸子が家出したのだと知らされた。

「お父さま、お母さま、そして由紀ちゃん。長いうち、お世話さまになりましたが、私は一人で自由に、そして恐らくは苦しい生き方をしようと思って家出します。どうか皆さま、お倖せでありますように」

という遺書が、茶の間の花びんの下から発見されている。そうして糸子は、ほんの僅かの身廻り品を持ち、所持金も父親から貰ったお小遣いの残り、それを心がけてためたにしたところで、四千円か五千円にすぎないものを持ち、姿を消してしまったのであった。

「なんだ。怪《け》しからんやつだ。何が不足で家出したのだ。おれはあいつを、ふびんなやつだと思っていたから、吐言《こごと》をいいたいときもがまんしていたのだ。それを、親の心も知らないで家出するとは」

といって父親時太郎は腹を立て、八重は、

「あたしがいけなかったんです。どんなにしても、あの子をあたし、なつかせることができませんでした。小さい時からずっとです。きっと、あたしのこと恨んだのでしょう」

と泣いたが、由紀は、ただ茫然とした。

泣くべきか怒るべきか、それがわからない。彼女は部屋へはいり、自分の感情を整理しようと試みた。そうして、新しいノートを出すと、表へ「恐ろしい幻想」と書き、次のような文章を書きはじめた。

× × ×

あたしは、罪を犯したのだろうか。

あらぬことを疑い、その疑いによってお姉さまを苦しめ、お姉さまを家出させたのであろうか。

いま、最大にあたしが後悔していることが一つある。

それは、あの三百万円を、あたしが直接に改めなかったことだ。お姉さまは、紙幣の一枚ずつに、針で三つの穴をあけたといった。そのとき、ほんとに穴をあけたかどうか、なぜあたしは確かめる気にならなかったのだろうか。確かめてみて、ほんとうに穴があいていたとしたら、お姉さまへの疑いがあってはならない。けれども、もしかして、穴をあけたといったのはウソであり、穴があいていなかったとしたならば、お姉さまはあの三百万円を、自分で奪ったのだと考えてもよいだろう。そういう仮定は、ある程度成り立つのではないか。新聞で、紙幣についての特徴は発表された。ところが、まだどこからも、その特徴のある紙幣は出てきていない。というのは、穴のあいた紙幣など、はじめからなかったのだということになるのかもしれない。つまりお姉さまは、口であたしたちにそういったものの、実際はあとで自分が使うときのために、紙幣には穴をあけなかったのだ。

番号を書きとったといった。

その書きとった紙は、いま警察へ行っている。けれども、それはほんとうの番号であるかどうか。出たらめの番号を書いておけば、紙幣は発見されないことになる。

お姉さまは、八時三五分発、宇都宮行きの列車には乗らなかった、とあたしは見る。あたしは、ちゃんと上野駅で聞いてきた。その列車は、いつもひどくすいているそうだ。お姉さまの乗ったときだけ、改札口から駈けだすほどにも混んだというのは疑わしい。乗らない代りに、そのときお姉さまはどこへ行ったか。それは成一のところへだ。

ここに説明のつけられない、奇妙なものが残っている。

しかし、こじつけて考えるならば、いちおう筋道の立つ解釈もつけられないではない。

成一とお姉さまとは共謀だったとする。

成一は、真面目そうであり、出来のよい弟ではあったけれど、いま時の高校生のほんとうの生態は、親にも教師にもわからない。成一にも秘密があったのではないか。成一は、お金の欲しいことがあった。女のことでか、それとも、不良のグループにはいっていて、そのグループから脅迫でもうけてか。いずれにせよ、その金を手に入れるためには、お姉さまと共謀することが必要になった。二人で相談し、成一が誘拐されたという形を作る。誘拐されると、最近の例もあることで、親からは金を出すほうが安全だという気がする。二人は、そこに狙いをつけたのだ。

成一は、電話をかけた。

誘拐され、もっともらしく、眼かくしをされているといって、身代金を出してほしいと伝えてきた。

そのときにお姉さまは、事件を警察へ届けたほうがいいと言い出している。そうだった。あたしは、どっちにしたらいいのか判断がつかず、同じ意見を言いそびれていたのに、お姉さまは、ひどくはっきりとそれをいった。

見方によって、それはお姉さまの潔白を証拠立てることにもなるのだろう。自分がこの犯罪を企らんだのであったら、警察の介入は極力避けるのがほんとうだったろう。けれども犯罪者の狡智は、逆効果を狙ったのではないか。あの場合、お姉さまの意見は、全然無視された。父や母が、警察を問題外にしている。それをお姉さまは計算しておいた。言い出しても採用されないと知っていて、自分がまず言い出したのだ。その前に、手は打ってある。成一からの電話が、警察へは知らせぬようにと、くりかえし注意してあった。だから、予定どおり、お姉さまの意見は取り上げられず、警察不介入の形になって、しかも、お姉さまが潔白だという印象だけが残ったのだ。

お姉さまは、自分が宇都宮行きの列車に乗っていると思われる時刻に、成一からもういっぺん電話をかけさせた。

それは、アリバイに似たものを作るのが目的だったかもしれない。

同じ夜のうち、成一は帰宅することになり、二人は連れ立ってどこかの隠れ家を出ると、あの陸橋のところまできて、お姉さまが成一に、毒入りのチョコレートを与えたのだと考えることができる。成一が、チョコレートなら、すぐ手を出すのだと、家ではばあやさんでも知っている。お姉さまが、それを知らぬはずはない。

こういうあたしの考えには、どこか間違っているところがあるのだろうか。

あたしは、いま、どちらにか決断をつけなければならない。

このあたしの「幻想」を、世間へ発表すべきかどうかである。

発表したら、お姉さまは追いつめられる。

逃げても逃げられない。

しかし、そういうお姉さまの姿を、あたしは、見るに堪えない気がする。またもし、犯人がお姉さまではなく、ほかにあったとしたならば、あたしは、世にも非情で残忍な鬼畜だ、ということになるのであろう。

わからない。

これは地獄だ。

どうしたらよいのか。

×　×　×

由紀は、呼吸が苦しくなり、ペンをおき、ノートを閉じた。

昂奮をおさえるため、部屋を暗くしようとして電灯を消したが、窓からは庭の植込みが見おろせる。

ふいに、葉の繁り重なったあじさいのあたりで、青いかすかな光が闇に浮び、その光は、ゆるく長く息づくようにして、しばらくのうち明滅したが、やがて庭を斜めに横切り、石塀の向うへとんで行ってしまった。

螢である。

近所のどこかで、縁日から買ってきたものが、逃げたのであろう。

由紀は、糸子に、チョコレートの話をしたときのことを思いだした。

そのとき、糸子の瞳が、妖しく冷たく輝いた。ああそうだわ、あの瞳の色は、螢と同じだったのだわ。青くて暗くて、そして何を考えているのかわからない眼だったわ、と由紀は考え、じっと窓に立ちつくした。

乱歩の脱皮

昭和三十年度の探偵文壇は、近来稀に見る活気を呈した。

書下し長篇が講談社から発行されることになったのがその一つ。

早川書房の海外探偵小説の翻訳が百巻を越したのもその一つ。

宝石、探偵倶楽部、探偵実話の探偵三雑誌も、消長はありながら、相変らず数多くの新作を発表し、また海外作品の紹介に務めたし、ほかに週刊朝日なども、特集として推理小説集の増刊を、春秋二回発行している。

また個人的には、なんといっても乱歩の活躍が目立った。彼は土蔵の中の陰鬱な書誌学研究室から踊り出してきた。いくつかの長篇を書き、短篇を書き、少年ものも相変らず書いた。そしてその最後に書いた「十字路」で、私はすっかりと喜んでしまったのである。

私は、「十字路」を読むに及んで、乱歩老いず、と叫びたくなった。

これは清新な作品である。

そうして、この作品により、乱歩は脱皮した、と見るのである。

前作「化人幻戯《けにんげんぎ》」では、ありていに言えば私は、失望した。ほめる人もあるのだろうけれど、私にはほめられない。たいへんな熱意をもって書かれた力作であることは、確かであろう。苦心のほども察せられる。しかし、最も無難な表現によって、私の気持を説明するならば、私はあの形の読物を欲しいとは思わないのである。

平らに言うと、好きでない、ということになるのかも知れない。好きな人がほめるのは勝手である。但し、「化人幻戯」で乱歩をほめるのだったら、乱歩はもう成長しない、ということを、私はここに予言しておく。

この文をのせる雑誌宝石は、一面に於て、探偵文壇の楽屋でもあるから、楽屋のうちの話として書いてもよいことだろう。「十字路」に関して、私の耳へは、少々の雑音がはいってきた。それはこの作品の評価を、いくらか妨げるようなものであった。が、私はその雑音にも平気だった。真正面からの評価をしていいと思った。完全無欠ではないにしても、これはりっぱな面白い小説である。そして乱歩の新しいスタートを示すものである。

なぜそうだか、ということを、詳しく説明するのはたいへんだが、脱皮の有無は、ほかの作品と読みくらべたら、よくわかることであろう。少なくとも、この作品では、乱歩が金科玉条としてきた「こしらえもの」感や「カラクリの手品」形態が、ずっと薄れてきている。超人私立探偵の明智が出てこない。代りに、リアルな悪党私立探偵が出てくる。倒叙形であるけれど、そのために作中人物を真正面から書くことができた。そうしてこの形態を書き進めることによって、ようやく探偵小説は、小説としての主食になり得る、と私は思うのである。

乱歩は、今やその道への足を進めはじめた。

この意味に於て、私は乱歩をほめたい気持が強く起った。と同時に、探偵文壇のため、これは大いに慶賀すべきことだ、とも思った。また、私がやりたいと考えていたことについて、非常に有力な味方を獲《え》た、という気もしたのであった。

前述「小説としての主食」という言葉については、その意味をよくわかってもらうために、雑誌「風信」にのせた私の一文を、次に再録させていただきたいと思う。これは「十字路」が発表される直前に書いたものである。一般読者には、まだ読まれていない。探偵小説の鬼の諸君に対しては、少々憎まれ口になるかも知れない。しかし、鬼の諸君にも、読んでもらいたい、と私は思うのである。

以下が「風信」の一文である。


昔からの形の探偵小説、生粋《きっすい》の探偵小説といってもいい、それはいわゆる本格変格を含めてのことだ。

そういう探偵小説は、どうやら小説道に於ての主食ではないようである。

この探偵小説料理には、秘密やトリックや謎や、とくべつな材料が用意されてあるし、料理の方法も全くとくべつなもので、わざと舌を刺す味をつけたり、へんてこな忘れられない匂いをつけたりする。

だから結局、調味料たるの資格は十分であるが、主食にはなりがたい。

主食でないものは、それればかりを食べたら、腹もたれがし、消化不良を来たし、栄養不良となり、でなくても飽きがくるにきまっている。たまに、それだけを食べていながら、一向に飽きもしなければ、消化不良を起さぬように見える人もあるけれど、そういう人は、たいそう特別な胃袋をもっているからのことだ。どんな胃袋かというと、その中には、探偵小説の鬼というものが、住んでいるのである。この鬼になったら、探偵小説でないと食べない。ほかのものには見向きもしない。却ってほかのものを食べると、消化できなくて困るらしいのである。

一般は、こんな偏食をしないで、主食を食べる。

探偵小説を、主食向きに調理しようということは、もっと研究されてよいことではないのだろうか。

探偵小説のマンネリズムを非難する声が、最近になって、二三あったようである。その声を私は嬉しく聞いた。これは、腹もたれしてきたからのことである。私は、二十年も前から、腹もたれしている。

探偵小説が主食になり得ないことの、他の一つの原因は、探偵小説というものが、ある事件について語るけれども、人間については何も語らないことであろう。

この調味料を作るための鉄則があって、その鉄則が、人間を語らせない、とも言えるのであろうが、作中人物は、その行動も思想も、すべて事件を説明するためにのみ存在している。どこまでも、事件が主であり、人間が従である。それは、料理の味をよくするための、例の鉄則がさせることでもあるが、言いかえるとそれは、作品の効果を高めるためのことであろう。しかしながら、もうそういうやり方での効果は、それほど価値のあるものではなくなってしまっている。読者は探偵小説料理の台所を、或はそのメニウにひそむ魂胆を、ほとんど知ってしまったから、どんなものが出てもびっくりしない。効果のために、鉄則を守るのは、たいそう愚劣なことになったのである。

ドイルがホームズを作った。

チェスタートンが、師父ブラウンを作った。

これは、値打ちのある人間だったし、その人間に魅力があった。読者は、ホームズにより、師父ブラウンにより、事件の説明をしてもらいながら、なおかつ、ホームズという人間、師父ブラウンという人間にもひきつけられた。

ところが、あとはもういけない。

ハッキリいうと、私立探偵という代物のことである。

探偵小説料理の一つの材料として、ほとんどすべての料理人が、この私立探偵を使うのだけれど、それらはホームズとブラウンとの亜流であるから、もう魅力はないのである。そんな私立探偵は、そろそろ引退を願わなければならない。そもそも現実の世界においては、私立探偵が殺人犯人を追い廻すなどということもあるまい。現実にはないものが出てきて活躍するから、探偵小説は非現実的になるのだともいえる。が、現実非現実の論議はしばらくおき、まったくのところ、ホームズやブラウンの亜流にしかすぎない私立探偵には、例の特別の胃袋でない限り、腹もたれし、消化不良を起すのが当然なのだ。

スピレーンが、マイクを作った。

これは、たしかに、新型であり、その点でスピレーンは、ほめられてもよいのだろう。但し、その小説を三つほど読むと、やっぱり腹もたれしそうである。

雑誌宝石の十月と十一月号に、乱歩の選んだ短篇探偵小説ベスト・テンが載った。

既読あり、未読ありだったが、それを私としてはわりにていねいに全部読んでみて、少し淋しくなってしまった。(実はここに書く文が、その淋しさから出ている)

これだけか。ほんとうに、これ以上のものはなかったのか。

この十篇は、もちろんよい探偵小説だ。

私のあまり好きでないカラクリ小説でも、ノックスのものまで行くと面白く、「二瓶のソース」は十年近く昔に読んで、あっと息をのんだことのあるものだし、「銀仮面」がまたとくに面白かった。

けれども世界中でのベスト・テンと言われるくらいだったら、もっとずばぬけて面白いものが揃っていてよくはないか、という気がしたのである。しかし、あれだけに広く詳しく探偵小説に通暁する乱歩が選んだのであるから、ほかに見落しがあったのだとは思えない。けっきょく、これが最高のもの全部だったのであろう。としたら、私の淋しさはどこから来たのか。

読者のために、なるべく目新しいところをという、選択への一つの拘束があったことが案ぜられるし、その拘束がなかったら、ドイルの「赤髪組合」や、或は古いポウのものなどが、あの十篇のうちのいくつかに取換えられたかも知れないが、それにしても探偵小説はこれが限度の面白さであるとしたならば、それを言いたくはないけれど、まことに底の浅いものだということになりはしないか。

言葉を換えていうと、残念ながら探偵小説は、ドイルの「赤髪組合」以来、てんで成長がなかったということになる。

この原因は、探偵小説自体が、成長しようという意欲を持たなかった点にある、と私は断言する。目指すところは、ポウの線でありドイルの線であった。それ以上に出ることは考えもしなかった。そういう態度が、正統派であるとされたのである。探偵小説料理への鉄則が、この意味でいう正統派では、探偵小説の金科玉条として神様のように尊敬された。この金科玉条を守らないと、探偵小説ではないとされた。彼等は声を大にしてそのことを叫びつづけ、結果は成長を停止させたのである。

探偵小説の鉄則など、スピレーンのよく使う言葉を借りると「糞食え」だ。

もっと成長させなければならない。

（一九五五・一〇・八）

探偵小説の中の人間

萱原尊兄――。

御手紙拝読。小生を激励し、小生の探偵小説への態度を、過分にほめていただき、たいへん嬉しかったです。

小生は大正十四年処女作を発表し、ついで昭和三年から、作家として立つことを決心しましたが、さてその時以来、作品には出来不出来があったにしても、仕事の到達しようとする目標を、いつも一つところに向けていました。ところがそういう小生の姿勢を、仲間の探偵作家は、完全に黙殺していたといってもいいでしょう。いや黙殺はしなかったかも知れませんが、口に出しては、ほとんど何もいいませんでした。小生の作風をひどく非難していた故甲賀三郎がいっぺんだけ、小生の「鉄の舌」の冒頭の部分、そこは探偵小説とは似ても似つかぬものだったのを感激してほめてきたことがありましたが、これは実に異常な事件だったと思います。それ以外では、乱歩が最新作の「売春巷談」で「りっぱな角を生やした馬だ」と申していますが探偵小説の鬼と称するものにぶつかると、小生の意欲するところなどは、全然問題にされなくて、三十数年が過ぎてしまったわけです。

なぜそうだったかという理由は二つだけあげられるでしょう。

その一つ。小生の力量不足。これはどうもやむを得ません。

その二つ。探偵小説の鬼は、探偵小説の鉄則からはみだすことを憎悪しています。

「憎悪」という強い言葉を小生はとくに使いましたが、正《まさ》にそれは憎悪といってもよいものだったでしょう。裏返すとそれは、鉄則内において組立てられた探偵小説への実に強烈な愛着です。その愛着は、他のものへの期待や願望を拒否します。その代りに、鉄則内にあるものを限りなく愛します。そうして、作りものの面白さとか不可能な興味とか、他の文学の範疇にあっては、必らずや軽蔑されるであろうし、欠点として指摘さるべきものが、ここでは大手をふって、重要な作品構成上のデイタとして採用され、魅力とすらなってきているのです。

鬼のそのような愛着に、小生とても、しばしばとりつかれます。

小生は、鬼とはいえない人間ですけれど、たいそう巧みに書かれた作りものには、ずいぶん夢中にさせられることがあるのです。

作りもの、または不可能の興味というものは、畢竟《ひっきょう》するに探偵小説の最大の要素トリックの興味に置換えられますが、さて、残念なことに、そんな優れたトリックが数多くあるわけはありません。もう三十年も前から、トリックがなくなった、という声が聞えていました。探偵小説の作家たちは、頭へねじり鉢巻をして、新しいトリックを絞り出そうとしました。しかしそれはなかなか発見されませんでした。そして苦しみ悶《もだ》えつつも、なおトリックを最大要素とする観念には定着していて、そこを抜け出す努力は忘れていたから、外人作家が密室を考えると、すぐに密室の真似をしてみたり、ハードボイルドが出てくると、その手法を取り入れたりして、でも、鉄則を守りとおそうと、歯をギリギリいわせていたのです。

これでは自分たちの仕事が行詰まる。ということに気づいていたのは、決して小生一人ではないはずであり、しかもなお狭い型の中に閉じ籠《こも》っていたのは、前記愛着心のほかにもう一つ、これは仲間の探偵作家たちを怒らせる言葉になりますが、別の原因があったというのは、このひとたちが、事件小説を書くことができても、人間を書くことができなかったという点を数え上げてもいいでしょう。小生も、それは上手ではありませんが、上手になろうという心掛けだけは持っています。

ところが、探偵作家の大多数は、それができないだけではなく、上手になりたいとすら考えていません。このことは、なお原因をつきつめると、もう一つ別な発見にもぶつかるようです。それはこのひとたちが、娯楽品としての探偵小説をこしらえることに専念し、その職業には熱心だが、小説を書く上での誠実さに欠けているということにはならないでしょうか。ともかくそんなわけで探偵小説ではほかのすべての努力より、トリックを考えることの方が、はるかに大切だという観念がこびりついているのです。相変らず鉄則が支配していました。不思議なもので、そういうものが探偵小説だという主張が、鬼によって声高く叫ばれると、世間もなるほどそうかと思い、作中に出てくる息の通わない人間、また有り得べからざるこしらえものの人間を、探偵小説ではしかたのないことだといって許容したから、作家の方ではそれに甘えて、ますます不勉強になったわけです。

時到って、松本清張君とか有馬《ありま》頼義《よりちか》君とかが、人間のいる探偵小説を書いてくれたのです。

これらの作家は、探偵小説向上のために努力したのではありませんでした。本来自分がもっているものの中へ、探偵小説を取りこんだのです。小生は、探偵小説の中へ人間を取りこもうとし、それとは逆に、人間の中へ探偵小説を取りこんだといってもいいでしょう。観点のおき方では、それがいろいろの表現になります。芸術品を見世物にすりかえる（中村真一郎氏の言葉）ことにもなるし、探偵小説と一般文学との接近（有馬頼義氏の言葉）ということにもなる。しかし、小生の立場からいえば、それはどう解釈されてもよろしい。こういう新しい行方は、探偵小説への清涼剤です。その点で私はすっかり喜んでしまっているのです。

有馬氏は、なお言っています。

「男と女が愛し愛されたり、男が酒をのんで人生の悲痛に沈んだりというふうな話の中で、どんなに深く人間性が刻まれ、哲学が語られても、今の読者は満足しなくなっている。同じことが探偵小説でもいえるので、どんなに巧妙なトリックがあっても、人が人を殺した、警官や探偵がそれを捕えた、というだけでは、探偵小説もあきられてしまうだろう」と。

そうです。そのとおりです。少なくとも探偵小説については、小生も同じことを考えてきました。

有馬氏は、実をいうと探偵小説の鬼のことを忘れています。鬼は絶体に従来の型の探偵小説にあきがきません。けれども、他の読者はあきる時がきます。その時に有馬氏の目ざす探偵小説の値打ちに気がつくでしょう。また、先きに、仲間の作家を怒らせるようなことを小生は言いましたが、仲間うちでも、日影丈吉君をはじめ、口にはそれを言わなくても、同じ考えの有望な作家が、いま次第にできてきています。

以上、お手紙に接し、思いついたことを、だらだらと書いてしまいました。書き足らぬことも多々あり、よろしく御推読賜《たまわ》りたく。

解　題

日本探偵小説の草創期から戦後にかけて長く活躍した大下宇陀児《うだる》（1896―1966）の短篇傑作選。『偽悪病患者』に続く本巻には「烙印」「凧」など、後に作家自身が「ロマンチック・リアリズム」と名付けた方向性を見出した時期の作品を中心に、自然な語り口に磨きをかけた戦後の短篇を収録した。

底本について。「烙印」「情鬼」「凧」は『甲賀・大下・木々傑作選集　大下宇陀児第7巻　凧』（春秋社、昭和14年）、「爪」「決闘街」は『明治大正昭和文学全集　第56巻　江戸川乱歩・小酒井不木・甲賀三郎・大下宇陀児篇』（春陽堂、昭和6年）、「不思議な母」は『鉛の虫』（東方社、昭和30年）、「危険なる姉妹」は『危険なる姉妹』（東方社、昭和31年）、「螢」は『1961年版推理小説ベスト20　1（探偵小説年鑑）』（宝石社、昭和36年）、「乱歩の脱皮」は「宝石」昭和31年1月号、「探偵小説の中の人間」は『釣・花・味　大下宇陀児随筆集』（養神書院、昭和42年）をそれぞれ底本とした。疑問点については、適宜初出誌および他の刊本を参照した。大下宇陀児は単行本収録、再刊の際に手を入れるタイプの作家だが、今回は昭和初年～10年代の作品については戦前の刊本を底本とし、戦後の再刊・再録は参照するにとどめた。戦後の作品は原則として生前最後の刊本を採用した。

表記を新字新仮名にあらため、促音、拗音は小書きに統一、読みやすさに配慮してルビを適宜追加、整理した。また、「々」以外の踊り字（ゝ、〳〵）は廃した。原則として作者の用字を尊重したが、数字の「拾」「廿」「卅」は「十」「二十」「三十」とし、明らかな誤字・脱字等はこれを正した。括弧の処理など最低限の体裁上の統一を施している。

なお、本文中には現在からすれば穏当を欠く語句・表現も見られるが、発表時の時代的背景と、著者がすでに他界し、古典として評価すべき作品であることに鑑み、原文のまま掲載した。

　以下に各作品の初出と初収録書籍、関連情報等をまとめた。作品の内容に触れた箇所もあるので本文読了後に参照いただきたい。


「烙印」　初出「新青年」昭和10年（1935）6～7月号、二回分載の中篇。『殺人技師』（春秋社、昭和10年）に初収録。証書偽造が発覚した青年事業家が破滅を逃れるために殺人計画を遂行していく倒叙形式の作品。犯人の側からの「誰が探偵か？」という探偵探しの興味も。

　翌11年にかけてこの時期の大下宇陀児は「情鬼」「偽悪病患者」「凧」など、中短篇の力作を次々に発表している。相次いで登場した有力新人、小栗虫太郎、木々高太郎らの刺激もあったと思われるが、大下はひとつの転換期を迎えていた。戦後の短篇集『烙印』（岩谷選書、昭和24年）の作者後記で、本作について次のように記している。


「これは現在の私が書くものと、多少の共通点をもっている点で、私としては、記憶すべき作品のうちへ入るのである。つまり烙印あたりからして、私の作風にはリアルなものが入ってきた。私の提唱するロマンチック・リアリズムである。探偵小説は――というと誤解を生じる、私の書く探偵小説――と言い直そう。私の書く探偵小説は、こういう線で進みたいと、その頃に私は考えはじめたわけである。怪奇な幻想、神秘な空想が、探偵小説には絶対必要であると考えていた時代は過ぎた。そういうものがなくても、探偵小説は成り立つのだ、と私は考えはじめた」

「ロマンチック・リアリズム」を大下が提唱したのは戦後のことだが、本作と同じ昭和10年発表のエッセー「探偵小説不自然論」（本文庫『偽悪病患者』収録）では、従来の探偵小説に多分に含まれる不自然さを指摘し、それを改善すべき時期に来ていると、新しい取り組みを示唆している。

　なお、作中で亘理緋裟子が真相に迫るヒントを得たドイツ語の本の著者「デスベリー」は、オーストリアの社会主義作家ヘルミニア・ツーア・ミューレン（1883―1951）で、ローレンス・H・デスベリーの筆名で、資本家と労働者の対立を取り入れた資本主義批判的な探偵小説を書いた。その一冊が『電気椅子の蔭で』（川口浩訳、青陽社、昭和5年）として翻訳されている。

また、由比と倉戸農学士がゴルフをしに行った「T倶楽部」のモデルはおそらく、当時、等々力渓谷付近にあった等々力ゴルフコース。専用バスが通うD駅は田園調布駅か。近くには温室栽培による花卉園芸発祥の地ともいう「玉川温室村」があった。

「爪」 初出「文学時代」昭和4年（1929）8月号。『探偵小説全集3　大下宇陀児集』（春陽堂、昭和4年）に初収録。破傷風菌による奇抜な殺人方法を用いた倒叙物。シリーズ探偵を起用することが少なかった大下だが、本篇の俵巌弁護士は「亡命客事件」「星史郎懺悔録」「街の毒草」「R燈台の悲劇」『狂楽師』などの長短篇で活躍、戦後の『見たのは誰だ』に登場する俵岩男も同人物と思われる。なお、本作は戦後の雑誌・短篇集への再録時に「毒爪」と改題されている。

殺人方法の前例に関係して「犯罪学の泰斗ベルチロン氏」（人体測定法で有名なアルフォンス・ベルティヨン）が言及されているが、大正から昭和初期にかけては犯罪学の大衆化ともいうべき流行があり、小酒井不木、古畑種基、高田義一郎ら、法医学者や犯罪研究家が様々な雑誌に犯罪学エッセーを寄稿、海外の事件や学説、捜査法などを紹介した。探偵作家も内外の犯罪学文献からしばしばアイデアを得ている。

なお、八五頁の「Tetanus bacillen」（破傷風菌）は、底本では「Tenanus facillen」だが、初出時の誤記・誤植がその後の刊本に引き継がれたものと思われる。

「決闘街」 初出「新青年」昭和3年（1928）4月号。『探偵小説全集3　大下宇陀児集』（春陽堂、昭和4年）に初収録。冬山をスキーで縦走中に三人の青年の間に突如噴出した殺意。後半では東京に舞台を移し、生還した二人の神経戦が思わぬ展開を迎える。銀座で遭遇した「野々宮」ははたして二人の妄想の産物だったのか。物語は様々な解釈の余地を残して終わる。

日本におけるスキーの本格的移入は明治末、大正から昭和の初めにかけて山岳スキーは学生スポーツとして広まっていった。作中の田代は本郷に下宿していて、どうやら東京帝国大の学生らしいが、ちなみに同大学スキー山岳部は大正12年の創部。普及と共に遭難事故も各地で発生していて、本篇発表の四か月前、昭和2年12月には北アルプス針ノ木岳で早稲田大学山岳部員四名が雪崩により死亡、昭和3年3月には前穂高岳で慶應大学山岳部員一名が転落死している。舞台となるS岳は関東甲信越の山と思われるが、イニシャルからは特定できなかった。

「情鬼」 初出「新青年」昭和10年（1935）4月号。『殺人技師』（春秋社、昭和10年）に初収録。幼い頃から赤色恐怖症に苦しみコンプレックスを抱えた男は、女に裏切られたことから道を踏み外し、犯罪の世界へ入っていく。主人公の骨相学的解説には、大正時代に紹介されたチェーザレ・ロンブローゾの生来性犯罪者説（現在では科学的に否定されている）の影が認められる。

戦前の短篇代表作のひとつで、大下の新たな取り組みの理解者であった井上良夫も、「『情鬼』頃になると、大下氏はもうすっかり探偵小説臭を脱して、従来の趣味的な犯罪小説から実社会に根ざした犯罪小説に勇敢に手を伸ばす。大変痛快である」と評している。もっとも結末の意外性については、大下にしては「少し手際よく捗えられすぎ」ではないかという意見も（「大下宇陀児論」、「新評論」昭和11年8月号）。

「凧」 初出「新青年」昭和11年（1936）8月号。『凧』（春秋社、昭和11年）に初収録。本作を大下の短篇代表作に推す江戸川乱歩によると、「幼きもの、無智なるものの生活を通じて、或はそれらのものの眼に映じた悪を描く種類の作風こそ、この作者の最も心惹かれ、且つ得意とするところである」（『江戸川乱歩愛誦探偵小説集』序、岩谷書店、昭和22年）。

「ぷろふいる」昭和11年9月号の「作家訪問記」で、大下は「探偵小説は Who《フウ》という問題よりも Why《ホワイ》だと思うね。探偵小説を書くのに、重点を〝誰が殺したか？〟に置くのもあるが、〝何故に殺したか？〟に置くのがこれからは流行するだろう。最近の僕は主に探偵小説をこうした観方から作って行こうと思っている」と述べている。意外な犯人やトリックを重視せず、犯罪者や犯罪に巻き込まれた人間の心理の動きを描く方向性は、同時代英国のフランシス・アイルズの倒叙物にも通じ、後のジュリアン・シモンズの主張「探偵小説から犯罪小説へ」を先取りしているようにも思える。これらの主張は戦後、松本清張らの社会派推理小説に受け継がれるが、権田萬治氏が『日本探偵作家論』で指摘するように「大下宇陀児の視線は常に家庭の悲劇に釘付けにされ」、そこに社会的、階級的な視点は希薄だった。

「不思議な母」 初出「ロック」昭和22年（1947）4月号。『不思議な母』（オリオン社、昭和22年）に初収録。建設中のビルの鉄骨から転落した夫の死の真相が、戦争を経て十九年後に明らかになる。戦後二年目、本格的に創作活動を再開した時期の短篇。第一回探偵作家クラブ賞候補作。

「別冊宝石」110号（昭和37年2月）再録時の作者コメントに「自分の作品を、自分で採点するのだったら、これは九十五点ぐらいを与えたい。私が書きたい推理小説の条件を、九十五点までは充足しているからである」とある。

「危険なる姉妹」 初出「小説の泉」昭和23年（1948）9月号。『探偵小説年鑑 1949年版』（岩谷書店、昭和24年）に初収録。田舎町の宿屋のおかみが客に語る、ある姉妹の数奇な運命の物語。本篇でも戦争をはさんだ歳月が描かれるが、戦時下の軍部の横暴、戦後の混乱に乗じた闇成金などには厳しい視線が向けられている。作者の巧みな話術が十二分に発揮された作品。

本作を再録した『日本探偵小説代表作集4 大下宇陀児集』（小山書店、昭和31年）巻末の「自選の言葉」では次のように述べている。

「我ながらとくに気づくのは、私の探偵小説が、できるだけ探偵小説らしくなく書かれているということだ。定型的な探偵小説を、読む時は面白いと思っても、自分で書くとなると定型を破りたくなるから、どうもしかたがないのである。
中でも「祖母」や「危険なる姉妹」など、読者からは、最後の数行に達するまで、全然探偵小説ではない、といわれるだろうと思い、ひそかに私は苦笑しているのである」

「螢」 初出「宝石」昭和35年（1960）8月号掲載。『1961推理小説ベスト20 1（推理小説年鑑）』（宝石社、昭和36年）に初収録。生前最後に発表されたミステリ短篇。誘拐事件の背後には複雑な家族関係が。家庭の悲劇は大下宇陀児終生のテーマだった。

「宝石」掲載時の前書き（当時、同誌の編集長を務めていた江戸川乱歩によるもの）に「犯人が見つからないので今も話題となっているあの残酷な幼児誘拐殺人事件が、この作の背景にある」とあるが、これは昭和35年5月に東京で発生した「雅樹ちゃん誘拐事件」を指す。身代金目的で七歳の男児を誘拐した犯人は、身代金を取れぬまま衰弱した少年を殺害、死体を遺棄して逃亡した。大阪で潜伏中の犯人が逮捕されたのは約二か月後だった。この事件は日本中に衝撃を与え、過熱する事件報道も議論の的となった。

三一五頁の「ズキが廻る」は「警察の手が回る」という意味の犯罪者の隠語。

「乱歩の脱皮」 初出「宝石」昭和31年（1956）1月号。『釣・花・味　大下宇陀児随筆集』（養神書院、昭和42年）に初収録。

講談社「書き下し長篇探偵小説全集」第一巻として刊行された江戸川乱歩『十字路』（昭和30年）は、中心となるアイデア、プロットを渡辺剣次が提供し、乱歩がそれを小説化したもので、実質的には合作と言うべきものだった。大下宇陀児の耳に入ってきた「少々の雑音」とは、そうした楽屋裏の事情を指すのだろう。しかし、本作を大下は乱歩の新生面を示すものとして高く評価した。そこでは乱歩作品に付き物だった「こしらえもの」

感は薄れ、超人探偵明智のかわりにリアルな悪党私立探偵が登場し、倒叙形式によって作中人物を真正面から書くことに成功している。大下はそこに乱歩の成長を見たが、それは同時に、それまでの乱歩の作品および探偵小説観に抱き続けてきた不満の裏返しでもある。

デビュー間もない頃からの長きにわたる友人ではあるが、乱歩と大下宇陀児はかなり早い段階から探偵小説観を異にしていた。『石の下の記録』が第四回探偵作家クラブ賞を受賞（昭和26年）した際の選考会で、乱歩は授賞に強い不満を表明した。大下家アルバムの授賞式記念写真の余白に書き込まれた文章は、大下の真情を赤裸々に明かしているが、それによると、乱歩は本作を探偵小説としても社会小説としても首尾一貫せず、人物描写もとくに優れたものではないと断じた。これに対して大下は、自分が面白いと思うのは「所謂鬼の喜ぶ探偵小説」とは違うとし、「鬼は鬼の道を行くがよい。小説家は、小説の道を行くのである」と結んでいる（『『新青年』趣味』第17号）。

ちなみに大下を失望させた「宝石」昭和30年9月号・10月号（「十月と十一月号」とあるのは誤り）に掲載された「江戸川乱歩選世界短編ベスト・テン」は次の通り（雑誌掲載順）。バークレイ「偶然は裁く」、ウォルポール「銀仮面」、ポウスト「ヅームドルフ事件」、ダンセニー「二瓶のソース」、フットレル「十三号監房の秘密」、ノックス「密室の予言者」、ジェプスンとユーステス合作「茶の葉」、フリーマン「オスカー・ブロドスキー事件」、チェスタートン「変てこな足音」、バー「放心家組合」。

「探偵小説の中の人間」 初出「風信」昭和33年（1958）3月号。『釣・花・味　大下宇陀児随筆集』（養神書院、昭和42年）に初収録。冒頭の「萱原《かやはら》尊兄」は「風信」の編集兼発行人の萱原宏一。講談社「講談倶楽部」の編集長を務めた人物で、著書に『私の大衆文壇史』（青蛙房）がある。「風信」はB5判八頁の月刊個人誌で、講談社時代から萱原に所縁のある作家が寄稿している。「乱歩が最新作の「売春巷談」で」とあるのは、

「宝石」昭和33年2月号に掲載された大下の新作「売春巷談」に乱歩が付した前書きのこと。昭和9年に大下・甲賀が戦わせた「馬の角」論争（「馬（探偵小説）に角（文学味）がないという批評は、馬の批評ではない」とする甲賀に、大下は「馬に角を生やす研究も面白い」と応じた）を踏まえて、乱歩は同作を「立派な角を持った馬」と評した。しかしその乱歩も、大下からすれば、彼の意欲するところを黙殺してきた「探偵小説の鬼」のひとりであったことは前述の通り。

昭和30年代に入ると松本清張が推理小説の分野に進出し、33年には『点と線』がベストセラーとなる。有馬頼義『四万人の目撃者』も同年出版。社会派推理小説の時代が始まろうとしていた。大下は彼らの「人間のいる探偵小説」の登場を歓迎した。本エッセーの二か月後、松本清張は「推理小説の読者」（「婦人公論」昭和33年5月号。初出時の題「推理小説時代」）で、「私は今の推理小説が、あまりに動機を軽視しているのを不満に思う」と述べ、トリック偏重の弊を指摘し、推理小説にはリアリティが必要だと主張したが、これらは大下宇陀児が戦前から主張してきたこととほぼ重なる。「探偵小説の中へ人間を取りこもう」と試行を続けてきた大下も、長い作家生活の終りについに同志を得た思いだったのではないか。

（編集＝藤原編集室）

参考文献

大下宇陀児『釣・花・味』（養神書院、１９６７）※没後編まれた随筆集。年譜・作品著書目録（中島河太郎編）を付す。

大下宇陀児『烙印』（国書刊行会、１９９４）※解説・権田萬治。著書目録（山前譲編）を付す。

『大下宇陀児探偵小説選Ⅰ・Ⅱ』（論創社、２０１２）※随筆を併録。解説・横井司。

権田萬治「残酷な青春の鎮魂曲　大下宇陀児論」（『日本探偵作家論』幻影城、１９７５、所収）

『「新青年」趣味』第17号 特集 大下宇陀児（『新青年』趣味 編集委員会、２０１６）※著作目録、小説65篇の作品紹介を含む。

解説

伊吹亜門

　私にとって大下宇陀児は、長らく「犬を散歩させているおじさん」だった。

　中学生の頃、初めてお小遣いで買った本が、東京創元社の『日本探偵小説全集』第九巻、横溝《よこみぞ》正史《せいし》集だった。一冊読み終える頃にはすっかりミステリの世界に迷い込んでおり、私は極《ご》く自然な流れとして、同全集を一巻から読んでいった。そこで江戸川乱歩は勿論のこと、小酒井《こさかい》不木《ふぼく》に出逢い、夢野久作《ゆめのきゅうさく》に狂喜し、浜尾四郎《はまおしろう》に感嘆の息を漏らし、小栗虫太郎《おぐりむしたろう》に酔い痴れて、のちに伊吹亜門として筆を執るに至る〝ミステリ的骨格〟が形成されていった。宇陀児は角田《つのだ》喜久雄《きくお》と併せて第三巻に纏《まと》められており、扉の裏にある著者近影が、まさに犬を連れた宇陀児の姿だったのである。

　シェパードとブルドッグだろうか。二匹のリードを握り、穏やかな表情でカメラに顔を向ける宇陀児の姿は、まるで家族のアルバムから引っ張り出してきたようにリラックスしたものだった。探偵作家といえば、閉め切った蔵のなかで蠟燭《ろうそく》の灯りを頼りに机に向かう奇矯《ききょう》な人間ばかりと思っていた初心《うぶ》な私に、好々爺然とした宇陀児の姿は逆の意味で印象的だった。

著者近影の印象も影響して――ということはないだろうが、初めて宇陀児の諸作に触れた感想は、「随分と薄味な作品だな」程度だった。ミステリ自体に嵌《は》まりたてだった当時の私は、奇想天外なトリックや結末の意外性、そして外連味《けれんみ》などの刺激を好む年頃だったのである。

しかし今回、改めて宇陀児の作品に触れて驚いた。何と読み易く、また心に染み入るような作品ばかりなのだろうか。

大下宇陀児は明治二十九（一八九六）年、長野県に生まれ、大正十四（一九二五）年、二十八歳の時に農商務省臨時窒素研究所へ勤務する傍ら執筆した「金口の巻煙草」で探偵作家としてのスタートを切った。筆を執ったきっかけというのが、一高時代の先輩であり、同じ窒素研究所に勤め、遡《さかのぼ》ること二年前にデビューしていた甲賀三郎《こうがさぶろう》に刺激を受けてというのが面白い。また、甲賀がデビューする更に四ヶ月前には、「二銭銅貨」で乱歩が華々しくデビューを飾っている。

宇陀児は乱歩や甲賀と並び、日本探偵小説の礎《いしずえ》を築いた作家である。

三人が発表した種々の作品に影響を受けて、その後も多くの探偵作家が誕生した。それは結果として、現代にまで至る日本ミステリの大きな潮流と結実するが、乱歩や甲賀、それに宇陀児は必ずしも和気藹々《わきあいあい》と歩みを共にした訳ではなかった。各々の理想とする探偵小説が、あまりにも違い過ぎたのである。

甲賀が奇想天外なトリックや結末の意外性を重視したのに対し、宇陀児はそれだけに頼ることを善《よ》しとしなかった。乱歩が探偵小説を書く上で金科玉条とした作り物としての面白さを、宇陀児は必要不可欠とは見なさなかった。宇陀児が重んじたのは、何よりも探偵小説であるが故に描き得る人の心だった。

探偵小説が犯罪の謎とその解体を中心に据えた物語であることは、宇陀児も認めている。しかし、謎解きの興味を通じて揺れ動く人間心理を描写することこそ、宇陀児が目指した探偵小説の姿だった。その志のもと書かれた宇陀児の作品を、甲賀は「探偵小説ではない」と断じ、乱歩は情操派と呼んだ。

探偵小説を通じて一個の人間を描く宇陀児の試みは、本書に収録された八つの作品でも存分に発揮されている。ひとりの人間が罪を犯すまでの葛藤や、一線を越えてしまうあっけなさ、また自らの罪が露見することを怖れる臆病な心理こそ、宇陀児が書かんと欲した探偵小説の味なのである。

以下、収録作について簡単に紹介していく。

「烙印」

恩人である亘理子爵の手形を偽造して金を騙し盗ろうとした青年実業家・由比祐吉が、一度は露見しかけた犯罪を隠蔽するため、子爵の殺害を図る。利己的な祐吉の悪党ぶりから一転、見えざる探偵によって徐々に追い詰められていく犯罪者の心理の揺れは見ものだが、一方でさりげなく張られた伏線とその回収の手際も見事である。

「爪」

中堅文士の沖野鳳亭が、一人の女を巡って友人の殺害を目論む。「烙印」の祐吉とは打って変わり、沖野はその軟弱な性格が災いして、絶対に露見する恐れのない手立てでないと罪を犯す踏ん切りがつかなかった。そこで思い至るのが、題名にもなっている「爪」なのだ。読者の意表を突くトリックも然《さ》ることながら、「烙印」と同じく犯人の視点から殺人の一部始終を描く倒叙形式であるため、完璧な筈だった計画のどこに隙があったのかを、読者は沖野と同じ目線で驚くことが出来る。

「決闘街」

S岳からZ山へスキーで往く×大学の同級生、野々宮と田代と吉本。しかし田代と吉本の胸中には、野々宮への少なからざる殺意がとぐろを巻いていた。

前半の息詰まるような心理戦から一転、後半は雪山で何が起こったのかに焦点を当てた推理パートとなる。同じスポーツマン気質でありながら性格の異なる野々宮と田代を対比した描写からは、宇陀児の人間観察の鋭さが窺える。

「情鬼」

悪事に悪事を重ねた大悪党の長尾新六は、一度ならず二度までも愛する女に手酷く裏切られて以来、この世の全ての女を憎むようになった。しかし、轢《れき》自殺を図った女を気紛れから助けたことをきっかけに、彼女との交流を通してこの世には信頼に足る女性も存在するのだと知る。その矢先、新六は、女が見知らぬ男の家に出入りする場面を目撃してしまう。

哀しい話である。悪行を重ねる新六がそれでいてどこか憎めないのは、端々から滲み出る人間臭さのせいか。

「凧」

宇陀児の作品でも特に有名な一篇。かつて神童と謳われた青年・緒方彌一が、遂に道を踏み外すまでの物語だ。彌一が本当に自分の子なのか疑う父の彌太郎は、ことあるごとに彌一を虐待し、それを庇《かば》おうとする妻のつや子にも手をあげていた。その彌太郎が或る晩、自宅で何者かに惨殺される。彌一は、忍んでつや子を訪ねていた嵐仙十郎という役者を犯人と疑うのだが、仙十郎はその時間帯に浅草の舞台上で役を演じており、鉄壁のアリバイがあった。

終盤で明かされるトリックは既知の仕掛けの優れた変奏で、熟練のミステリファンほど膝を打つことだろう。物語では、題名にもある凧が重要な役割を果たすのだが、終盤、今までとは異なった意味合いで凧が再登場するシーンには胸を打たれる。

「不思議な母」

本作に続く三篇から、時代は戦後に移る。この「不思議な母」では、二人の夫を亡くした伊津子という女性が子どもに向けた回想形式を採って書かれている。最初の夫・風見は、社内の賭けで建設現場の鉄骨を渡っている最中に墜落死した。悲嘆に暮れる伊津子だったが、風見が死の直前に書き遺した「久」の血文字を見て、彼の同僚である久坂が鉄骨に鋼球を撒き謀殺したのではないかと告発する。しかし一葉の葉書をきっかけに、伊津子は、風見の友人で二人目の夫である久富こそ、自分を手に入れるために風見を殺した犯人ではないかと疑うようになる。

収録作のなかで私が最も好きな作品だ。風見殺害に使われたトリックの巧妙さだけでなく、伊津子の心情描写が素晴らしい。愛する風見を殺されたと信じて疑わない伊津子だが、一方で憎い仇である筈の久富に抗いようもなく魅かれていく。人間の心が往々にして孕《はら》み得るそのような矛盾を、本作は見事に表現している。

「危険なる姉妹」

豪放磊落《ごうほうらいらく》な気性を持つ宿屋の女主人が、雪子と静子という薄幸の美人姉妹について客に語る物語である。勘のいい読者ならば物語の途中で結末に気付いてしまうかも知れないが、語り手である女主人の妖しげな雰囲気が、読者に次のページを捲《めく》らせて已《や》まない。尤も、終盤になって明かされるトリックは、現代では些《いささ》か平凡に映ることだろう。しかしそれも、意外性を重視して物語が不自然になることを厭った宇陀児らしいと云えば宇陀児らしくもある。

「螢」

世を拗《す》ねてどこか斜《しゃ》に構える女学生・由紀の弟が誘拐され、三百万円の身代金が要求される。犯人たちの指示で、身代金の引き渡し場所には由紀と腹違いの姉に当たる糸子が向かうこととなった。糸子の知恵で、紙幣には犯人の足跡が分かるような細工が施される。万事滞《とどこお》りなく受け渡しも済ませ、後は人質が解放されるのを待つだけだったのだが……。

善と悪の狭間で揺れ動く人間心理を描き続けた宇陀児の作品集において、本作が末尾を飾るというのは非常に心憎い。心筋梗塞によって六十九年の生涯を終えた宇陀児にとって「螢」が生涯最後の短編となったことを併せて考えると、本作の結末こそ、宇陀児が至ったひとつの答えだったのではないかと思ってしまう。是非全編を通して最後に読み、暗晦《あんかい》とした読後感を噛み締めて頂きたい。

前巻に引き続き、本書でもエッセイが二編収録されている。内容は初めの方でも触れた、トリック至上主義に対する警鐘である。

その内の一つである「探偵小説の中の人間」で、宇陀児は「探偵小説の鬼」なる者たちについて言及している。それは古き良き探偵小説を愛するがゆえ、その鉄則から外れた作品を決して探偵小説とは認めようとしない、むしろ憎悪する偏屈なミステリファンのことを指す。鬼たちはトリックさえ巧妙であれば、意外な結末さえ迎えられるのならば、物語の筋にどれだけ不自然な箇所があったとしても気にしない。「そんな奇抜で複雑な殺害方法に依らずとも、夜道で背後からグサリとやればいいじゃないか」などと指摘するのは、鬼からすれば無粋でしかないのだ。

そのような鬼たちに迎合するようでは、探偵小説に明日はないと宇陀児は嘆くのである。目を瞠《みは》るトリックや意外な犯人は、そう易々と出てくる物ではない。それにも拘わらず探偵小説の肝をそこに据えてしまっては、畢竟行き着く先は、どちらを向いてもどこかで読んだことのあるような、優れた作品の二番煎じしか存在しない、虚しい世界だろう。そもそも、今の探偵小説はまず事件ありきであり、そこに登場する人間は飽くまで物語を進めるための駒にしか過ぎないではないか。その人間をもっとよく研究し、血肉の通った登場人物として動かさない限り、探偵小説はそう遠くない内に限界を迎えるに違いない、と……。

しかし、それが宇陀児の杞憂に過ぎなかったことは明らかだろう。

乱歩や甲賀、そして宇陀児が引き起こしたミステリの潮流は、今もこの国で悠々と流れ続けている。毎年発表される作品の数は限りなく、扱う題材も古今東西の多岐に亘《わた》る。そしてそのなかには、犯罪の謎とその解体を通じて一個の人間を描こうと試みる、人間心理の動静に焦点を中《あ》てた作品も決して少なくない。私も、その末席に名を連ねようと日夜奮闘している一人である。

人の心を見詰め続けた探偵作家・大下宇陀児の精神は、令和の今にも確かに受け継がれているのだ。

検印
廃止

著者紹介　1896年長野県生まれ。本名木下龍夫。九州帝国大学卒。1925年「金口の巻煙草」でデビュー、29年〈週刊朝日〉連載『蛭川博士』で人気作家となる。犯罪心理や風俗描写に優れた探偵小説界の巨匠。51年『石の下の記録』で第4回探偵作家クラブ賞受賞。66年没。

烙印

2022年9月9日　初版

著者　大《おお》下《した》宇《う》陀《だ》児《る》

発行所　(株)東京創元社
代表者　渋谷健太郎

162-0814/東京都新宿区新小川町1-5
電話　03・3268・8231-営業部
03・3268・8204-編集部
URL　http://www.tsogen.co.jp
晩印刷・本間製本

ISBN978-4-488-46422-6　C0193